U0901985

贺奕

北京楚尘文化传媒有限公司 出品

身体上的国境线

贺奕 著

重庆大学出版社

一

那不是一段普通的情感，也就是说，它不会以人们常见的方式淡漠、枯朽和变质。那甚至不是情感本身，难以给它一个确切的命名。站在首都机场一层大厅标有“国际到达”字样的绿色灯牌下，我注视着正从通道鱼贯而出、形形色色的中外旅客。从幼年开始，对火车站、机场和码头这类地方，我一直怀有一种特殊的挚爱。一到这种地方，置身于刚刚抵达或正待起程的人流当中，我就总会产生前程未定、归宿不明的空虚感，而这正好切合了我对自己以及人生根深蒂固的看法。飞机划破长空的轰鸣，汽笛骤然的尖啸，耳畔稠浆般的喧哗，对了，还有女播音员们无一例外像是捏着半边鼻子发出的职业性的柔声软语，都会在我神经上引起长久不息的兴奋。

于是，别人眼里的行囊之累、劳顿之苦，于我却总被作为某种形式的享乐慨然接受下来。

眼下，我并非过往旅客中的一员，但情绪上依然深深濡染着四周动荡不安的气息。每隔几分钟，位于头顶一侧的电子显示屏便会在一阵刷刷声里更动一次。各航班依降落时间先后渐次消失在屏幕最上方。自我进门以后，“CA9030 罗马 12 ：05”一行已经向上攀升三格。它夹在分别从洛杉矶和汉城起飞的两次航班之间，前后各有五分钟的间距。如此紧凑的排列，自然造成了出口处一次人头攒动的小小高潮。站我前面的一位姑娘早早就把右手高高举起，凭着惊人的耐性良久兀立于半空，直到发现目标的一刹那才开始拼命挥动。不少人擎着写有不同语种文字的牌子，显然是为迎接公务方面的来客。几步开外，至少有两三个家庭已经在就地庆祝起各自的团聚。一切重逢的场面都包含着转瞬即逝的迷幻气息。我忽然想起从前做过的一个梦：一条蛇咬住自己的尾巴，开始把身子一点点地吞噬下去。

一时间，我不禁为置身于这样一个场所而神志恍惚起来。我到底要做什么？难道仅仅是为了迎候依莎贝塔阔别三年后的归来吗？在一周前我不期然收到的那封短信上，依莎贝塔用的是一种近乎神经质的口吻：“……我一直没有告诉你，我已经报名参加你们学院的暑期汉语班。因为一开始，我还确定不了到时候是否真能成行。你知道，我得忙着应付我的学业，要视条件是否允许。但是现在，我却迫不及待地想回中国去，越快越好，哪怕打点行装马上动身。

我在这里的生活已经陷入可怕的危机。中国也许是我眼下唯一可去的避难之所。我感到我的脑袋空了，身体空了，情感也空了。我要去北京安安静静地待上一段时间……”她同时将航班班次和抵达日期附在信尾，却并没有直言表露叫我到机场接她的意思。那么，我是否可以据此以为，在记忆被过往的光阴镂蚀得只剩下一个空壳之后，我们俩还能重新接续起当初那份短促的亲密关系呢？

信的结束语是“吻（复数）依莎贝塔”。但是试问，这又能说明什么？这个字眼究竟是代表西方人的通行礼数，抑或属于情侣间的亲昵用语？在这二者之间，我至今依然无法对它的确切含义作出取舍。当然，还不仅仅是某个字眼的问题。与其说我对这个意大利姑娘多少有些了解，毋宁说她形成了我意识中一片谜样的空白。依莎贝塔，她只能与穿行于阳光中的云翳，与凝结在玻璃上的水雾同在。

事实上，三年前我和依莎贝塔从相识到分别，前后不过五天，正是这短短的五天成了我精神历程中的一个断点。这断点，既是终结又是发端。这断点，清晰而又无可名状。我还清楚地记得在这同一幢大楼二层的检票口，我和她相拥吻别的情景。我甚至还能隐约回味起留在她皮肤上那种名叫“Evergreen”[1]的植物浴液的香味。那

1 英语，意为“常绿”。

是怎样的五天啊。发生在我们之间的事情，似乎多得不可胜数。她的汉语刚刚入门，而我对意大利语一窍不通，因此我们的交流几乎全是通过英语进行的。用外语谈情说爱的感觉，就好比是在野外星光下打量自己的足尖一样。她起程回国的前一天夜里，我们还曾半认真地聊起过所谓的未来。然而，在我们耳鬓厮磨之际为未来信手勾画的两幅粗枝大叶的草图中，是否真能找到彼此重合的部分呢?这时候，高挑个子的依莎贝塔终于进入了我的视线：她正推着转轮车上的大包行李向门口的工作人员询问着什么。

我并没有急于趋步上前。横亘在我和依莎贝塔之间的不光是人丛、手臂、地板、嘈杂，还有我们分别后的那一千来个日日夜夜。在梦境里，在孤寂的思念中，世界沿着风拂的方向一再倾斜。这就是那个曾经把掌心贴在我的喉结上轻轻揉动，同时嘴里念念有词，也不管我能不能听懂的姑娘吗?从推到头顶的墨镜那里，一头略微卷曲的栗色长发披散下来，衬出长长的鼻梁和瘦削的面颊。她往那儿一站，时不时地抿抿嘴唇，甩甩头发，浑身上下焕发的青春活力使她看上去更像是一株活动的、长势蓬勃的观赏植物。暗绿色的吊带上装，与黑色乳罩上端的边缘恰好重合，她的乳房很容易被想象成从一条枝杈上垂下的果实。并非特别丰满，但显然已经熟透。小腿，光滑、修长的小腿，完全袒露在蓝灰色西式短裤和黄色高帮防水皮鞋之间的小腿，要知道，在那柔美的线条上曾经奏响过我生命中最热烈的一曲弦乐。我眼看着依莎贝塔在外币兑换处的窗口前停下，从架上拿起一份单子匆匆填写起来。

我走过去，伸手在窗台上她眼角余光所及的位置轻轻叩击了几下。她猛然受惊似的抬起头。她笑起来的样子，让我感到这个白昼摇曳的光影倏忽间发生了细微的转变。

“嗨，你真的来了。”

她的反应介于完全出乎意料和早就有所期待之间。或许，就是我还吃不准她表情达意的方式。谁叫她是依莎贝塔，位于脖子尽头以及锁骨顶端的两颗黑痣依然如故地醒目，而不是某个别的姑娘呢？她展开双臂搂住了我，同时将左右两边脸颊依次递到我的唇边，领受着我所给予的那两下不动声色、过于僵硬的触碰。我注意到她左耳上戴了两只耳环，比右耳多出一只，但两只都比右边的那只小一号。此外，相比认识她的那年，她胸前分明多了一枚悬在细链上、造型有些古怪的银制饰片。罗马，北京。即便刚刚经过不下十小时的长途飞行，她脸上也看不出丝毫疲态，头发饱含光泽，眸子清澈透亮。不过，此刻她的神情却笼罩在一种与其外表不相匹配的迷惘而无所事事的氛围中。也就是说，她注视着我，似乎仅仅是在留意我鼻梁的幅宽、嘴唇的厚薄，或者要看看我额头所占的部分是否合乎正常的比例。谁叫她是依莎贝塔呢?

“请稍等一会儿，”她把手从我背上挪开，“马上就好。”

她重又俯下身去，填完单子，然后将它连同从钱包里点出的几张十或二十美元不等的钞票，交给了窗口里的服务员。我扫了两眼对面墙上由一串串密密麻麻、红光闪烁的数字堆砌起来的汇率一览表。它那自命不凡、睥睨一切的样子似乎是在昭示人们，它已经通过隐秘而复杂的换算建立起某种完美的平衡法则，正是基于这一缘故，整个世界到今天才幸免于分崩离析。依莎贝塔换钱完毕，将小推车上一只鼓鼓囊囊的旅行包架到背上，而我，则帮她拎起了另一口带拉链和提手的大皮箱。我们乘自动滚梯扶摇直上来到二层，步出机场大厅，在北京七月中旬本已初具规模、眼下更得正午骄阳助长的暑气中稍作逗留，随即上了一辆红色的“夏利”。

我坐在司机旁边，后排的空座正好用来搁依莎贝塔的行李。高速路边是一望无际的防护林和果园。人的视线偶尔会被高耸的广告牌阻断片刻。依莎贝塔不无兴奋地告诉我，她还差最后两门考试和一篇论文就可以彻底完成她在罗马大学的学业了。她只想利用最后的这个暑假来中国好好散一散心。

“你真的认为，学汉语也能起到帮你放松的作用吗？”我掉转头问。

“噢，凡是跟我学的专业没有任何关系的东西都能让我放松。宪法条款、国际公约、治外法权，这些该死的东西都快要了我的命了。你知道吗？本来这个夏天我应该整天泡在图书馆里，忙活我那还一点儿影子也没有的论文。可我偏偏来北京了。”

“你论文写的什么题目？”

她飞快地说了出来，我根本没听清楚，她只得又逐字重复了一遍。“《论联合国体制中贫穷国家的债务问题》。”

“唔，”我沉吟片刻，“这就是说，必须以安理会表决的方式来通过最后的答辩了？”

“别开玩笑了。”

“那你现在放下论文不写跑来北京，不会影响你毕业吗？”

我试图从她的话里得出一些什么，以便对理解她那封莫名其妙的来信有所帮助。

“当然会有影响。不过我就是这样，干什么事都不喜欢一鼓作气。而且，越是快要做完的事，我越是乐意把它往后一拖再拖。实际上，大多数时候我很清楚应该去做什么，可我就是磨磨蹭蹭不去做。我就是这么一个喜欢自己难为自己的人。”

有什么奇怪的吗？她的语气里居然挟着几分对自己幸灾乐祸的意味。

出租车经四元桥拐上了北四环东路。“对不起，”依莎贝塔突然改用生硬的汉语向司机发问，“我可以抽烟吗？”正埋头开车的中年司机没有想到依莎贝塔是在跟他搭话，半天才醒过神来。“没问题没问题，小姐您请便好了。”司机满脸堆笑地对着反视镜连连点头。依莎贝塔在旅行包的边袋摸索了一阵。听到打火机“咔嗒”一响之后，一股淡淡的烟味很快从我脑后飘散过来。这烟味，连同车身的颠簸、道路的延伸、阳光的直射，叫我又一次不胜感慨地想起了我同依莎贝塔的初识。安慧桥、奥体中心、健翔桥。随着目的地的不断临近，依莎贝塔对于北京的记忆开始点滴成涓般地复活。一开始她还不时以充满犹疑的口吻向我询问窗外景观的名称，而等到车子向北驶上学院路，她再也无须我的辅助，就可以兴头十足地自行指认那些曾经留下过她足迹的地方了。

“我来过这里。这里也是。这个商店是新开的吧？嘿，我还认识这家咖啡馆的老板呢。”

这么大的嗓门，这么个咋咋呼呼的依莎贝塔。

出租车停在学院南门。依莎贝塔抢在我前头付了车款。她说我能去机场接她，已经让她感谢不尽了，无论如何不能再叫我连路费也替她出。正是暑假，又当午休时分，校园里这会儿显得少有的清静。不过，走在被日头晒得微微有些晃眼的主干道上，我还是迎面遇见了好几位昔日班上的学生。两个是日本的，两个是泰国的，还有一个是西班牙的。他们在颇为礼貌地向我问好的同时，目光却在我、我手里拎的皮箱和大摇大摆走在一边的依莎贝塔之间瞟来瞟去。想必他们不知，对于这三者间的实质关系，我并不比他们清楚多少。我竭力不让自己表现出难堪的神情。为此我侧过脸去对依莎贝塔说：“你瞧，一切都还是老样子。”而依莎贝塔听了一愣，若有所思地皱起眉头，就好像我这句话别有深意似的。老样子？其实，我无非是说树的投影、嘹亮的蝉鸣、绽裂出一道道纹路的水泥路面、远远能够望见的图书馆的白色屋顶，诸如此类的一切。

依循惯例，暑期班的学生一律被安排到学七楼、学八楼两处就住。那一年，依莎贝塔就住在学七楼的二层。在她回国前的那几天里，我夜夜趁着值班管理员的疏忽懈怠潜入她的房内，与她聊天、做爱，然后赶在天光破晓之前悄然离开。不过眼下，学七楼已经封闭，在它四周搭起的一排排脚手架，还有叮叮咣咣的敲击声表明它正在进行重新装修。于是，我领着依莎贝塔来到学八楼的服务台前。正在值班的那位烫一头大波浪的中年妇女，当即对我投以狐疑的眼色。她还使劲地吸了几下鼻子，像是从我和依莎贝塔的关系中嗅出了什么不祥的异味。依莎贝塔从旅行包里取出入学通知书。中年妇女把她的名字和国籍登录在案，然后交给她一把牌子上标号为“503”的钥匙。按照中年妇女的说法，房间暂时只有依莎贝塔一个人住，但是很快还会再安排进一位同屋。开完宿费收据，中年妇女斜着眼睛问我：“你要同她一起上楼去吗？”我点点头说：“是的。”“那你得先登记，还要把你的证件留下来。”看来，在防范中国人这点上，她做得的确是尽心尽责。我就差把手掌举到鬓角向她行礼致敬了。

依莎贝塔倒是显得相当兴奋。上楼的时候，她不停地跟遇见的每个学生“嗨、嗨”地打着招呼，不论别人正在拐角那儿拨打公用电话，还是自上而下从她身边经过。好像随便哪个人都是她无比信赖、可以马上找张桌子坐下来倾诉衷肠的知交。“你知道吗？”她笑逐颜开地跟我说，“和这么多不同国家的年轻人住在一栋楼里，感觉真是好极啦。我肯定会非常、非常、非常喜欢在北京的这段生活的。”

依莎贝塔，但愿真是如此。

学八楼的房间和她以前住过的学七楼格局相同，但要略为宽敞。依莎贝塔选定了两张床中挨近空调的那张。我在对面的床沿坐下，默默地注视着她拉开地板中央的旅行包和皮箱，让携带的物品分头进驻属于她那一半空间的各个角落。她的东西并不算多，可摆放起它们来竟然叫她大伤脑筋似的。一部随身听和十来盘磁带先是搁在写字桌上，一会儿又被转移到书架的顶层；几双皮鞋和凉鞋刚刚摆到床底，转眼间又被收进衣柜；至于那一堆洗涤和化妆用的瓶瓶罐罐，究竟是放在一起，还是按用途分开，她半天也没拿定主意。她时而举起某本沉甸甸的大部头书籍冲我晃晃，告诉我这是她正在准备考试的一门课程，时而又把几件叠好的衣裙展开，向我说明它们不同寻常的来历。喏，这是在米兰买的，这是在杜塞尔多夫买的，这是在里斯本买的，而这，这是她以前的一位男朋友送给她的。她为什么跟我说这些呢？倒并不像是要炫耀什么。她脸上的表情，不过是在对往事偶一回眸中的自得其乐罢了。上唇微撅。浓黑的眉梢轻轻一挑。还有嘛……

在这个过程中，我几乎一直一言不发。一想到在接下去的这个夏天里，我或许将不止一次地光顾眼前她刚刚收拾出个大致模样的房间，心里就会泛起一种异样的感觉。门外间或响起杂沓的脚步和说笑声。斜对过的公用盥洗室里有人拧开水龙头放水。当她背转身去，在敞开的衣柜前面忙活起来时，我终于想到，是该为这些天来一直困扰自己的各种揣测找一个答案了。这样，我索性站起身，朝着她不安分的背影，朝着她所营造的那片居室氛围走了过去。而最后一刻的畏怯，却又使我不得不在距她咫尺之遥的地方收住了仓促的步子。

与此同时，依莎贝塔显然察觉到了后面我异乎寻常的举动。她正将一条连衣裙穿上衣架的双手一齐凝滞在半空。她脑袋微微偏转，刚好让我能够看见她一只眼睛的睫毛在沉思般地眨动。

“依莎贝塔，我想问——”

舌头有点儿不听使唤。

“什么？”

依莎贝塔依然背对着我。

“一星期前你的那封信。到底出了什么事？”

“没什么。”依莎贝塔的声音明显低落下去，“那只是，那只是我一时激动，漫无目的写下的。现在我觉得那都过去了，而且，已经没有把它再说给别人听的必要。”

“不管怎么说，我非常高兴又一次见到了你。”我说，“你知道吗？我时常还会想起我们之间发生过的那些事情。”

“不，我看你最好忘掉它们。”她终于转过身来，满脸冷峻地缓缓摇头，“对我来说，过去的一切都已经结束了。这是我刚到中国的第一天，请别拿那些旧事来烦我好吗？如果你觉得我们还可以来往，那就把我仅仅当做一个普通的朋友吧。”

停顿片刻，她又补上一句：

“否则，我宁可今后我们再也不见面了。”

二

我又想起了三年前的那个夏天，我刚刚在情绪的最低谷度过了自己的二十五岁生日。远在法国的女友夏拉，沉寂数月之后来了一封长信，恳求结束我们之间的恋情。尽管早在她回国时，我就预感到这样的结局难以避免，可等到它真的降临，心里还是有种猝不及防的巨大失落。那些日子我常常整夜失眠，以致白天上课时眼圈红肿，无精打采。对于坐在下边的学生来说，我的面容恐怕要比写在黑板上的语法条规显得更为深奥和费解。我一遍遍地回想我和夏拉之间的往事，心里涌满了对生命中已经逝去的三分之一难以言喻的悲戚。

我记得，就在暑期班例行的结业晚会开过之后的那个晚上，我随着班里的学生们来到学院南门外一家酒吧。巴掌大的一片地方，拥挤的程度却足以和北京高峰时间的公交车相比。桌椅之间直到吧台前边的空地全都挤满了人，随着音乐节拍一齐蠕动。毕竟，再过几天，他们就得分头回到世界地图的各个角落上去了。他们的形迹将消失在一串串用经纬度来表示的数字里。廊柱上方的电视正在播演一部令人目不暇给的美国枪战片。分挂四壁的音箱时而像在放声号啕，时而又像在喁喁低语。脸、背、手臂、热浪、光影、喧哗，包括那种纵情狂欢，而又不失感伤的气氛……我感到微微有些晕眩，于是端起班里学生替我要的一扎啤酒，打算挪到入口旁去透透空气，谁知刚一转身，却险些跟一位姑娘撞个满怀。这一天的中午我刚在宿舍水房烧掉一堆信函、文稿和旧相片。

“对不起。”

这就是我和依莎贝塔相识的开始。说这话时，我还得顾及手上的啤酒是不是泼了出去。

她穿的是一条下摆带褶的乳白色连衣裙，腰间挎着一只扁扁的半圆形扣锁皮包，一只手的拇指和食指则夹着背带的根部滑来滑去。她似乎把两种本应有先后次序的表情合并在了一起，蹙着眉头对我一笑：

“请问，A5 班的学生刚才来过这里吗？”

我也教 A 班，不过不是她所在的 A5。声母、韵母，然后是一些简单的会话和生词。注意口型、舌位和声调的起伏。横竖撇捺，别把笔顺弄颠倒了。所有A班的教室都在逸夫教学楼的同一层。实际上，在出入门厅和经过走道时我已经多次留意到这个高高瘦瘦、眉毛浓黑的姑娘了。对我来说，这是自然而然的。她身上有种说不出的奇特之处，足以使我第一眼就把她同其他那些留学生区别开来。如果非要进行一番剖析，那我只能说，她给我的感觉是刚好不偏不倚走在一条雅致和粗野、激情和颓丧的分界线上，而她本人对这一点却毫无知觉。她总是在第一道下课铃响后去门口的小卖部买一块蛋糕作为早点。她的身影在人流里穿过，就像一条表皮滑溜的鲶鱼。在我班里有个名叫卡尔文的加拿大小伙子，一到课间休息就过去跟她搭讪。我可从没想过能有机会跟她接近。

“我不知道。”我回答说，“我也是刚到这里的。”

她已经用皮筋把平时的披肩发扎成一束。我头一次看清她脖子下端的两颗黑痣，如此近的距离。连它们也像是她不同凡响的标志似的。

“我不知道班里的同学们是不是来过又走了。”她耸耸肩，抱着一线希望的目光还在四下寻觅，“我想，要是我都不来跟他们打声招呼，起码说声再见，那可就有点儿不近人情了。怎么说也是最后一次聚会了嘛。”

她说的是一种被自己母语稍稍修饰过的英语。那层出不穷的卷舌，短促而圆润的尾音好似为她每句话都轧上了一道绒边。

“你敢肯定你们是约在这里见面？”我问。

她听了一愣，看得出来，这个问题完全超出了她的考虑范围。“对啊，我怎么就没想到，也可能是我一开始就听错了呢。”愁眉舒展之余，一丝笑意在她嘴边滑过，“不过，这样也好……”

举着托盘的服务员从我们中间借道。我们不得不侧转各自的肩膀。

“什么叫这样也好？”我抓住她的话头，“你是说，你并不真的乐意见到你那些同学，对吗？”

她立刻收回涣散的目光，充满狐疑地凝视起我，拿不准我的提问是否包含寻衅的成分。“你不知道，”她犹豫着要不要往下说，“我和他们，我和他们不是很合得来。”

“哦？”我依然故作漫不经心，“因为什么呢？”

这下有些把她惹恼了：“喂，我说你这个人，你不觉得你问得有点儿太多了吗？”

“不，不是我问得太多，”我温和地报以一笑，“是你自己说得太多了。”

“你说什么？”

“难道不是吗？是你自己告诉我你来找你的同学，也是你自己告诉我见不见得到你的同学实际上无所谓，哪怕这是最后一次聚会了……”

“那又怎么样呢？我根本就不认识你，你凭什么，你有什么权利冲我问这问那？”

她激动地提高嗓音。

“我难道不能问吗？你只是告诉我你和你班里的同学合不来，

可你并没有告诉我，你和这个世界上所有的人都合不来啊。如果真是那样，那我保证一个字，一个字也不会多问了。”

牙齿咬住薄薄的下唇，连衣裙领口下的肩膀微微耸动——她眼看就要大发雷霆。然而，出乎意料的是，就在她情绪失去控制，喷薄而出前的一刹那，我最后那番话显然撩拨了她的某根心弦，使得她身上灼热逼人的火气疾速消退下去。她转而以一种混合着困顿和讥嘲的表情打量起我。她问：

“照你这么说，我还得对你的关心表示感谢啦？”

“那倒不必。”我笑着回答，“只消告诉我你的名字就行。”

她眼睑垂下片刻，把涌上面颊的欢愉强压下去。随即，她鼻孔哼了一声，装做无可奈何地摇摇头。“好吧，我承认斗不过你。”她向我伸出一只手，“依莎贝塔，从罗马来。你呢？”

我握住她的手正要回答，这时她的目光却从我耳畔绕了开去。我扭头一看，原来是我教的班上那个名叫卡尔文的加拿大小伙子，正隔着两张桌子朝这边频频打着手势。“噢，你愿意陪我离开这个地方吗？”依莎贝塔恳求似的抓紧我的手。“我是说我们可以一起去个别的地方。我不想再待在这里。我不愿意跟那个讨厌的家伙磨嘴皮子。”

“去哪儿？”

“这么说你同意了？这样吧，你先去门口等我一会儿，我马上出来。”

可是，如果我要离开这儿，怎么说也得先回转身去跟班上的学生们，包括卡尔文在内打声招呼吧。还得临时编个借口什么的。我问依莎贝塔为什么急着躲开卡尔文。她说她就烦他老缠着自己："况且，他那么做的目的只有一个。"

"什么？"

"还有什么？"依莎贝塔盯了我一眼，"拉我跟他上床呗。"

那天晚上，我像是受到了某种魔力的驱使。对异性的渴望，对寻欢作乐的向往，或许，还包括对自身天性的厌弃，种种因素交合，使我把依莎贝塔当做了一条向着虚空攀援而上的绳索。我以为那样一来，就能解脱掉部分失去夏拉的痛苦。走出酒吧，街道上已是行人寥寥，倒是远远可以望见校门那儿的景况相当热闹。不少从事非法经营的面包车正和出租车争夺生意，等着把三五成群夜出的留学生们载往三里屯酒吧街，或是北京城里的各处娱乐场所去。街对面是一片巨大的建筑工地，一幢高楼行将封顶，探射灯的强光在天幕上熨出几道笔挺的褶皱。不一会儿，依莎贝塔从后面紧赶几步，到我近身时一个急停。她两眼圆睁睁地瞪着我。

"请告诉我，你真是卡尔文他们班的老师吗？"

"对啊。"

她顿时"噢"的发出一声惊呼，抬一只手做了个捂嘴的动作。路灯如此昏暗，我却仍能感觉到她的脸一下红了。

"我还以为你跟我一样，也是留学生呢。"接着又说，"对了，还没告诉我你的名字。”

“我姓庄，叫庄祁。”

“这么说，我该称呼你‘庄老师’啦。”

“庄老师”这三个字是用汉语说的。

“你要这么叫我，那我就只好板起脸，像上课一样跟你说话了。”

“你上课是什么样子？真的很严厉？”

“你还是回头去问我班里的学生们吧。”

“实在对不起，”她歉疚地一笑，“我不该让你和他们分开的……”

“没什么。他们邀请我只是出于礼貌罢了。再说，我也不适应刚才那种乱哄哄的环境。”我说。

“告诉我实话，”像是突然意识到什么，她的神色变得凝重起来，“是不是你接受我的邀请也只是出于礼貌？”

“你看呢？”

我故意笑而不答。

“如果是那样，说出来也没关系。我绝不想勉强你为我做什么。”

“没有勉强。”我说，“是我心甘情愿跟你在一起。恐怕你不会相信，实际上这个夏天我已经有很多次注意到你了。有时在教学楼的走道里，你就擦着我的肩膀走过去。那时候我真想把你叫住，和你聊点儿什么。”

“那你为什么没那样做呢？”

她好像为我错过了机会而深表惋惜。

“我只是有种模模糊糊的感觉：虽然我们看上去天差地远，骨子里却可能属于同一类人。”

“哪一类人？”

她仰起头。这时她的脸刚好隐匿在一片阴影里。

“如果你真感兴趣，我想，我想很快就会弄清楚的。”

我们都为这句话笑了起来。想想它确实也挺可笑。

“说吧，”我问，“接下来你想去哪儿？”

“可是，去哪儿应该由你来决定才对啊。”依莎贝塔嗔怪地说，“我又不是中国人，我对北京也不熟悉。”

“说的也是。要我决定，与其换到另一家气氛大同小异的酒吧，还不如咱们自己带上酒，到附近的古城墙上去边喝边聊呢。你看怎样？”

“你是说北京的古城墙吗？现在还有？”

“当然。”

“那太棒啦！”依莎贝塔兴奋得手舞足蹈。“去，去，去！”

我们在前边路口一家快要打烊的小店里买了几罐啤酒、一袋薯片、一包饼干，依莎贝塔另要了一盒“万宝路”。我们叫上一辆出租车，直抵蓟门桥以北的护城河边。在我的印象中，那天离中秋节刚好还差一个月，因此月亮适逢其时地又大又圆。走过小桥，依莎贝塔把一小颗土块踢过铁护栏，听它“嗵”的一声落入水里。月光下她轻盈的迈步姿势，配上她穿的那双蓝帆布面系带胶底便鞋，看上去是那么惹人喜爱。沿着小径，穿过树丛，从土城光秃秃的底部拾阶而上。当我们刚刚登上最高处的平台，一阵骤起的夜风吹得依莎贝塔白裙的下摆紧紧贴住她的小腿，向着身后哗哗飘扬起来。她闭上眼，双臂交叉放在胸前，以便整个身心都能尽情领受一番凉风的涤荡。在平台正中央的石碑下面，一对青年男女刚从搂抱中分离开来，随即迅速消失在另一侧的林木深处。“可是，我们并没有赶他们走啊！”依莎贝塔对着两人的背影困惑地嘀咕道。她绕着石碑转了两圈，饶有兴趣地听我解释那上头镌刻的“蓟门烟树”四个字的来历。当然，只需稍稍环顾一下四周鳞次栉比的楼宇，纵横交错的道路，就能明白这处历史上以“树木蓊然，苍苍蔚蔚，晴烟浮空，四时不改”[1]著称的“燕京八景”之一早已是徒有其名。

我们背靠石碑的基座坐下来。为了不弄脏衣裙，依莎贝塔特地将装啤酒和食品的塑料袋垫在了身下。接下去发生的一切近乎奇妙。悠徐有致的浅酌，海阔天空的畅聊，在我们不经意间便达到了完满的融合。除了通过孔子、禅宗、通心粉和莫迪利亚尼[2]这些名词，向各自所属的文化致以敬意之外，我们更对彼此的生活产生了浓郁的好奇。依莎贝塔家住罗马郊外，距离市中心约有一小时的车程。自从六年前父母离异，她和弟弟一直跟着母亲生活。某些不便深究的原因，令她言辞间对父亲显出不加掩饰的憎恶。她母亲是家医院的护士，她弟弟小她两岁，目前刚上大学。她一般总是回家度周日，平时则住在大学附近与两位朋友合租的一处公寓里。喜欢的

1　语出明代邹缉题王绂《燕京八景图》。

2　莫迪利亚尼（1884—1920）：意大利画家。

消遣是：旅行、上网以及听音乐。

“你是北京人吗？”

轮到她向我发问了。

“不是，我家在中国南方。说出省份来你也不可能有概念，反正坐火车的话得一天一夜。”

“所以你也喜欢旅行了？”

“是。虽然在我看来回家并不等于真正的旅行，但我还是喜欢长途奔波，在不同的地方来回转移的感觉。”

“多久回家一次？”

“做学生的时候寒暑假都会回家，工作以后就只有春节才会回去了。”

“去看父母？”

“对啊。他们都是中学老师。”

“这么说，你选择当老师是受他们的影响？”

“那倒不一定。我完全是稀里糊涂找到这份工作的。”

“你的意思好像是说当老师很容易。”

“我是说照本宣科很容易。”

“你不认为自己是个好老师？”

“那要看你用什么评判标准。”

“怎么说？”

“比方说，你认为一个夜里十二点和你一起爬上古城墙喝酒的老师算不算个好老师呢？”

依莎贝塔大笑：“这号老师，我还真是头一回遇上呢！”

她把头埋进弯折的两膝之间，令我得隙一瞥她纤巧、精致、像是受到月光格外垂青的耳轮和后颈。

“那你平时都有什么爱好？”问完这话，她又不自禁地笑了起来。

对此我只能闪烁其词地告诉她，我喜欢阅读（其实是用来对付夜里的失眠）、写作（大半时间都是在打瞌睡）、演奏乐器（感情蒙受创伤之余弹弄一把快要散架的吉他）以及锻炼（寂寞难耐时绕着校园里的大操场跑圈）等。我说得那样轻松、飘飘然，以至于几乎忘了，我的业余时间乃至全部个人生活，充其量只是受着心血来潮、惰性和挫折感的交替摆布罢了。

不过，在我们交谈中不断显现出的差异，不仅没有形成隔阂，相反，对于两颗素昧平生、不期而遇的心灵恰好还起到了相互感化的粘合作用。正是这些差异，使依莎贝塔和我同时萌发了深深的迷恋、断续的沉思，一种似乎要将它们捧置手心反复摩挲和把玩的兴趣。可以说，我们坐在凉爽石板上进行的交谈最终达到了魔幻般的境界：从我们嘴里迸发出的每一个音节，哪怕并无任何意义，一样能叫对方为之心醉神驰。那真是个不可思议的夜晚。

“你去过外国？”

“从来没有。对许多普通的中国人来说，这不太容易。”

“可你不是个普通的中国人，我这么觉得。”

“在许多方面确实是相当普通的，比方说，又没有去过什么外国。”

“那你想没想过有一天能去外国呢？”

“说出来不怕你笑，我小的时候，常常跑到爸爸妈妈工作的中学办公室，对着墙上挂的世界地图发呆。我喜欢看那一块块被涂得五彩斑斓的国土，同时在心里一遍遍摹画那一条条盘根错节的国境线。为什么它们有的笔直，有的弯曲，有的平缓，有的突兀呢？我总觉得这里面蕴藏着某种我不知晓的神秘规律。那时候正赶上中国的文化大革命，我虽小小年纪，满脑子也都是世界革命、人类解放的狂热念头。在我当时受的教育里，整个西方世界，包括你们意大利在内，劳苦大众全都处在水深火热之中，吃不饱，穿不暖，受着一小撮资本家的残酷剥削和压榨。总之，没法过上像我们中国人民一样，只需凭票就能买到米、肉、蛋和豆制品的幸福生活。因此，每次面对世界地图，我总是暗自下定决心，将来长大了一定要当一名战士，献身于一场解放全世界被压迫阶级的伟大战争，抛头颅，洒热血，直到所有的国境线都被战车碾得粉碎，直到所有国家的上空都飘满红旗。”

“这是真的？”

“岂止是真的。我甚至设计出了好几条出兵路线。在我的印象中，意大利好像是和阿尔巴尼亚以及非洲的兄弟部队一起打下来的，基本上不费吹灰之力。”

再一次，依莎贝塔笑得前俯后仰。

“你真想去意大利吗——我说的不是救苦救难，而是去旅行？”

“那又怎么样呢？”

“我可以邀请你去。你可以住在我家里。我妈妈不太能说英语，不过我可以给你当翻译。我可以领你游览罗马。”

“听说罗马的古迹一个月也游览不完，是吗？”

“不，不是一个月，是一辈子。”

这期间，不断有车辆从我们脚下不远的路面上或疾或徐地驶过。只能根据声音的特征来大致辨别，它们是轿车、小型货车、骡马拉动的木板车，还是带挂斗的载重大卡车。间或，从那里还会飘上来夜行者们的片言只语、引吭高歌乃至咳嗽。也许因为凉意袭人，依莎贝塔不时用手掌上下摩挲袒露的肩头和臂膀。就在那时，我只能说，从依莎贝塔有如道路般延展的皮肤上，传来的是一种介于马车和轿车之间，介于蹄瓣和轮子之间，介于启动和急停之间的声音。

在那以后，我们接吻了。与其说是两个人相互吸引的结果，倒不如说，它是我们相互表达由衷感激的方式。它将馈赠和接受融为一体。如果在月光的朗照下，在如沐如浴的夜色中，在历史的小小遗址上出现了一对青年男女，对于这样一个夜晚而言，接吻理所当然会成为其中的一个天然部分。我们所要做的，所应做的，所能做的，就是让它毫无保留地呈现出来。

依莎贝塔的嘴唇凉爽而又富有动感。有那么一刻，时间连同风声、树影、月光，统统凝滞住了。

我进路边一家通宵营业的药店买好避孕套，和依莎贝塔回到学校已近凌晨三点。按照有关规定，留学生宿舍楼的楼门在夜里十二点到凌晨六点之间关闭。可每到期末或是暑期班结业的那几天，这条规定总是变得有名无实。值班的服务员不得已只好敞开楼门，免得一晚上会无数次地被寻欢讨醉归来的学生们从睡梦中叫醒。依莎贝塔把我带上学七楼二层她住的房间。一进里面，扑鼻而来的是股令人窒闷的湿气。原来，从门框拉到窗顶的绳子上密密地晾着一线洗好不久的衣服。依莎贝塔赶紧打开窗户，让淤滞一整天的空气有所松动。

房间里一左一右摆放着两张单人床，不过，她的美国同屋刚于前两天回国。独享居住空间，难怪会纵容依莎贝塔不拘小节的生活习性。毛巾被一角搭在床沿，报纸书籍和磁带铺散桌面，地板上的行李让人一不留神就会绊个跟头。是的，一切都笼罩着一种离去前夕的纷杂无序……

那天夜里，从依莎贝塔除下衣裙，赤身露体投入我怀中的那一刻开始，一种浩浩荡荡、绵延无尽的虚无感便一次次从我心头涌过。那是蜜一样的绝望，充满苦涩的激情，转瞬之间对永恒的洞窥，破碎中追溯的完整，它们在相互激发的同时又相互消解。其结果是，虚无在我心里变成了一个沉重、凝固的实体。黑暗中，依莎贝塔的身躯就像一座孤岛（或许，正是满屋濡湿的气息启发了我如此的想象）：她那冰凉的耳垂，微微下坠的鼻尖，悬崖似的下颌，咔嚓作响的踝骨，她那震颤的喉管，结着一层薄茧的乳晕部分，火苗般向上升腾的腰肢，还有两股之间那片葱郁的谷地，空寂的船坞……在我抚爱的潮水一浪浪拍击下，它们沿着一道狭长的海岸线渐次显露出来。

“现在，”我说，“有人头一次接近一个陌生的国度。”

“可是，”依莎贝塔说，“他被挡在了国境线外。把守入境处的士兵问他：‘你为什么要来这个国家？’”

“这个人回答：‘我只是刚好走到这里罢了。’”

“士兵说：‘那你应该折返回去。’”

“这个人说：‘但我想进这个国家里去看一看。’”

“士兵问：‘为什么？’”

“‘因为我听说这是一片神秘的土地，有着奇异的风光，让人流连忘返。’”

“‘那你的护照呢？你得到签证了吗？’”

“‘这些东西我都没有。’”

“‘那对不起，’士兵说，‘我不能放你进去。’”

“‘为什么？’”

“‘因为我不能保证你的入境不会给我国造成危险。’”

“‘但是你可以搜查我。’这个人说，‘你会看到，我带的东西正是你想要的。’”

“‘你怎么那么肯定？’士兵说，‘也许你携带的正是某种违禁品。’”

“‘什么东西算是违禁品？’”

“‘比如说一枚核弹头，随时都可能爆炸的那种。’”

是啊，我爱依莎贝塔把身体交给我的方式。我爱她拖长的呻吟和辐射般的扭曲。我渴求她，并且分明感到她对我的渴求丝毫不在我对她的渴求之下。与此同时，我脑际却又隐隐约约浮现出夏拉的身影。那使现实的表层绽开一条条纤细的裂缝。和夏拉恬静、被动、缓冲、忧伤的禀性截然不同，眼前的依莎贝塔迷狂而又舒放。强烈的对比削弱了夜晚的亮度，让依莎贝塔的轮廓模糊了许多。渐渐地，分不清她的双眼是闭是合。连她肩胛上的两颗黑痣也依稀难辨。我的每一个动作和姿势，亲吻，抚摸，触碰，突入，全都迷失在莫名的怅惘中。它们不再以自身以外的任何东西作为存在的理由和追求的目的。既不是为了制造愉悦，也不是为了获得理解。仅仅是生命能量如一缕缕水汽向着虚无的不断发散而已。

“你和多少姑娘睡过？”

平静下来后，她这样问我。

“加你一共三个。”我如实回答。“你呢？你的数字是多少？”

“十多个，或者比这更多。”她在黑暗中追忆着，“我记不确切了。”

“所以说……”

“什么？”

“没什么。”

我说不出自己的感受。这是作为男人面对女人，而不是作为一只鸟面对树的枝丫，或者作为一本书面对书架。

“你是我睡过的第一个东方男人。”她又说。

“是吗？”

“我呢？我是你睡过的第一个西方女人吗？”

我于是告诉了她关于夏拉的故事，三言两语。

“这太不公平啦！你是我的第一个，而我只是你的第二个。”

“那你是我的三分之一，而我却只是你的十几分之一甚至二十分之一，这难道就公平啦？”

“她怎么样？”

“我不是说了吗？我们已经分开半年多了。”

“我没问你这个。我问的是她在床上怎么样，比我。”

“怎么好这样问呢？”

“你就照实说嘛。有什么关系。”

“我说不上来。反正，反正你们两个很不一样就是了。”

“那你更喜欢我的方式还是她的方式？”

“只有等我们再来过一次，我才能回答你。”

“你太坏了。”

“还不是你逼的。”

她翻转身子，紧紧我的手腕。“真的还想再来？”

“想。”我说，“只是我还不知道，你觉得我怎么样呢。”

“你做得挺不错的。”

“怎么，你要我说实话，自己却对我打马虎眼？”

黑暗中隐隐见她一笑。“真要我说？”

“真要你说。”

“那好。是不是你们东方人在性方面都比较拘谨？”

“别说什么东方人，直接说我好了。你不是刚说没跟别的东方男人睡过吗？”

“可我以前从一篇文章里读到过，许多东方夫妻一生中从没交流过对性的看法。从来没有。他们天天睡在一起，做爱，生孩子，可他们压根儿不懂得关心和理解对方的性感受。”

“有些中国夫妻的确如此。”

“那太可怕了！对于西方人来说简直不能想象。在我们看来，性爱的过程首先是一个学习的过程。男女双方在床上只有通过不断交流感受来相互学习，才能获得更好地满足对方和自己的经验。”

“是吗？那你应该教教我。这方面的经验你肯定比我丰富得多。”

“你真的想学？”

“这会儿轮到你当老师了。”

“可我也只能谈一点儿自己的粗浅体会。”

“比方说？”

“比方说，男女双方首先要确立这样一种信念：对于性快感而言，人体上的所有部位并没有高下尊卑之分，它们一律平等，绝不能厚此薄彼。我坚决反对那种所谓的性敏感区的说法。不错，人体上的某些部位是比其他部位更容易引发刺激，但这绝不意味着只有这些部分才有得到性快感的专利。只要爱抚的方式得当，任何一个部位都能引发出相应的性快感来，而这种性快感是别的部位的性快感所不能比拟和替代的。因此，爱抚的男女应该把双方的身体都视作性快感无处不在的矿床，不放过对每一片方寸之地的开掘。同样，不管使用何种方式进行的爱抚也是一律平等的，都有其他方式所不具备的乐趣。男女双方在一起就该尽心尽意地去体会各种不同乐趣，细细品味它们之间的区别。那种这里那里地划出一些性敏感区，还有固定使用某种体位和姿势的做法，都是对于生活的无限丰富性的一种扼杀。要知道，重复和乏味是性爱的最大敌人。”

“明确了这点，又该怎样去做呢？”

“这是没有公式的。一切取决于男女双方能否发挥创造力和想象力。”

“光听这么说说，还是一知半解。你最好通过示范给我一些启示。”

我想，我之所以过后对依莎贝塔久久不能忘怀，跟那天夜里她在床上激情飞扬、无所顾忌的表现大有关系。一方面，她对于性爱的乐趣显出近乎贪婪的热衷，不断手把手地教我如何抚慰她身体的某些部位，以及如何恰到好处地掌控动作的节奏和力度。另一方面，她又不遗余力地变换手法，以期赋予我的体验以更多的层次。有一段时候，依莎贝塔突然改用意大利语，叽叽咕咕地在我耳边诉说起来。她明知我一句也听不懂，却一意孤行地说得无比沉醉。高音区和低音区交相辉映，连续的爆发和短促的停歇恰到好处地糅合在一起。我不知依莎贝塔为什么要这样做。我只能在倾听的同时权且想象，她是要把母语的文法、韵律、动词变位、时态转换之类的东西，身体力行地演示给我。

不知怎么，依莎贝塔给我这样一种强烈的感觉，即她的生理构造似乎天生就和从事性事结下了不解之缘，似乎一旦脱离性欲的满足，她身体中最主要的那部分机能就会逐渐衰竭，以致生命垂垂待毙。我渐渐开始相信，她正在通过自己的行为宣扬一种建立在男欢女爱基础上的世界观，而这种世界观的毫无廉耻带给我的震惊，更甚于让我销魂的程度。有时干着干着，她会突然停下，问我某个问题。

"她也对你做过这个？"

"谁啊？"

"那个法国女孩。"

"你是说用嘴？哦不，没有。"

到了后来，两人的情绪同时达到顶点。若不是依莎贝塔抽出枕头，窒息般地紧紧盖住面颊，她的叫声一定会惊动半个校园。

那晚我们偎依着对方的身体直到天亮。依莎贝塔告诉我，来中国前她刚跟她的男友分手。那是个来自比萨的小伙子，比她高两年级的大学同学，名叫乔瓦尼。她在一列去米兰的火车上与他偶然结识，两人的关系维持了大约一年。她没有细述两人分手的原因，我只是从她浮光掠影的叙述中得到某种讯息：那段旧情并非像她说的那样轻易就能跨逾。起码，乔瓦尼在她心里空出的位置，绝不是我一夜之间就能填补得了的。既然如此，不问也罢。

“真的，”那晚依莎贝塔干涩的嗓音，至今仍在我耳边回响，“为什么当时你不拦住我呢？”

“什么时候？”

“就是在教室外边的走道上啊。”

“拦住你又怎么样呢？”

“至少我们可以早一些认识，不像现在。今天早上我刚去民航大楼确定了机票。再过三天，再过三天我就得回国了。”

由于再一次想起夏拉，我喜欢感伤和抚今追昔的老毛病又犯了。我说：“想想看吧，我们从认识到现在还只有短短六七个钟头。在我，可能是出于认为我们是同一类人的错觉；在你，可能是想要给你的中国之行画一个不寻常的句号。但开始得快的东西往往结束得更快。也许这是注定了的。”

没想到，依莎贝塔好像真的动了感情。“如果你不想让我们的关系那么快结束，那你可以去意大利嘛。真的。”她甚至有些为这一念头激动起来，“我是说，为什么你不能也买张机票，过几天和我一起回意大利呢？你可以先做一次短期旅行。我离开学还有半个多月。不光是罗马、意大利，我们也可以利用这段时间一起去欧洲别的国家走走。”

“你在说些什么？”

“是不是你担心钱不够？没关系，我可以负担你一半，不，比一半还多的费用。你知道，欧洲并不很大，我们可以坐火车。每到一处，想办法找到便宜的旅馆……”

“谢谢你的好意。”我打断她的话，“可你不觉得现在就作出这样的决定过于仓促了吗？再说我连护照都没有，跟刚才我们开的那个玩笑里的情形一样。”

“也许说走就走对你很困难。”她依然沉陷在信马由缰的憧憬里，“那过段时间呢？比方说圣诞节？明年春天？”

“得了吧。”我被她善意的催逼弄得哭笑不得，“你这么做不过是为了向自己证明，想要延续我们之间的关系，差不多就跟结束它一样容易。一切全在于我们愿不愿意。可这么做有什么必要呢？梵蒂冈和斗兽场固然是我心仪已久的地方，但它们毕竟远在万里之外。目前看来，还是由我领你参观北京比较现实吧。”

接下去的几个白天，我和依莎贝塔真的承续了头一个晚上游览古迹的兴致。我们加入到北京成千上万中外观光客的行列中。让我惊讶的是，来这里一个多月时间，依莎贝塔几乎哪儿也没去过。她能报出的名字只有长城加上几处酒吧和迪斯科舞厅。我想，我们之所以甘冒炎炎烈日穿行于北京的廊亭楼阁，或许是因为连我们自己也意识到两人的关系过于缥缈空洞，而想让它更多地附着在某些相对坚实的事物上吧。一开始是石碑，然后是红墙、铜炉、汉白玉、琉璃瓦什么的。可是，和三五天的情感波澜相比，历史真像我们以为的那般坚实吗？在圆明园入口，像其他各处景点一样，当时对外国人还在实行特殊收费制，依莎贝塔要付的票款是我的五倍之高。“为什么外国人付的钱比中国人多？”依莎贝塔用中文抗议。“为什么？”窗口里那位胖乎乎、鼻尖上结满汗珠的中年妇女倒是显得平心静气，“就因为好端端一个圆明园是叫你们老外给放火烧掉的。”在颐和园，依莎贝塔提议进行一场比赛，分左右两路，看谁先从万寿山的山顶下到北边的山脚。小腿的流线。面色绯红，气喘吁吁。日落时分沿山道滑行的凉风。一棵棵参天古木在铁制支架撑持中愈发显出的龙钟老态。在北海。“我们来打赌吧，猜猜那个正走过来的大胡子游客是哪国人。”“可我们怎么知道猜得对不对呢？”“那还不简单，把他叫住一问不就得啦。”她脑袋枕着我的身子，双脚搭到长椅另一侧的扶手上。在故宫。“知道这会儿我心里最大的愿望是什么？”我茫然地摇头。“就是四周一个人也没有，只有我和你在这片高高的平台上做爱。”奇怪的是，从她的话里感觉不到丝毫淫靡的意味。那时我们正走在中和殿到太和殿之间熙熙攘攘的人流里。

最后，场景置换成了首都机场。最后一次拥抱和亲吻。在对方瞳人里寻找自己留下的痕迹。“你还会再来吗？”“不知道。不过我说了，希望你有一天能去意大利。”“但愿吧。”“不管怎么说，谢谢你。”在任何时候，人声鼎沸、依依惜别的场面都会令我感到昏眩。“你说什么？”嘈杂声里我只看见她嘴角在动。“我是说，谢谢你给我的一切。”她凑近我耳边，那里顿时有种汁液流过的感觉。

但是，就在依莎贝塔抽开臂膀，掉头离去的一刻，我猛然悲哀地意识到，她已经把我身上辛辛苦苦得来的一部分对于生存意义、对于人情世故的认识，不留任何痕迹地永远带走了。她一点儿也不清楚，正是和她偶然而短暂的遇合，使得我的生活在一阵剧烈摆荡之后偏离了惯常的轨道，并进而坠向茫茫无尽的虚空：她的柔情是整个过程中最残酷的部分。

依莎贝塔，你该谢的不是我。要谢就谢将人与人分割开的时间，要谢就谢将人与人分割开的空间吧！在飞机的航线变得像天际一样模糊，在纸上的墨迹黯淡枯朽，在无数次的日升月落，斗转星移之后，要知道，再不会有一种叫做思念的东西来折磨人们的心灵了。

三

新一轮的暑期班开学了。自从毕业后担任这所学院的教师以来，夏天就成了我每年中最忙碌的阶段。我再也不能像学生时代那样，尽情享受悠长假日带来的松弛和闲适了。七、八两月是外国人短期留学的高峰，也是决定学院全年营利创收丰瘠的关键。因此，酷热、流汗、劳累、喘息、雷阵雨一类的东西，在教务处排得满满当当的课表上从无立足之地。我所要做的就是理顺额头上的乱发，还有在每晚入睡前上好闹钟的发条。

我喜欢自己的工作吗？这也是一个别人常常问我，而我回答起来总不那么肯定的问题。唯一的例外，就是当初找工作时来这里接受院长面试的那次。那时，我和就读于同一所大学的一位北京姑娘正在热恋当中。我已经把她视为未来的结婚对象，而这一前景完全系于毕业后我能否继续留在北京。考虑到大学四年的履历极为平庸，联系用人单位时，我颇有自知之明地盯住了那些名气和规模都等而下之的普通高校。它们都以我不属北京生源，无法解决户口指标为由，将我拒之门外。只有这所从事对外汉语教学的小学院作出了愿意接洽的答复。面试那天，院长和其他几位副头一齐到场。院长疑惑地问我："如今社会上有那么多热门行当，为什么你偏偏对当一名教师感兴趣呢？谁都知道教师收入不高，而且相当辛苦。"我总不能实话告诉他们，我只是想借此得到一个留京指标吧。我就慨然作出回答，大意无非是说，我的父母都是中学教师，他们的言传身教，使我从小就树立了将来像他们一样投身教育事业的理想。我以为是这番宏论打动了他们，进学院以后才弄清真正的原委。他们对我的条件其实并不满意，只是这些年来鲜有男性大学毕业生上门求职，教师中性别比例失调的现象日趋严重，这才让我钻了空子。当时我还以为，我在这个无心插柳的职位上一定干不长久；没想到进来后一待就是六年，而且直到今天，还没看出任何预示我会离去的迹象。

依照惯例，第一天的序幕是开学典礼。八点半，全体留学生于大礼堂集中，聆听院长宣布在校期间的各条规章及注意事项。为了尽量扩大被理解的幅面，院长的每句话会被依次译成英语、日语和韩语。这个过程一般持续约一个钟头。在这以后，各班班主任将学生领回教学楼指定教室，继而分发各门课程的教材。十点钟，上课即告开始。

这一次，分配给我的是个所谓的“联合国班”。班上计有四个印尼人，三个韩国人，三个澳大利亚人，两个德国人，两个日本人，另外越南人、埃及人、秘鲁人、以色列人、瑞典人、波兰人、法国人、加拿大人各一个。仅仅是将考勤表上一长串争奇斗异的名字和讲台下一大片乌泱泱的人头挨个对上号，就耗费了好一阵工夫。澳大利亚老头叫“善积德”，秘鲁姑娘叫“厉木兰”，最离谱的还是一个法国小伙子，给自己起的中文名竟是什么“大梦幻”。每日课堂上念着这样的名字提问，想不神经错乱都难。在我的要求下，学生们首先轮流走上讲台，面对全班作一番简单的自我介绍。除了在校大学生占将近一半以外，他们当中还包括使馆文秘、外国公司驻京代表、家具设计师、银行职员、物理疗法医师、家庭主妇以至无业游民。最年轻的印尼姑娘黄娟美不到十七岁，尚未高中毕业。最老的善积德年过花甲，是墨尔本一所教堂的牧师。如果不是都在学习汉语，他们中的多数人可以说毫无共通之处。

两年前的一天，我转动着面前的地球仪问自己：“在这个世界上，在今后的几十年里，什么国家将变得最为重要呢？”我找到的答案是中国。这就是为什么两年来我一直坚持自学汉语。这也是为什么我今天来到了北京……

以及：

……我来北京，本想看看中国的皇帝是什么样子。可是，我去了故宫，去了北海，去了天坛，在那些地方都没有找到皇帝。中国的皇帝去了哪里呢？

后来我才发现，原来他们都开出租汽车去了。不是吗？看看那些出租汽车司机在客人面前神气得不得了的样子，你会觉得他们就跟从前的皇帝一样……

而我，又得像以往每次开学的头一节课那样，对他们老调重弹。

同学们，从你们开始留学的第一天起，我就必须提醒你们，学好汉语的关键在于掌握正确的语音语调。语音语调好比一个人的脸和衣服。也就是说，假如你们语音不准，而语调又失当的话，那就等于是你们的脸上有瘢，你们的衣服上有洞……

或者：

学习语言不是种果树，而是种庄稼；不是种桃种苹果，而是种稻种麦。桃和苹果，年年都能在相同的枝头上长出来，稻米和麦粒却不能够。你只有收获完旧的一茬，接着再去播种新的一茬，如此循环往复……

说起来，我对自己从事的这项工作的深远意义和非凡价值并非一无所知。至少，在我刚来的头一个星期，院长当着全体新教师作的一番慷慨陈词，至今还在我耳边时时回响。当时院长几乎是模仿着伟人站在天安门城楼上的姿态，向我们庄严宣告，一个由对外汉语教学主导国家外交、确定国际地位的新时代即将到来。这样的时代，院长进一步阐释道，曾在我国的盛唐时期出现过一次。那时的都城长安汇集了世界上许多国家的留学生，而日本人阿倍仲麻吕[1]算是其中学得最好的一位，连很少正眼看人的李白老师都给他打过很高的评语。假使不是后来闭关自守，国力衰颓，那兴许到今天世界第一通用语就不是英语而是汉语了。诚然，作为一名中国人，我没有理由不衷心期盼院长的预言能尽早成为现实。然而六年来，当无数次在课堂上听着学生们佶屈聱牙、纰漏百出的发音，看着他们歪歪扭扭、画猫类犬的字迹，我又不得不在心里对院长的乐观保留审慎的怀疑。就像我教过的一位韩国学生在结业会上开过的那个玩笑一样："谁说我们汉语没有进步？刚来中国的时候只会说'你好'和'谢谢'，到现在我们已经能说'你好——吗'和'谢谢——你'了！"

回过头看，来自不同国家的留学生们就像一堆错杂的音符，谱成了我混乱无序的个人生活的和声部分。大多数时候，我和他们都

---

1 阿倍仲麻吕（701—770）：日本奈良时代的遣唐留学生，曾为官，擅以汉语作诗文，与李白、王维等交好。

能保持和睦共处；当然，不可避免地，偶尔也会有些令人尴尬和不快的情形发生。记得有一年，我承担了日本一家小公司海外观光考察团的教学任务，学期只有两周，实际上是公司对那些上了岁数、忠诚尽职的雇员一种半休假性质的奖励。开班第二天，我领他们去参观长城，在旅游车上，一位勉强能说几句汉语的老人问起了我的收入。我如实报出一个数字，想不到那位老人听罢，满脸沉痛地摘下帽子，翻转过来托在手里，起身走到车厢的最顶头，开始发起一场募捐活动。我听不懂日语，但我估计他是这样挨个儿对同事们说的："请发发善心，帮帮庄老师吧……他的日子怎么过得下去啊！"很快，那只帽子里就堆满了五十元或一百元一张的人民币。老人眼里噙着泪花，硬要叫我把钱收下。我当然严词拒绝。我费了好一番唇舌，总算让他们明白过来，虽然我一个月的收入当不上他们一天挣的多，但这并不表示我在中国就活不下去。为了进一步证明我的论点，我指着窗外路边的瓜摊请他们猜猜价钱，结果众人的估测都比实价高出五十倍到一百倍不等。当然，我尽量不从个人尊严受到损伤的角度去看这桩事情，那帮老人毕竟是出于善意。但有些时候，碰上班里个别对中国充满敌意和蔑视的学生，尽管我并非一个狭隘的民族主义者，还是会控制不住自己的情绪。就像有个学期，一个名叫诺克斯的白人学生，总是在我讲解汉语语法时抱着脑袋怪叫，诋毁汉语是种"毫无逻辑""不可理喻""令人发疯"的语言。从他的态度里不难感觉，他是把汉语当做了一个劣等民族的标志。我心里有火，但我只是冷冷地说："诺克斯，我很奇怪，又没有人请你来中国学习汉语。如果你不能从自己的智力上去找原因，为什么不干脆收拾行李回国呢？”还有一次课堂讨论，我在黑板上开列的题目是：“来中国后，遇到的哪些事情让我不高兴（或不理解）？中国的哪些方面我不喜欢（或不习惯）？”学生们的不少感想都涉及他们所认为的中国的阴暗面。我认为那都在能够理解和接受的正常范围。只有诺克斯，在座位上用英语对中国发表了一番恶毒的指责。他低估了我的听力，以为我听不懂他在说些什么。但我听得清清楚楚，他是这样说的：“中国吗？它是这样一个国家，任何外国人在这里生活久了，即使不是种族主义者也会变成种族主义者。尤其是当你生活在那些偏执的、愚昧的、自我中心的、只长了半个脑袋的农民中间。尤其是当你跟老鼠一起，住在那些各种小虫子以惊人速度繁殖和腐烂的屋子里。尤其是当你在街上看到人们驾驶着各种交通工具，像投入一场你死我活的战争一样疯狂争夺道路。尤其是当你受够了人们总是把痰和呕吐物吐在你鞋子和裤腿上。在这里我情不自禁地产生出一种强烈的冲动，我想成为像一个世纪前那样的殖民者。我想骑在高头大马上，用鞭子抽打着这帮家伙，让他们变得听话和守规矩一点儿！”这时我勃然大怒，在讲桌上重重一拍，也用英语说：“诺克斯，如果有一天你成了殖民者，我会第一个把你从马背上掀下来，赶出中国去！”作为教师，这是唯一一次在课堂上和学生发生过的激烈冲突。

四

把依莎贝塔从机场接回学院后一连两天，我没有再和她见过面。我只是在分班名单上找到过她的名字，知道她上课的教室被安排在原属长期班学生专用的教学工楼。今年暑期班人数之多大大超过往年，不光教室不够，连一部分教师也得临时从外校聘请。

时隔数年，我说不清依莎贝塔身上究竟起了哪些变化。为此，我好几次展开她不久前的那封短信，反反复复端详和揣摩。为什么她把中国说成是“眼下唯一可去的避难之所”？即便如她所称，她只是出于一时激动才写下了类似“生活已经陷入可怕的危机”这种话，那事情的起因又是什么呢？她的文字究竟是在描述事实，抑或仅仅代表某种隐喻？遗憾的是，与依莎贝塔的久别重逢没有为解开我心头的疑团提供丝毫线索。只有一点无可否认，她在我心目中（主要是通过回忆构筑起）的形象正在一点点地瓦解。在我的感觉中她变得更加陌生了。陌生到我们之间似乎不曾有过任何瓜葛。或许，三年前的短短五天并不足以使我接近真实的依莎贝塔。又或许，真实的依莎贝塔藏在一个比三年时光的间隔更为遥远也更为隐秘的地方，覆盖四周的阴翳我目力无法穿透。

然而，最使我感到困惑的方面，并不在依莎贝塔，而在我自己。如果说，以前我还可以佯装对自己的空虚和堕落视而不见，那依莎贝塔的出现等于打开了一面雪亮的镜子，将我这几年来心性上的蜕变暴露无遗。的确，我再也不是依莎贝塔见过的那个不谙世故、自命不凡、喜欢远眺和沉思、对感情创伤既恐惧又着迷的家伙了。三年来，我每每在头脑发热中订下的人生计划，转眼便会不了了之。我口口声声说要为之奋斗的写作事业，取得的进展也远远滞后于我对自己的期望。与刊物的退稿信不断增多相对应的是，我渴望成功的雄心正在日渐淡薄。那么，我为此感到过羞耻吗？依莎贝塔一定不会想到，如今的我安于平庸、浑浑噩噩的生活，简直就像一滴油浮在水面上那么自在。

第三天傍晚时分，我抽空去了一趟依莎贝塔的宿舍。这回服务台前值班的换了个年轻姑娘。在经过暑假开始阶段的冷寂之后，留学生楼因为新生的蜂拥而至重又变得热闹起来。喧嚷中我上到五层，结果失望地发现依莎贝塔不在。我在她房门前边的走道上驻足片刻，随即打消了等候的念头。

出了八楼楼门，我漫无目的地朝校园东边走去。夕阳的残照把地上散布的阴影逐渐连接成片。一路上遇见的各种肤色的年轻人无不意态悠闲，不论是骑车的、步行的，还是坐在长椅上闲聊和说笑的。一位穿黑色旱冰鞋的金发小伙子，蜷曲腰肢，斜斜地展开双臂，从我身后一阵风似的向前滑过。远处球场上的呼喝声、跺脚声、篮球与篮筐的撞击声不绝于耳。在礼堂一侧的空地，六七个高矮不一、体形各异的留学生，正跟着一位白发苍苍的女教师学打太极拳。说他们的动作是出于锻炼的意图，倒不如说是在通过身体的扭曲来探究骨骼的构造更为准确。

从挨近主干道的售货亭前经过，我又一次看见了那个人所共知的疯女人，身穿一件脏兮兮的红上衣，一条已经褪色的黑裙子，一双后跟快要磨穿的凉鞋，正背对着我用一只竹棍将垃圾箱里的易拉罐和矿泉水瓶扒拉出来，收进一只鼓鼓囊囊的蛇皮袋里。接着，她归拢蛇皮袋的袋口，在左手上缠绕几圈，提起它又向十几米开外的另一只垃圾箱一瘸一拐地走去。自从我来到这所学院，同样的场景曾经不下百次地为我目睹。据说疯女人十几年前也是这里的教师，姿容秀丽，能歌善舞，因为违反了不许与留学生恋爱的校规受到处分，落得精神失常。跳楼自杀未遂，一条腿留下终身残疾。多年来，她只有靠终日跛足穿行校园，拾捡破烂维持生计。她的前额以一个永远固定的角度垂向地面。她仅用眼角的余光朝我这边投来一瞥，表明她对身边物体的移动并非毫无知觉。撇开她干枯的发束，粗糙的面皮，臃肿而笨拙的体态，只有五官周正的轮廓还能让人依稀想见一丝她当年的照人风采。一年年过去，学院里路面翻修，墙壁粉刷，植被成荫，高楼迭起，在一个日新月异的背景中，只有疯女人还在顽强地维持旧貌。每回遇见她的时候，我总是禁不住这样想，倘若要为这所学院评选一样最具代表性的标志物，那我一定会舍图书馆门口的塑像、主楼上写着校训的牌匾、小园林区的万国名碑，坚定不移地投这个疯女人一票。

不知不觉间，来到了逸夫楼前的喷水池边。池子里这会儿一滴水也没有，安放在底部的几排喷水管，锈蚀得有点儿不堪入目。看看它们那奇形怪状的连接方式，就觉得不难理解，为什么平时池子里喷出的水总是一忽儿东，一忽儿西，把四周本可以坐人的地方浇得湿漉漉的。有时，水柱甚至会乘着风势飘到主干道上，打湿自行车的轮胎和行人的鞋面。斜对过不远，一位黑人姑娘正在使用一台插卡式公用电话，由于橙红色防护罩的遮挡，只能看见她肩胛以下的部分：罩衫、短裙、颀长的双腿以及棕皮凉鞋。紧贴在逸夫楼后面的是两栋十八层高的塔楼。作为那些长期留学生的住所，它们也是学校里最高的建筑。这时，从它们密密的窗口透出的灯光，提醒人们又一个闷热难熬的夏夜已经来了。

我刚刚登上教学主楼大厅外的台阶，正对学院东门的甬道上突然出现了令人难以置信的一幕。我看到依莎贝塔正孤身一人朝这边款款而行。在一阵突如其来的慌乱中，我赶紧藏到了粗大的廊柱后面。这一全然不可理喻的举动，弄得我自己也羞愧不已。为什么我不能安心留在原地，远远就把向她示意的手举过头顶？我的胳膊贴着淡粉色的廊柱，在那上面依然留有即将逝去的白昼的余温。没过多久，依莎贝塔的身影从一个斜角切入我的视野。很快，她橐橐的脚步声也从薄暮时分的喧嚣不宁中脱颖而出。

她今天的穿着迥然异于往日，上身是件蓝底白印花的短袖绸衫，下身是条半长过膝的青灰色牛仔裤，裤腿那儿有意弄出一种铰断后刺刺啦啦的毛边效果，脚下也换上了一双黑色无后襻式的平底高跟鞋。她走路的样子显得轻盈而敏捷，就好像每迈一步，都能通过足底源源不断吸入蕴藏在地层中的某种无形的力。她走到最近处时，我们相距大概不足五米。霎时间我几乎看清了她的侧面轮廓。不知是不是受暮色微茫的影响，我无法判定此刻浮现在她脸上的是种怎样的表情。它似乎怪异地停在一个将各种喜怒哀乐中和起来后达到的临界点上。我绕着廊柱转了一圈，目送着她沿小广场南边绿化带的碎石路渐行渐远。她脑后的发梢随着步履富有节奏地颤动着。她间或会在体侧支起一只手掌，让指头从路边灌木丛柔嫩的枝叶上轻轻掠过。

我禁不住对自己说：看哪，看这个人，你与她曾经共享多么亲密的时光，你的热情曾以怎样的澎湃漫过她肢体上的峰峦和沟壑，你曾经为她迷失，对她的坦诚还产生过犹疑和不信任。可是眼下，你居然怯于与她路遇，只能躲在暗处，不动声色地任她从你眼界中消失，不动声色地任你生命的一部分在心底燃成一堆灰烬。

这个时候，我不能不为自己身上流溢出的冷酷而深深骇异。

五

与结业晚会过后才遇见依莎贝塔不同，我和法国姑娘夏拉是在开学的第一天认识的。在某种意义上，我同她们的两段恋情恰好形成鲜明的对照。如果说一种有如夏天的阵雨，雷厉风行而又即来即去，那么另一种就好比冬日的融雪，悠缓绵长而又悄无声息。作为师生，我和夏拉·雷妮埃之间经过一连串有如随堂测验般频繁的试探性接触，关系发展几乎与循序而行的教学进度同步。她毕业于法国斯特拉斯堡一所新闻学院，在供职的报纸倒闭之后从巴黎来到北京。由于没有稳定的生活着落，加上签证到期，她不得不在学期结束后的那个春天回国。当时她对我说，她一定想法在某个文化机构找份驻华的工作重返北京。

"我的心时起时落，时起时落。"在半年过去我生日前夕收到的信里，夏拉这样写道。

……我的心时起时落，时起时落。起是当我每次走在去职业介绍所求职、去公司应聘的路上，落是当我每次从人们嘴里听到"不"的回答。这一成不变的情形要延续到什么时候才算完呢？几个月来，你写给我的每封信都让我看了伤心落泪。我很少回信，是因为要在信里强装笑脸对我来说是件万分痛苦的事情。我希望你能原谅我。不止如此，我也希望你能更进一步原谅下面我要对你说的：我想我回不去北京了，我实在没有能力履行当初对你作的承诺。

让我告诉你吧，在巴黎的生活并不是我想要的那种，可我知道自己属于这里。我对此感到深深的失望。我还在为你知道的那家残疾人杂志写文章，同时也在一家儿童连环漫画出版社临时兼职。一开始觉得还挺有意思，可是几个月一过我就有些厌倦起来，并且疑惑是不是应该尝试干点儿别的。在巴黎要找一份正式的工作实在不容易，失业率太高，而物价又是那么昂贵，逼得你为了支付账单，只能想方设法地去干点儿什么。说真的，现在我对自己有了很大的疑惑：我究竟是怎样的人？我适合做些什么？我为什么总是不快乐，还容易把不快乐传播给与自己关系亲密的人？等等等等。不过到目前为止，我总算想清了一点：我不可能再回北京去了。这在你听来一定非常残酷，可要知道，我心里也并不比你好受多少。

亲爱的，我不想以任何方式伤害你，更不想对你撒谎。发生在北京的往事，发生在我们之间的往事，无疑是真实的。我也为能和你在一起花时间而快乐过。但我最终还是回到了这里，重新开始了自己的生活。这时候我才明白，要是我不让那一切发生就好了。我实在不能确定自己当时的感情，我也无力作出让自己卷入他人生活的决定。我对你失去的时间，对你得不到的快乐，还有对这封信给你造成的伤害都负有责任。一想到这点我就又忍不住要哭。

北京对我实在是太遥远了。我的汉语越来越糟，因为我既没有信心和动力继续学习，也没有机会跟这里的中国人谈话。我想再过不多久，我就会把汉语忘得一干二净。现在我还能说什么呢？在北京住了两年，到头来却发现这两年对我的人生没有任何助益。而且，情形似乎正好相反，我的情感不断地受着它的阻碍。北京成了一个只能让我一次次想到自己失败的地方。是的，那种彻头彻尾的失败。

现在，就在我给你写这封信的时候，窗外正在下雨。整个法国处在半死亡的状态。人们都去了海滨。商店紧闭大门，街上空空荡荡。你知道我正在想什么吗？我在想也许我已经不懂得如何按人们应得的方式去爱人们了。我在想，也许我该对整个世界说一声“对不起”……

据夏拉说，我们当初认识的时候，她和她的前任男友刚刚决定分手。那时她的心情糟糕至极。她几乎是抱着排遣愁闷的想法才来报名学习汉语的。从自幼在法国接受教育的经验出发，她以为她的老师必定都是些头发花白、满脸皱纹的老人。遇上我并且发生后来那些事情，她完全没有料到。

我至今还能完整地回忆起第一次见到夏拉的情景。那是刚刚进行完开学典礼，我领着班上的二十余位学生由礼堂去往逸夫教学楼。行到半途，我不经意地回头扫了身后参差不整的队列一眼，就在这时，正与身边同学说着什么的夏拉，她流转的眼波以同样的不经意刚好落在我的脸上。四目相对的一刹那，一股热流沿着脊柱涌过我的头顶。在短暂的窒息中，我生平头一次感到自己的灵魂原来有着一个松软、细密、巢穴般的外壳。这就是夏拉，朴素大方的衣着，一头齐耳的短发。就东方人的眼光来看，她似乎并不年轻，然而她的美展现出一种在越过衰老的警戒线后仍能长久存在下去的坚韧不拔。正是从那天起，课堂变成了我默默忍受煎熬、抚慰忧伤的场所。在我站立的讲台和夏拉之间，似乎有一条我一眼望不到尽头、烟笼雾罩的迢迢长路。我只能借着叫她来黑板前听写生词和短句的机会，稍稍濡染她身上散发出的沁人心脾的气息。我只能趁她伏在桌面上自习的时候，悄悄绕到后面凝视她的背影，欣赏她发根部分的深褐是如何欢快地向着发梢部分的金黄过渡。

很久以后，我遇见来自美国的女人卡罗琳，她听我描述这一过程，不禁惊呼："天哪，听起来就像一个人在说他的初恋。"哦，初恋，如果这个词能传达出我对夏拉的俯首膜拜和无限痴迷，那就说它是初恋好啦。终于有一天，课间休息，在门厅一角的咖啡厅，我和夏拉坐在了一起。那时候，同一张桌上也有班里别的学生，其中一个一边翻看一本英文杂志一边告诉我，大卫·科波菲尔，就是那个经常在电视里表演将大厦、飞机、巨象之类的东西一下变没的魔术师，在一篇访谈里称他非常喜欢中国，已经来过三次。"这是很自然的，"我说，"而且，我相信他还会再来。""为什么？"夏拉一边问，一边点燃一支香烟。"因为在中国值得改变的东西实在太多了。"我这句话逗得大家全都笑了起来。笑声中我感到和夏拉的距离拉近了不少。在这以后，每天课前课后的间隙，夏拉和我总会聊上几句什么。虽然，话题往往限于天气的变化，同义词的比较，最多也不过是她刚刚看过的某部中国电影，可那短短的几分钟却使我的整个一天都变得流光溢彩。

那时，我刚跟大学时代认识的中国女友分手，痛苦的余波还未完全褪去。我对重新开始一场恋情，尤其还是和一个西方姑娘的恋情没有一点儿信心。这就难怪我在面对夏拉时常常显得那样愚笨和畏缩，以至于我们关系中所有决定性的步骤都是由她采取主动的。不过话说回来，这种主动在任何时候都不同于依莎贝塔式的激烈和冒进，因为夏拉更愿意让一切进行得不温不火。

我们第一次约会是去甘家口的新疆街吃晚饭。那是有天中午下课，我们在门厅分手之前她提出的建议。那一刻她微微有些脸红，而我却因为意外和激动而张口结舌。到了约定时间，我们先在她住的友谊宾馆门口会合。新疆街上有家小店做的炒面片和馕包肉让夏拉赞不绝口。晚饭过后，我们穿越大半个城区来到三里屯的一家酒吧。夏拉每周有三个晚上在那里当招待。她此前做过新华社的法文专家，由于忍受不了成天校对译稿的枯燥乏味，一年期满后主动放弃了续签工作合同。她还是渴望能当上一名真正的记者。用她自己的话说，记者是一项“能在寻常的生活表象下体验到探险乐趣”的职业。除了在酒吧打工，她还不定期地为巴黎的一两家小杂志撰稿，可经济状况始终未见起色。直到这时我才知道，夏拉虽然已经和她的男友分手，却仍然寄住在对方于友谊宾馆包租的一套公寓里。那是个来自英国朴次茅斯的青年，开了一家小型的文化传播公司，经营业务以转卖西方的电视节目为主。夏拉没有能力支付另找一处住处的费用。一切全有赖于她能否找到一份正式点的工作。她很快发现自己的估计过于乐观了。一个月来，她上午上课，下午则一家家走访北京大大小小的法国公司。不幸的是，从电气工程师到干邑推销员，没有一个空缺的职位是适合她的。她告诉我，他和英国青年的情侣关系虽已终结，却并不影响他们继续作为亲密的朋友，相互给予体谅和支持。但她同时也非常清楚，寄人篱下终非长久之计。这种尴尬的局面还要持续多久呢？她对前途的信心就像我们两人杯子里的啤酒那样直线下降。那晚，夏拉说了许多，许多。她有一个惯用的动作，总是把两手举到头的两侧，拇指与食指和中指快速摩擦，以此来强调她认为是重要的字眼，像是“分解”、“戏弄”或者“摆布”什么的。而我除了静静地倾听，只能偶尔给她一些空泛无用的安慰。但是，或许，假如，喝吧，继续……

又过了几天，夏拉邀我去了她的住处。是在友谊宾馆东南头的外国专家公寓，一套不足六十平米，兼作工作和起居之用的房子。我们只能在客厅的一角，在沙发、电视、传真机、书架和文件柜的中间支起一张小饭桌。英国青年去香港参加一个电视文化节，刚刚离开北京。夏拉亲手做了蘑菇鸡块和蔬菜沙拉，还用电烤箱烤了一只法式蛋糕招待我。从“大磨坊”[1]买来的新鲜羊角面包，她住在第戎[2]的父母刚刚托人带来的奶酪，产自波尔多[3]的一瓶还剩一半的红葡萄酒。它们和笑容可掬的夏拉一起，构成了一个正牌的法兰西之夜。但那天晚上，气氛自始至终有点儿特别。我们俩谁的话都不多，弄得夏拉不时搁下刀叉，对我说：“你说点什么啊。”可我，偏偏就是找不着话由，只能从面前的食物上抬起头，干巴巴地回答：“说点什么啊？”或者：“请原谅我不习惯奶酪。”

直到饭后，很长时间过去，当我在卧室门口紧紧搂住夏拉开始亲吻时，我才突然意识到让我情绪低徊的原因究竟何在。卧室的空间相当狭小，两张床一左一右，相距不过一米来远。一想到夏拉和

1　北京专售法式面点的连锁店。

2　法国东部一城市。

3　法国西南部一城市，盛产葡萄酒。

那个英国青年至今共居一室，夜里鼻息相闻，我就有些难以忍受。这压抑、意味暧昧的环境，使我困惑于夏拉所说“亲密的朋友”关系到底意味着什么。他们是否仍然彼此需要？他们是否仍然保持性爱？他们是否仍有复合的可能？谁能保证，夏拉对我说的话句句属实？也许，她和那个英国青年只是发生了一点儿摩擦，但还不到就此分手的地步？也许，他们仍以一对恋人相处，但日久情倦的夏拉想从我这里得到一份新鲜的体验？一抹淡淡的光照从窗外折射进来，将夏拉赤裸、舒松的身体嵌在深浅条纹相间的床单上。我端详着夏拉，只觉眼前迷迷蒙蒙的一片。此时此刻，我感到我和夏拉两个人在一起，比一个男人和一个女人在一起所代表的远远要多，而比一个东方男人和一个西方女人在一起所代表的远远要少。

与性爱的驰纵相比，夏拉似乎更注重那之前绸缪的温情。但她轻柔的指尖，温湿的唇舌，仍然无法消除我内心的犹疑和不适。特别是当她起身走到门口，从衣柜下端的抽屉里翻出那个英国青年的避孕套时，我心里更是惶然。“你用这个吧。”她重新回到床上，在我身边躺卧下来。我禁不住一直在想：英国青年的避孕套到底是为谁预备的呢？总不见得是为我，为一个他压根就不认识的要跟夏拉上床的男人预备的吧？还有，英国青年自己是否仍在使用它们，是否仍在以过去一年他们共同生活中形成的某种频率把它们继续用在夏拉身上？而这种频率，只是偶尔因为他要去参加一些诸如香港电视节之类的活动，才被打断了呢？正是因为无法向夏拉启齿，种种猜疑才如此强烈地折磨着我的内心。然而，从进入到夏拉身体的那一刻起，在充盈于我心中的无限深沉而浑厚的爱意面前，这些猜疑竟又统统自惭形秽起来，以至于倏然消失得无踪无影。

待到两人分开，我贴着夏拉的耳垂告诉她：从看见她的第一眼起，我就深深为她倾倒；我从没像爱她那样爱过任何一个人，我愿意为她付出生命中的一切，只要能令她获得幸福。唉，幸福呵幸福，那一阵阵难以消退的青春期的晕热。

夏拉突然变得严肃起来，不让我继续往下说。

“不，你不应该随随便便使用爱这个字眼。”

随随便便？“夏拉，难道你怀疑我的真诚吗？”

“不，我怀疑的是我们两人对爱的理解不一样。对我来说，爱一个人绝不是轻易就能作出的决定。只有当你和一个人长久相处，对他完全了解以后，才能明确你是不是真的爱他，他是不是真的值得你爱。爱跟一时的感情用事不同。”

说得好，夏拉，感情用事。“我会证明给你看的。”

“你不需要证明什么。问题在于你不了解我，我也不了解你。是的，我承认我喜欢你。不是一般的喜欢，而是心里面时刻都有的那种记挂。正如你看到了的，我愿意和你在一起花时间、谈话、学习，或者外出。但我不能肯定这是不是就是爱。”

不能肯定是不是爱。“那什么才算是爱呢？”

“我不知道，真的。你想过没有？总有一天我要离开中国。在这片土地上我永远是一个外国人。我不可能像在法国那样，随时可以找到自己想读的书、想看的电影、想谈话的朋友，甚至是想吃的饭菜。在这里我过得非常闭塞，没有文化上的归属感，找不着自己的位置。你知道吗？在这里的很多时候我并不开心，而每当我不开心的时候，我就会更加想念法国，想念巴黎。总有一天我要离开中国的，我不愿意到时候背上感情的负累，那只会让我们两个人都非常痛苦。”

总有一天，夏拉，你是说总有一天。“如果我跟你一起去法国呢？”

“那样的话，在我身上出现过的问题又会反过来出现在你身上。而且，它对于我们双方都意味着一种冒险。可我还没有作好这个心理准备。”

我难过得默默无语。

“嘿，你怎么啦？求求你别这样。”夏拉被我的样子弄得局促不安起来。反过来，她也想多少抹去一些她话里的决绝意味：“也许，也许事情还会起变化，让我们一起等等看好吗？我说过，爱是需要时间的……”

有一次，我在夏拉的住处遇上了英国青年。他是为取一份遗忘的合同突然回来的。我和夏拉正坐在沙发上看 CNN[1] 播报的新闻。场面一时有点儿尴尬。夏拉介绍我时只说，我是她的老师，可我从

---

1 美国有线电视新闻网的简称。

那个头发卷曲，个头高出我一大截的小伙子眼神里看得出来，他对夏拉的话另有一番理解。这是个腼腆而寡言的人。我们简单地聊了两句，然后他就走了。他走了以后，我和夏拉很长时间面面相觑。我情不自禁地为我和夏拉的关系悲伤起来。爱是需要时间的，这是夏拉的看法。爱需要的仅仅只是时间吗？身处其中的时代洪流似乎这样表明，爱更需要的是实力。甚至可以这样说，如果你没有实力却去爱一个人，那是对你所爱的人的一种不尊重，同时也是对爱本身的亵渎。当然，这里的实力不光指金钱或者经济什么的。不管怎么说，爱的确需要更多外在的东西。可我又能为夏拉提供什么呢？我只不过是个天天跟黑板和粉尘为伴的穷教书匠，每月菲薄的薪水刚够顾上自己的温饱。我没有任何能力可以为改变夏拉的困境做点儿什么。我不可能租得起一套房子，然后对夏拉说：离开那个英国人，搬来跟我一起住吧。何况，就连每次外出的花费，夏拉都坚持要照西方人的方式由两人平摊。让我心里最不好受的是那一次，夏拉在巴黎的一家杂志上发表了一篇关于中国残疾人现状的报道，她非要从所得的三百五十美元稿费里拿出一百给我，说是作为请我陪她去北京一些残疾人家里采访，为她当翻译的酬劳。我对她说，能够和她结伴做点儿什么，能够亲眼看着她从事自己喜爱的工作，这对我来说已经是莫大的乐趣了。可不管我如何推辞拒绝，夏拉就是不为所动。她说她不希望我破坏她做人的原则。她说她不希望欠我的情。接下去，就发生了我们之间有过的最激烈的一场争吵。做人的原则？欠我的情？我的心态偏执得一下失去了控制。夏拉，为什么你可以欠那个英国人的情，却偏偏不可以欠我的情呢？

“你说这话是什么意思？”

“什么意思你心里清楚。”

“你是说我不该继续和他住在一起？”

“那是你自己的事。”

“你是不是怀疑我跟他还有那种关系？”

“我可没这么说。”

“明白了！原来你一直就不相信我！”

夏拉是个心地善良的姑娘。我想，也许正是我那番话深深刺痛了她，使她在两个星期以后作出了离开中国的决定。临上飞机前的那天夜里，她最后一次来到我的房间，伏在我的肩头失声哭泣。她说，她一定争取找到机会重回中国。可是，她又补充道，如果最终她无法实现自己的心愿，那我从此就有了一个最好的法国朋友。我知道，她所说的法国朋友就是在法国的朋友，跟在月亮上的朋友是一个意思。她的泪水沾到我的脸上。直到这时我才真正知道我有多爱夏拉。

六

周一早上一觉醒来，时针指向七点半。自从两年前同屋换成一位家在北京、平时很少住校的小伙子以来，我的日常起居就完全失去了规律。我每天睡得很晚，可不管睡得多晚，四周稍有一点儿动静都会立刻把我惊醒。就在刚刚过去的这晚，先是从头顶的天花板上传来一阵拖曳重物的摩擦声，住我上层的一位性情怪僻的老姑娘有在深夜调整家具位置的习惯。接着，隔壁的房门訇然打开，几个刚刚结束牌局的青年教工带着叫骂和吆喝分头散去。没过多久，走廊里的电话又催命似的响起来。由于我的房间正对楼梯口，紧挨着整个二层唯一的一部公用电话，因此平时我几乎成了所有住户的话务员。这一次我下定决心，等着别人去接，可铃声一连响过十几遍，还是不见有人作出反应。我不禁为平时一次次殷勤传唤别人而心生懊悔。想不到那已经无形中培养出大家对我的过分依赖，即便是在凌晨三点。我最终只好翻身下床，从门边的小方桌上抓起话筒。一个声音生涩而哽咽的姑娘问我是不是叫松本，我没好气地告诉她打错了。可是姑娘并不急于就此挂断，好像要是找不着松本的话，那她随便找个别人聊聊也行。我放下话筒，正要回房，电话铃又一次响起来。那个哭哭啼啼的姑娘一听是我的声音就赶紧道歉，看来她只是想证实一下自己确凿无疑弄错了号码。我躺回床上。第三次电话铃响的时候，我已经到了彻底崩溃的边缘。我挣扎着起来刚要去接，谁知它又自行断了。

一场断断续续、低质量的睡眠害得我起床之后头脑昏沉，眼睛浮肿。我去走廊一端的水房漱洗完毕，嚼了几块饼干权充早餐。当我把放有教材和讲义的皮包夹在腋下，出门赶往教学区，这时我突然觉得自己很有几分可笑。难道不是吗？不论我每天显得多么紧张忙碌，也丝毫改变不了我正在虚掷青春这样一个事实。

就在这天的上午，我再一次见到了依莎贝塔。如果时光能够倒流，而倒流的时光又能从过去的某一刻重新启动，我或许就不会那么惊讶她置身于楼道里的人流迎面向我走来了。她看见我时稍稍一愣，马上收住了步子。她脸上浮起一片淡淡的红晕。

“嗨，你好吗？”

“还算马虎。”我说，“你呢？这几天过得怎么样？”

“还行。我想我对北京的一切都适应得很快，除了——”她拍拍挎在身后的一只运动型松紧口蓝黑帆布背包，眉毛像扮鬼脸似的向上高高挑起，“除了该死的汉语。”

我不禁有些奇怪，开学那天我查过分班名单，她的教室分明不在这里。她解释说，她每天确实是在教学主楼上课，可那儿条件过于简陋，因此每周两次的听力课她和班上的同学们还得回这边语音室来。

“两天前我去你宿舍找过你一次，可惜你不在。”

我把本想忍住不说的话终归说了出来，当然，略去了后来藏在廊柱下看着她经过的那节。

“这两天我也一直想去找你。”依莎贝塔脱口而出，就好像要让自己的表白健步如飞地赶到我刚说的那句话前头去，“我想为我来中国第一天对你的粗鲁态度道歉。那天我表现得实在是太过分啦。”

“哪儿的话。”我笑笑说，“我倒是希望那样的事情多一点儿才好，不要三年才出一回。”

依莎贝塔跟着笑了。

“你是说，我们以后还可以做朋友？”

“这个自然。”

“还可以经常见面？”

“可以。”

“可以有时候我去你的房间，或者你来我的房间，大家一起谈话？”

“没问题。”

“当我学习上碰到问题的时候，可以向你请教？”

“谁叫我是老师呢？”

“可以有时候一起去外面吃饭？或者喝咖啡？”

“那就得分谁请谁了。我请你的话你不能拒绝，你请我的话嘛，得容我考虑考虑。”

依莎贝塔开出的清单到此为止。接下去就是具体落实了。

“那今天中午呢？”她继续问。

“这样吧，你告诉我平时都在哪儿吃午饭。”

“我嘛，常去留学生食堂。”

“那好，就留学生食堂。下了课我也去那里。”

“那就中午在那儿见了。”

“再见。”

依莎贝塔转身消失在人丛里。

正午十二点的下课铃一响，整个校园就迎来了一天中最喧嚣的时光。在方块字迷宫跌跌撞撞、晕头转向地走过一圈之后，留学生们终于从梦魇般的历程里解脱出来。这时，从教学楼门口的阶梯到外边的空地，从草坪前的长椅到主干道的树荫，到处都是人头涌动的纷乱景象。脚步声、谈笑声、呼朋引类的吵嚷声、路边盒饭摊点的叫卖声、自行车铃声、小轿车喇叭声，在炙热的阳光下此起彼伏，融为一片。因为要给两位难以跟上进度的学生办理调班手续，耽搁了一段时间，等我赶到食堂，里面已经人满为患。远远地，看见依莎贝塔坐在靠窗的一张桌前向我挥手。她已经买好自己的饭菜在那儿等我。我上柜台前挑了一份茄汁青椒牛肉、一份火腿蛋卷、一份鲜蘑菜心，女服务员把它们连同米饭一起盛在一只铝制托盘里。汤则要去位于柜台尽头的一只圆桶那儿自取。坐到依莎贝塔对面，我发现她仅仅要了清炒西兰花、烧茄子、水果沙拉，还有不多的一点儿米饭。我这才忽然记起，依莎贝塔原来是个素食主义者。

“在你面前这么大肆地吃肉，不会破坏你胃口吧？”我问。

“不会的。”她说。

“记得以前你跟我提过，你是从什么时候开始吃素的？”

“十五岁。”

“有什么特别的原因吗？”

“没有，仅仅是觉得这样对待动物太残忍了。”

她说的“残忍”一词让我的口腔暂停了吞咽动作。

“你看看，”她微笑着抿抿嘴，“是我在破坏你的胃口了。”

“为什么不迟不早，正好是十五岁呢？”

“什么？”

“十五岁决定吃素？”

“我想这跟年龄没多大关系。在欧洲，素食主义者是相当普遍的。”

“在中国，往往当一个人决定出家修行，成为和尚或是尼姑后才会以素食为生。也就是说，吃素意味着一个人世界观的改变。”

“对我来说，没那么严重。”依莎贝塔突然皱起眉头，“对了，我父母倒正好是在我十五岁那年离婚的。”

“这两件事情有关系吗？”

“这个嘛，我已经记不起来了。”

依莎贝塔显得无动于衷地耸耸肩。

“那你父母中有谁也是素食主义者？”

“不，他们都不是。”

这可就非常奇怪了。我还从没碰到过这号类型的姑娘：自称并坚持作为素食主义者，却又对促使她成为素食主义者的原因不甚了了。简直就跟把一本书翻读了半天却连书名也没弄清一样嘛。

不久前她写给我的那封信上的字句又一次在眼前倾轧起来。“脑袋空了，身体空了，情感也空了……”照此情形，莫非我该相信，这样的话是可以随随便便从一个人嘴里说出来的吗？

我乍一回头望望四周，这时整个食堂里人声鼎沸，每张餐桌上的人们全都聊得热火朝天。他们仅仅只在谈话的间隙才用筷子或勺子将食物心不在焉地送进嘴里，胡乱咀嚼几口，匆匆吞咽下去。而就在这么做的过程中，他们也一直紧紧盯着对方，不住地点头称是。我想，即便把他们盘子里的东西换成刨花或是砂土，他们也会不皱眉头地照吃不误，同时谈话的兴致还丝毫不减。斜对过一张桌上正好坐着我班里的两位澳大利亚学生。他们一边笑着冲我点头致意，一边掩饰不住好奇地频频将眼睛瞟向依莎贝塔。

“你这次的班怎么样？”我换了一个话题，“跟你的同学们处得可好？”

话音未落，我又猛然记起我们最初认识的那天晚上，为同样问题发生过的小小争吵。你并不真的喜欢你那些同学，你并不在意要不要和他们见面，你对什么都无所谓，等等等等。可我看不出依莎贝塔有任何触动。

“也就那样。”

她全然一副轻描淡写的样子。

“都有哪些国家的人？”

“哦，大部分是从西方来的。你知道，每一个来中国学习汉语的西方人，身上或多或少都有一些奇怪之处。我们可能都在自己的生活中遇到了这样那样的难题，处于不同程度的迷失当中，可以这么说，我们来中国正是为了寻找自我。可是，等到在这里住下来，我们马上又会发现，我们对中国抱有的幻想完全是不着边际的。这时候我们又会开始埋怨自己只是在浪费时间、浪费金钱，我们来这里完全是个错误。”

“那上课呢？有意思吗？”

“你还说呢。”她双手抱圆，做了个向内挤压的动作，“今天我们全班同学差一点儿就都给逼疯啦。”

“怎么回事？”

“那位老师花了大半个小时在黑板上写写画画，翻来覆去地向我们讲解中国人对亲戚如何称呼。你知道，在我们语言里的一个词，到了汉语里却有一大堆稀奇古怪、各不相同的表达[1]。我的天哪，我们听得实在是受不了了，就在下面互相开起玩笑来：‘嘿，马克，你打算以后找个中国女人结婚，加入到一个中国大家庭里去吗？’‘不，我想不会的。’‘嘿，美琳达，那你呢？你想不想嫁个中国男人？’‘噢，饶了我吧。’‘那么，既然我们都不打算跟中国人结婚，不打算把家安在中国，那我们有什么必要学习这些东西呢？学习天知道的这些叔叔、婶婶、伯伯、姑姑、嘟嘟、呼呼、噜噜什么的……’”

她最后那句话用的咿呀学语的腔调逗得我实在忍俊不禁。

“这倒叫我想起了跟我自己有关的一个故事。”我说，“有一次我去北方的山区旅行，进路边一户农家讨水喝的时候，一位老大娘问起我干的是哪行。我告诉她，我是教外国人说中国话的老师。老大娘听了很奇怪，问我：‘外国人不说中国话吗？我在电视上看过，他们说的可都是中国话呀。’我说：‘您那看的是译制片，已经配过音的。’她又问：‘那他们说的是哪门子话？’我说：‘多得数不过来。’她更糊涂了，指着水缸里的水问我：‘那他们怎么说水？’我说：‘不同的语言有不同的说法，英语说 water，法语说 eau，德语说 wasser，都不一样。’”

---

1 如在英语中，伯父、叔父、舅父、姑丈、姨丈统称“uncle”，而伯母、姑母、婶母、姨母、舅母统称“aunt”。又如在意大利语中，孙子、外孙、侄子、外甥统称“il nipote”，而孙女、外孙女、侄女、外甥女统称“la nipote”，两者仅靠在“nipote”一词前加阳性定冠词“il”或阴性定冠词“la”来区分。

“老大娘明白过来了吗？”依莎贝塔接口问。

“哪有你想的那么容易。我费了半天口舌，到头来老大娘还在那里一个劲地嘀咕：‘明明就是水嘛！干吗水不说水，偏偏要去说个别的什么东西呢？’”

依莎贝塔“噫呀”一声浅叹，随即面显沉竣之色，目光怔怔地落向餐盘。

就在这时，依莎贝塔一不小心，失手将勺子掉到地上。我说声“稍等”，起身离座走向柜台。天花板上的几排吊扇一律有气无力地转动着。两位穿白制服的大师傅正在撤去快要舀光的旧桶，将刚刚做好、热气腾腾的一桶新汤端上桌面。偌大的食堂里，不同种族的人们操着错综交杂的语言，嗡嗡的声浪仿佛混在主食和菜肴里头一道被吸收和消化着。

让我万万没有想到的是，当我把取回的一把干净勺子放到依莎贝塔餐盘里的时候，竟然发现她在气鼓鼓地瞪着我。“喂！”她伸出食指在桌边连敲数下，“勺子掉了是我自己的事，我又不是没长手脚，不可以自己走过去再拿一把，谁叫你来管啦？”

“依莎贝塔，这也让你生气？”

我惊愕得不知所措。

“你知道吗？有时候我实在受不了你们中国男人对待女人的态度。”依莎贝塔情绪激动地摇着头说，“你们好像总把女人当做自己的孩子。跟你说我不是孩子，我自己的问题自己解决，我想做什么可以自己去做，我有我的自由，你懂不懂？”

“可是，”我试着进行分辩，“我帮你去拿东西只是出于对你的关心而已，根本就不存在什么剥夺你自由的问题啊。”

“这只是你们中国人的观念。”

这已经是我短短几天来第二次领教到依莎贝塔的喜怒无常了。“那好，如果从今天起我对你的一切都视而不见，置之不理，装聋作哑，无动于衷，那你一定满意了吧？”

“这不是我的意思。”她一只手紧紧攥成拳头，摆出一副准备砸向桌面的样子：“如果我需要帮助，我会向你要求的。”

随后她问了我一个问题，我装做没有听见。她一连问了三遍，我仍然充耳不闻，自顾埋头吃饭。一气之下，依莎贝塔举到半空的拳头终于砸了下来，震得铝制托盘咣当直响，几滴菜汤应声溅上桌面。相邻饭桌上的人们全都止住谈笑，一齐望向我们这边。

依莎贝塔才不管那么多呢。“喂，我在问你呢！”她嚷叫着说，“我问了你三遍，你怎么就是不回答？”

“我不过想试试完全不理会你，看看你是否满意？”

“你说什么？你真是他妈的十足的愚蠢！”

“我真不明白，我主动关心你你不高兴，我要是根本不关心你你也不高兴，请问我到底该怎样做才行呢？”

“正常地，就像朋友对朋友。”

“可你不觉得，我们的关系要比普通朋友更近乎些？”

“你这是什么意思？”

“至少，我不可能装做我们之间什么也没发生过吧。”

“你是说我跟你上过床对不对？”依莎贝塔依然毫无顾忌地保持着大嗓门，好像她这话是说给邻桌乃至整个食堂听的。她嘴里跟着还咕哝了一声，我估摸那是一句意大利语的粗口。“难道我没有对你说过，那早就失去意义了吗？我们只是堕入了偶然性的陷阱里。我们并没有真正相爱过，难道你不承认吗？”

“照你这么说，那我们又有什么必要继续一起花时间呢？你怎么就不认为这也失去了意义？”

“不，我认为恰恰相反。”她再次嚷了起来。

“哦？怎么个相反呢？”

我放下手中的筷子，面对盘子里还剩一半的饭菜我已经没有多大食欲了。

依莎贝塔把手伸进搁在旁边空椅上的蓝黑帆布背包，从中摸出一包白壳的“万宝路”。她使用打火机的动作显得相当利落，拇指“咔嗒”揿动开关，火苗忽地蹿起，斜斜地蹭上烟头，旋即，就在烟雾喷出嘴边的一刹那，只见她手腕一翻，打火机已经回到桌面与烟盒并置在一起。

她接着说：“你知道吗？在我和人的交往中，我看重友情远远胜过看重爱情。或者说，我看重朋友远远胜过看重男朋友。因为在我看来，爱情是一种必然会被时间磨损掉的东西，因此每一个男朋友在你生活中都会成为过去。友情却不一样，它没有爱情那么极端和苛求，所以比爱情更为持久。只有友情值得你花一辈子去保持和珍惜。一个真正的朋友意味着他在你生活中的每一阶段都是朋友。这就是我今天上午问你那些话，问我们今后是不是还能继续一起花时间的原因。我真诚地觉得，不管我们之间发生过什么，我们作为朋友要比彼此相爱或者不再来往都更有意义。”

“也更费劲吧。”我说。

“可能需要一个习惯的过程。实际上，在我的国家我也有不少男性朋友。我们可以共住一个房间，共睡一张床，甚至一起洗澡，但我们之间没有性。”

“你总不至于想说，你打算把爱情从生活中完全排除出去？”

“不，我想的不是排除，而是控制。”依莎贝塔的手在半空中犹豫地盘旋了一圈，最终将一截烟灰掸进餐盘的一个空格里，“我只希望当爱情降临到我身上时，我有足够的力量保证自己不会迷失。”

“不会迷失的爱情，还能控制，”我说，“那叫什么爱情？”

“怎么不叫？在我看来，爱情只不过是一种意念，而这种意念往往是短暂的、可疑的、不真实的、建立在假象基础之上的。我常常听到人们这样说，他们为了所爱的对象可以不惜牺牲一切。他们并不知道自己沉溺在可悲的幻觉里。因为将爱的重心完全放到对象身上，结果使人们最终丧失了自我。我一直在想，难道一个人对另一个人的感情非得超过一定的限度才能称之为爱，而在这之前就什么也不是吗？难道人们非要把爱推到一个无以复加的顶点才能善罢甘休吗？难道人们非要通过夸张、狂热甚至是病态的举动，才能将爱淋漓尽致地展现给所爱的对象吗？在这个世界上，有没有一种温和、恬淡、不事张扬、静水深流般的爱呢？不幸的是，我们每天接触到的书籍、电影、电视、流行音乐以至整个人类文化，都在不遗余力地宣扬那种迷幻式的爱情。爱情已经成了我们生活中最大的谎言和骗局。”

“你的意思是说，今天的人们已经很难恢复爱情的本来面目了？”

“是啊。这样跟你说吧，我一点儿也不喜欢那种把自己完全交付出去的爱情，那只是人类天性中固有的虚弱面和不完满性的体现。如果存在一种真正的爱情，我相信它应该是使人开放的，而不是使人封闭的；使人积极的，而不是使人沮丧的。真正的爱情能给人一种成长的感觉。两个相爱的人生活在一起，但他们同时又拥有完全的自由，甚至是与他人相爱的自由。因为，你在这个世界上遇到的每一个人都能使你成长一点儿，而与伴侣以外的人相爱也会使你成长一点儿。”

“我从理念上完全能够接受你的说法。”我说，“只是觉得把它付诸实施几乎不可能。”

“知道为什么？那是因为人们总把相爱看做是相互占有……”

每当和姑娘们谈论起某些严肃的话题时，我心里总会不由自主地感到一阵惶惑。因为那很容易把你推到两种同样无望的境地中的一种：要么你能理解她这个人，却理解不了她说的话；要么你能理解她说的话，却又理解不了她这个人。这就是当思想成为话题的重心常常会有的后果。它在某一点上达到的清晰是以另一点上相应出现的模糊作为代价的。我始终觉得，应当把和姑娘们的谈话放在一个轻松、散漫、随心所欲的氛围下。从这个意义上说，调情或许才是最为理想的状态：不是为了加深彼此间的理解，而只是为了将彼此间的不理解姑且遗忘。可是，在我的印象里，自从认识夏拉以来，我和姑娘们之间就某些高深莫测的主题所进行的探讨几乎一直没有断过。原以为和依莎贝塔的关系要算一个例外，没想到现在看来，它也将不可避免地重蹈旧辙。

不知不觉之间，食堂里座无虚席的光景不复存在，还没离去的就餐者已经屈指可数。在我们身边，服务员们开始忙着收拾桌子，清扫地面。窗外的蝉鸣声高一阵低一阵，树梢上方能看到好几只飞来飞去的蜻蜓。

“下午你做什么？”过了一会儿她问。

“没有计划，你呢？”

“我想先得复习复习上午学过的功课。另外，我刚认识两个女孩，我们约好晚上一起去吃饭，然后去酒吧坐坐或者干点儿别的什么。喂，你想不想参加？”

“参加什么？”

“和我们一块去吃饭和玩儿啊。”依莎贝塔兴致勃勃地说，“我可以介绍你认识她们。她们都是挺不错的女孩，一个英国人，一个瑞典人。说不定，你会迷上其中的哪一个呢。”

说着，她冲我眏眏眼。

“拉倒吧。”我说。

“为什么不呢？要是你班里的学生中有英俊的男人，也可以介绍给我嘛。”

我心里非常失落，表面上却极力装得不以为意。

“真的不去？”她又问。

“不了。”我想表明，跟她一样，我也没有在自己的生活中给对方留出空位。

然后，我们在食堂门口分了手。

七

大概就是从认识依莎贝塔的那个夏天开始，我的心态几乎一夜之间变了个样。当初对于夏拉那份难以割弃的痴迷苦恋，短短几天里被依莎贝塔轻易粉碎之后，在接下去一场又一场对于异性的追逐中再也难觅踪影。与依莎贝塔逢场作戏式的交往风格被确立下来，并一再得以沿用。我已经记不清过去的三年里曾经和多少位姑娘约会过了。她们无一例外地来自异国他乡，也无一例外地在我这里得到过课本之外的某些收获。至于那是喜是悲，我就无从确证了。这些姑娘在我生活中出现的时间长短，视某种连我自己也无法参透的神秘机缘而定。她们在我心里留下的印痕，也因此变得深浅不一。但是，套用一部西方学生几乎人手一册的旅行指南的书名，她们都是一些“孤独的行星”[1]。她们挟着隐秘的心绪，在自己的轨道上忽忽悠悠地运行，直到某一天突然闯入属于我的那片寂寥的天宇。不论与我的遇合绽放出何等绚烂的光彩，她们终归有如昙花一现，而且注定将在一阵呼啸过后，成为茫茫夜空中一个个越来越微弱的亮点。

呵，每当密密的人丛中突然出现一张勾魂摄魄的面孔，每当一种破空而来的眼神像电流那样穿透全身，每当脚步延滞，心跳加速，每当开启的嘴唇形同发出一声惊呼……每当这样的时刻，我就预知到那宿命式的过程又将重演：它在拉开序幕的同时也将宣告完结。即便如此，我还是会抱着自我焚毁般的热情不顾一切地投身进去。或者说，我是从早就等候在某个地方，不可变更的悲剧结局那里汲取行动的能量的。我以一种行之有效的犬儒[2]哲学鼓舞自己：如果你并不害怕失去一样东西，那你想得到它也会变得更加容易。由于校规明令禁止教师与外国学生恋爱，并称一经发现将以开除公职论处，因此我的一切举动都是不事声张地暗中进行的。不管我看上的那些姑娘是不是自己班里的学生，我都会想尽各种办法去同她们接近。有时，我会趁她们课间去小卖部买饮料和点心的时候，凑到她们身边搭讪。有时，我会在路上拦住她们，询问她们是否需要找一位中国人作为互相帮助的语伴。因为这一缘故，我的英语达到了相当的水准，法语能与人进行简单的对话；除此以外，我还熟谙德

---

1 “Lonely Planet”，欧美最著名的一套旅行指南丛书，按不同国家和地区分册出版，内容上不断依实际情况的变化而作相应的调整和更新。

2 古希腊哲学家安提西尼创立的哲学学派，后来泛指玩世不恭的思想。

语、葡萄牙语、挪威语、阿拉伯语的一些日常用语。这也许是青春岁月被我虚掷之后获得的仅有回报，一些将比时光的流逝更快地退色的纪念品。还有一些时候，某些姑娘，多数是西方国家的学生，会主动向我发出首次约会的邀请。不过这种情形下的我，反而又会显出几分腼腆和拘束。当然，虽说所有的约会都有性的因素驱动，可它们并非总是以床作为终点。事实上，由于种种原因，我和这些姑娘中的一部分最终结成了一段时间过从甚密，却只是在心灵的层面上进行交流的朋友。

而今，当我在记忆中重新搜索起那一张张不再生动的面庞，我的头脑总是感到一阵强烈的晕眩。那些姑娘之间无论多么细微的差异，都会在不同方向上揪扯着我的内心。她们头发的颜色缤纷多彩，囊括了金黄、暗红、亚麻、棕褐直至纯黑的多重变化。她们的瞳人有如不同质地的玉石，折射出不同色泽的光芒。她们皮肤上毛孔的质感、肌肉的弹性，使我的手掌抚摩上去时变得张弛有别。她们的亲吻也遵循着不同的嘴型、线条、技巧、风格和力度。有的如游鱼唼喋，水面的波纹似有还无；有的如林鹿受惊，在左趋右避中逗引着猎手的脚步；有的如繁花吐蕊，阵阵馥香令人窒息；有的如闪电穿云，一瞬间照彻暗夜中的一切。她们做爱时的呻吟，从单薄到浑厚，从尖俏到沙哑，从绵软到生硬，呈现出鲜明的反差。至于她们的个性，则更是不乏如同夏拉和依莎贝塔之间那样极端化的对立。

还记得挪威姑娘梅尔格伦吗？当时她是奥斯陆大学社会学系三年级的学生。她只在我的班上待过三天，然后就调换去了别的班级。当我在路上拦住她，问她周末有没有空一起吃饭时，她一下满脸通红，犹豫半天才勉强应允。没想到，到了约定的那天，对我心怀戒备的梅尔格伦居然把她的韩国同屋也一起带来了。结果，饭桌上一直是那个扎着一条白头绢的韩国姑娘叽叽呱呱说个没完，梅尔格伦反倒成了陪客。

半个月后的一个傍晚，我差不多已经忘了这件事情，梅尔格伦却又突然出现在我宿舍门口。那天她作为临时招募的演员去慕田峪长城拍摄一条矿泉水广告，被一户农家的狗在小腿肚上咬了一口。那时正值初春，她很担心伤口感染。她登门求助于我，实际上也是以委婉的方式为上回出现的尴尬局面向我致歉。第二天一早，我带着她来到海淀区卫生防疫站，在那儿找大夫为她注射了狂犬疫苗。于是，伤口感染的危险被消除了，心灵的感染却一发而不可收拾。

梅尔格伦来自斯堪的纳维亚半岛最北端一个只有数百人口的小镇，她长长的金发、湛蓝的眼睛、淳朴的天性以及有着浓厚宗教色彩的家庭背景，给我留下了难以磨灭的印象。到了西方传统中的复活节[1]那天，我陪她一起去设在21世纪饭店会议厅的外国人教堂参

---

1 基督教纪念耶稣复活的节日。据《新约·福音书》载，耶稣被钉死于十字架后第三日复活。公元325年尼西亚会议规定每年过春分月圆后第一个星期日为复活节。16世纪西欧改用格列历后，正教因历法不同，复活节的具体日期同天主教、新教常相差一二星期。

加纪念活动。把守入口的两位外国青年拦住我，要求我出示身份证件。这时我才知道，依照有关规定，任何中国公民不得进入此类涉外宗教场所。其中一位黑人青年先用汉语对我说："请拿出你的护照或是学生证。"而我皱起眉头，装做没有听懂，像个傻子似的咧嘴发出"啊、啊"两声。另一位白人青年把同样的话换成英语又说了一遍。我还是装做没有听懂，马上掉转头，故意用跑了调的汉语问一旁显得紧张不安的梅尔格伦："呃他说呃什么？"于是，两位青年同时无奈地对我挥挥手，使我终于得以跻身于来自世界各地的四百多位基督徒中间。在接下去的时间里，我也努力试着像梅尔格伦那样，将整个身心都融入到唱诗班气势恢弘的圣歌，牧师慷慨激昂的布道，以及在座的听众所形成的虔诚肃穆的氛围中去。仪式的高潮部分，是所有人应和着牧师的谕示从座位上一跃而起，对着身边的人大声宣告："他复活了！他复活了！"直到这时，透过梅尔格伦激动的神情和湿润的眼眶，我才真正意识到我距离她生活的那个世界是何其遥远。

到了晚上，我把梅尔格伦领回我的房间。我在外事处工作的同屋那些天正好陪同院长出访东南亚，我不用担心会受到打扰。我们隔着桌子的一角聊了一会儿，然后我就凑近身去想要吻她。但是，就在我的嘴唇快要挨到她脸颊的时候，梅尔格伦缓缓而用力地推开了我。她的双眼因为极度羞赧遏制不住地眯合起来。

"为什么你这样做？"

"因为我喜欢你。"

“那为什么你不先对我表示？”

“我以为你明白。”

“那也没有一上来就这样做的。那只会让我以为，你在这种事情上一点儿都不严肃。”

“怎么会呢？我……”

“看起来，你很习惯和外国人交往。你以前一定有过外国的女朋友吧？”

不，没有的事。我觉得从梅尔格伦的眼神中，已经看出了如不坚决打消她的疑虑所可能导致的无法挽回的严重后果，于是像受到诬陷似的高声反驳。我做贼心虚地一口咬定，我还从未对别的姑娘产生过和对她一样的感情——至于这种感情的性质如何，我故意不加进一步的描述。我颇有愠色地告诉她说，我在她面前的一切举止，只是这种真情实感的自然流露而已，与我是否习惯和外国人交往，甚至与她是否是外国人根本没有关系。也许刚才，我的表达方式过于冲动和笨拙，但她绝对不该因此怀疑我的严肃。我的的确确非常喜欢她，可我又说，不论她对我作出何种抉择，我都将毫无怨言地接受，哪怕她最终决定要把我驱逐出她的生活（呵，亲爱的梅尔格伦，你可不会真的这么狠心吧）。我为自己话语中包含的欺骗成分而在心底连连忏悔，可同时我又体会到一种迷迷糊糊、令人感动的欣慰。退一步说，我的话并不都是谎言。再退一步说，就算那是谎言，那也是拨开外壳之后能够找到真实内核的谎言；就算那是谎言，那也是以我曾经希望拥有的真实作为蓝本的谎言。这样一想，我觉得自己还是可以被宽恕的。

那天夜里，梅尔格伦留了下来。我久久抚弄着她的一头金发。它们没有一丝鬈曲，全以明晰而流畅的直线向下垂落。即使黑暗也掩不住那种天然的光润亮泽。

“真是不可思议！”我赞叹道。

“怎么啦？”

“上帝居然能在人身上造出如此绚丽的色彩。”

“可我觉得这太普通不过了。我倒是觉得黑发有种奇异的美。”

我解她的衣扣，但她又一次推开了我。“别忘了，今天是复活节。”她说。

“那又如何？”

“在这样神圣的日子里做这个，不怕受上帝的谴责？”

“不会的。”我说，“也许这才是最好的庆祝方式呢——向上帝表明我们并没有虚度他赐予的生命！”

事实证明，我和梅尔格伦的关系既不像我以为的那么短暂，也不像她以为的那么持久。首先，我们在精神世界上无法达到真正的交融。我们看待同一个问题常常会有截然相左的方式。她对我出自散乱而不成体系的无神论的一些观点大为震惊，而我则对她身上因为自幼熏陶而根深蒂固的宗教气质倍感困惑。这样一个姑娘，立志终身过祈祷、圣洁的生活，每晚入睡前都得静心追索过去一天中犯下的过失，尽管在我眼里那些所谓的过失实在无足轻重。但我们从来都小心翼翼，避免以自己的好恶去改变和同化对方。这就使两人的相处变得客套有余而诚挚不足。我们并非天天见面，也只有在她认为适宜、不会犯忌的时候才会做爱。我不能说，我对梅尔格伦没有动过真心，但在感情的付出上我们并不对等，这一点我很清楚。与她交往的时间越长，我心里的愧疚就越大。我知道从我这方面必须作出一些改变，以使我们的关系回到某个接近真实的基点。

终于有一天，我把这些想法全都告诉了梅尔格伦，并且承认在她之前的确交过别的外国女友。遗憾的是，也许是我回忆时不胜感怀和留恋的语气刺激了梅尔格伦，她完全误解了我的意思。

“你是说你对我的感情不够强烈，我们应该分手？”

“不不，我只想让你真正了解我这个人，了解我的感受。”

“你是说，以前我对你的了解都是错的？”

“那倒也不。我只是总感觉我们之间隔了一层，这样下去只会越来越疏远。”

“隔了一层什么？谎言吗？”

“梅尔格伦，请你相信我。”

“如果以前你说的都是假的，你凭什么叫我相信这次你说的就是真的呢？”

梅尔格伦觉得受了侮辱。她把我当成了一个品性不端的卑劣小人。她离开了我。而我，由于恼怒和羞惭交织，也没有再作任何争取和她重修旧好的努力。到学期结束她回国的前夕，我试着给她宿舍打过几次电话，但一次也没找到她。很久以后我想：是否这才是一个最合乎情理的结局呢？也许我的良心正好需要一点儿得不到解脱的被憎恶感。

如果说梅尔格伦身上有股冰雪的味道，那么巴西姑娘马丽容则可以比做一团炭火。她的出现恰到好处地填补了我在梅尔格伦与欧亚混血姑娘塔米娅之间的感情空白。在我认识的姑娘中，马丽容并非最漂亮的一个，但她却最擅长对异性追求者的撩拨之道。就像我刚认识她的时候，有一次给她挂去电话，铃声响过很久，话筒里才传来她的声音。她告诉我她正在洗澡。我为我的冒昧打搅道歉，她却笑了起来："没关系。你是不是在想，我一定是光着身子在接你的电话啊？"好几次，我们在路上迎面相遇，她却突然加快步伐，故意绕小半个圈子从我旁边疾冲而过，她的上身同时夸张地朝着外侧倾斜，就像是为了防备我伸出去的手能够挠着她似的。更可气的是，她还会回过头来笑嘻嘻地逗弄我说："来啊，来啊，快来追我啊！"这样的情形若是被别的教员或者学生看在眼里，实在有失颜面。

我们一见面总爱要点儿贫嘴。

要是我问："周末晚上我们找个地方玩玩好吗？"

她就会说："没问题。你可以在十二点以前到三里屯酒吧街，我保证你一定会在哪家酒吧里找到我的。"

"可要碰上你跟别的男人在一起怎么办？"

"那就看你有没有本事把他们赶走了！"

说这些话时，我们脸上居然都是眉开眼笑的。

“别在男人面前那么傲。想想你老了会是什么样子。”

“别用老这个字眼来吓唬我。人又不是为了变老才活的。”

“人不是为了变老才活的，可人活着总会变老，总有变老的那一天。”

“放心，就算我老了，我也不会雇你来搀我走路，料理我的生活。”

我们一度到了乐此不疲的地步。

“那天课间你为什么总是抱怨我？”

“我抱怨什么啦？”

“抱怨我臀部太肥，新发型也不如以前的好看。”

“可我们一分开我就后悔了呀。”

“后悔什么？”

“后悔不该说真话。”

我不得不承认，马丽容正好代表了我心目中最具颠覆性的女性形象：让男人疯狂，但也让男人可望而不可即。她身上对于性的吸引力是非常质朴和直露的。她发扬光大了那种放之四海而皆准的挑逗情欲的模式。这正是为什么，虽然我们离奇而夸张的关系中有着层出不穷的谑趣和噱头，掩藏其下的却只是我作为一个男人的隐痛。说穿了，我只是在用从感情的徒劳无望中提取的毒素来麻醉自己而已。

我们第一次约会倒还真是在一家酒吧。不过那晚也未能幸免于她的作弄。我一再强调自己酒量不行，可马丽容却接连为我叫了三杯烈性鸡尾酒，一杯“B-52 轰炸机”，一杯“长岛冰茶”，还有一杯

“记忆消失”（听听这名字！），杯杯都要求我一饮而尽。

“醉？你就那么怕喝醉吗？你是怕喝醉了会暴露出你性格的另一面吧？”

不管什么话从马丽容嘴里说出来，都像是包含着让人无法抗拒的诱惑。我不知道自己性格的另一面是什么，只知道走出酒吧时头昏脑涨，腿根发软。马丽容叫住一辆出租车，让我坐了进去。她隔着车窗对我挥挥手说：“你一个人先回去吧。”

“你说什么？那你去哪里？”

“哦，我还约了别的朋友。”

“我跟你一起去不行吗？”

“那样不太好吧？”她得意地拧拧自己的鼻头，做出一副怪相，“你看看你都喝成什么样子啦！”

有一次赶上马丽容开生日晚会，我被邀请到建国门外交人员公寓她的家里。她风度翩翩的父亲是巴西驻华使馆一位有相当级别的官员。那天晚上有不下五十人光临，其中多半是些和我年岁相仿，来自不同国家，显然都对马丽容有些意思的小伙子。餐桌上摆满了各种巴西风味的菜肴和食品，身穿双排扣白制服的服务员们端着盘子在人丛间穿梭来去。看着容光焕发、妆扮一新的马丽容一视同仁地应酬各路来宾，我心里颇不是滋味。后来，人们在客厅里跳起舞来。马丽容走到落地窗的窗帘跟前，背对着大家表演了一出小小的助兴节目：她两条臂膀交叉贴紧胸前，两只手掌分头绕到背后，张开的十指时而柔缓、时而急促地上下移动着，在阴影的衬托下，看上去极像是她正在某个男人的怀抱中接受抚爱和热吻。肩胛一起一伏，腰肢左右回旋，让人觉得她还没有拿定主意究竟是要尽力挣脱还是束手就范。来宾们无不看得如醉如痴，又是欢呼又是鼓掌。通过这种暧昧的方式，马丽容极为成功地满足了在场的每一位男青年对她抱有的不言自明的性幻想。

生日晚会过后，我下决心不再为马丽容空耗心神。没想到半个月后的一天，她主动给我打来电话，又一次把我叫到她的家里。与前次盛大规模不同的是，这次的受邀者只限于我一个人。她父母为中巴间一项农业技术合作协议的签字仪式去了南方。那是我唯一一次和她一起过夜。两人互逞雌雄之时，她不让我使避孕套，叫我把精液直接喷射到她胸脯和小腹上。

“你可以写些汉字，看我认不认得出来。”

“那好，你看这是什么？”

“你写得也太潦草了点吧？欺负我是外国人！”

“可你叫我怎么一笔一画地写呢？”

“不行不行，这次不算！”

“那待会儿吧，待会儿再给你一次机会补考。”

早上起来，我看到她卧室的床头柜上摆着一只造型精美的木制相框，上面是张她与一个褐色长发飘逸的男青年的合影。

“这人是谁？”

“我在巴西的男朋友。”

“在巴西的男朋友？这是什么意思？”

“就是说，在我来中国之前的男朋友。”

“这么说，现在已经不是了？”

“现在我们也没有分手啊。今年秋天我父亲就要卸任，我会跟着回巴西去。到时候我们又会在一起的。”

“怎么从没听你提起过？”

“这对你来说应该不重要吧。”

不排除这样一种可能，马丽容不过把我当做了她已经有过无数，而且还将不断会有的床上伙伴中的一个。就在那次睡过之后，我们再在校园里遇见时居然不约而同地变得冷淡起来。七月初的结业晚会上，我跟她有过最后一次简短的谈话。尽管不出三言两语，但句句都显得出奇的严肃。凝视着马丽容的眼睛，我猜她跟我一样在想：为什么我们再也不能用我们一度习以为常的语气来互相调侃了呢？

话说回来，从单纯的师生关系中偶尔也会诞生出个别特殊的范例。就拿日本姑娘青木朝香来说吧，她大我一岁，是我来这所学院教的第一个班上的学生。我俩之间的感情超越了一般意义上的朋友，却又与性丝毫无涉。我们只是一起出去吃过几次晚饭，另外还有一个周日，我曾陪她去琉璃厂和红桥市场买过一些文房四宝和景泰蓝之类，她准备带回日本送人的礼品。我记得，那一次在出租车里，她无意间拿我开了一个玩笑。她告诉司机，我们两个都是从日本来的留学生。这下可好，半个多小时的行程中司机一直缠住我问这问那，全是关于东京的街面多宽、日本一个普通家庭一天的开销多少、菜市场的黄瓜和带鱼卖什么价等等稀奇古怪的问题。我只好硬着头皮胡乱编排一通。虽然一旁的青木朝香并不能完全听懂，可我那拧眉蹙额、绞尽脑汁的样子还是逗得她咯咯直乐。

我一直以为，青木朝香对任何事情都看得很开，正是受她乐天性格的感染我才与她接近。然而，就在她回国前的那天夜里，我们在西门外的路边拐角最后一次道别时，我却惊讶地发现她眼眶里涌满了泪水。我拥抱了一下她，这就是我们之间唯一有过的身体接触。而在这之前，我们甚至都没拉过一次手。

与我认识的许多姑娘离开中国后就此声沉影寂不同，青木朝香每年都会回北京至少一次。而且，在观光购物排得满满的日程表上总有半天空隙是为看望我留出的。她每次出现在我面前，都像是想告诉我一点什么，可终归还是欲言又止。她是名古屋一所残疾人学校的护士兼语言教师，同时利用工闲时间在一所大学的夜校部进修会计专业。

去年秋天的某个傍晚，我听见有人敲门：正是青木朝香，带着不倦的耐心和一袋包装精美的礼物出现在走廊的灯光下。可这一次，我没有让她进来，只是在一张纸片上匆匆记下了她下榻宾馆的电话号码。把她打发走以后，我重新回到床上，躺在了我刚刚认识不久的美籍华裔姑娘简身边。想不到第二天，我搜遍整个房间也没找到那张抄有电话号码的纸片。我和青木朝香再也联系不上了。直到现在，我一想起自己的绝情寡义就会脸红。青木朝香，不管怎么说，这会儿你该早已拿到夜大学的毕业文凭了吧……

让我抛开廉耻这样说吧，这些年来，我漂泊的感情总是在不停地更换它的寓所。从一处到另一处，每一次迁徙总会留下一些带不走的东西。我的感情就此被分割成许许多多的碎片，在记忆对于往事的追溯中它们成了一块块孤兀的标石。我常常自问，为什么我和女人的关系总是深一脚浅一脚，走在一片泥泞上呢？难道说，我的心灵已经注入了某种无可救药的毁灭性因素，它非得要将自身置于无所附丽的游荡式的境地中吗？

一个不容否认的事实是，随着感情寄托的对象频频转换，我的性格也产生出种种歧异和偏差。如果在夏拉眼里我兼有敏感、谦卑、优柔，那在依莎贝塔面前却变得淡漠、孤高、刚愎。对梅尔格伦显得世故圆滑，对马丽容显得放诞轻佻，到了塔米娅那里却又转为深沉忧郁。我深为这种既不受个人意志左右，又毫无内在规律可循的性格分裂和变形感到苦恼。不，道德上的诚实或者虚伪都远不足以作为评判标准。看来，与对他人的迷惑相比，我更为热衷的还是对自我的迷惑。

当然，如果非要在性格的不同支脉中找出共通之处，我想，那只能是时时刻刻都在折磨着我的那种紧张不安。它是将那些看似分崩离析的行为方式维系成一个松散的整体的支点。它比果核更为收敛，又像章鱼的触须一样舒张。和那些姑娘在一起时，我没有一次可以做到从容不迫。我总是觉得自己有只手紧紧抓住了心灵的舵柄，不断地加快着旋转的速率。这样，在整艘感情的航船触礁沉没之前，我都无暇喘息。

“你知道吗？你不像是个一般的中国人。”这是所有姑娘对我作过的评价里，唯一相同的一条。实际上，她们这么说并没有什么明确的依据，有的只是一点儿少得可怜的见识，空穴来风的臆断，以及模糊混淆的幻象而已。既非恭维，也非贬责，不过在为自己认知上的局限性寻找一个托词。唯有当我在回忆中串联起她们说这话的神态语气时，我才能体会到其中包含的尖锐的讥诮。不像是个一般的中国人？这是否正好指证了我精神上的孤绝和剥离状态？如果真是如此，那我要说，这种精神状态并不限于和异国姑娘们的交往，而是渐已蔓延到我为人处世的各个方面。现在，我甚至难以做到与自己的同胞正常相处了。每天去上课时，我会进教研室匆匆看一眼有无信件，却一分钟也不会在里面停留，免得自己的沉默无言扫了正围坐一圈高声说笑的同事们的兴致。赶上开会，我总是挑最偏远的角落落座，低头读报、看书或是沉思，从来不去留意前面的领导说些什么。在同事们眼里，我必定是个不可理喻的怪人无疑。另一方面，说到大学时代的旧友故交，我与他们的联系也接近完全中断。好几次，当我在路上偶遇他们中的某些人时，握手寒暄、敷衍客套让我讶异地意识到，他们还在用当年的老眼光看我是多么的荒谬可笑了。

八

然而，回想成年以前禁锢的家庭和校园生活，连我都很惊讶自己会变成如今这样一个浪荡轻狂的家伙。在我的记忆里，父母对我的管束非常严格。从上小学开始，他们就禁止我接触住在同一幢楼里的别的孩子，用母亲的话说，她是担心那些学校锅炉工和门卫的孩子会把我"带坏"。"看看他们那副样子，你就知道他们长大了能有什么出息。"因此，每天放学后，我必须马上从几百米外的小学赶到他们工作的中学办公室，乖乖地找个角落待着，看书、做作业，等他们下班了再跟着一道回家。他们时刻关注我的一言一行，要是其中出现的任何苗头在他们看来潜伏着出轨的危险，他们一定会惊恐万状，如临大敌。至于男女关系和性，在我的整个青春期中，他们也从没给过我片言只语的教导。

一天清晨，我为找上厕所的手纸推开里屋房门，蒙眬中看见父亲正伏在母亲身上，他们见我进来，惊愕中赶忙分开。过了一会儿，我从楼道里的公用厕所回来，父亲已经坐在饭桌旁。他显得很平静地说：“刚才你妈为昨天学校里的一点儿小事发脾气，我正在安慰她呢。”我当然相信了父亲，尽管觉得大人们使用的安慰方式有点儿剧烈。后来还有一次，班里一位同学带来的一本小说上，有一帧画着一个半裸女人的插图，那一下挑起了我对异性躯体的渴慕。回家以后，我试着用铅笔在纸上复现出那些令人神驰的线条。画到乳房部分，我的心跳得就像一面快被敲破的小鼓。就在这时，父亲突然来到我的身后，吓得我匆匆把那张纸揉作一团，塞进裤口袋里。“那是什么？”“没有什么。”“拿出来看看！”“我说了，就是没有什么。”父亲和我纠扯了一阵，终于火了，挥手掴了我一记耳光，厉声吼道：“既然没有什么，那你为什么怕让我看见呢？”无奈，我只得松开了紧紧攥住纸团的手。我正担心父亲知道真相后会表现出怎样的震怒，没想到当他展开揉皱的纸团，那上面用铅笔画过的线条早已蹭得模糊难辨了。纸张的另一面印着学校新近颁布的几条教学规章，这使父亲很容易相信了我灵机一动的解释：我一开始以为是在一张白纸上乱涂乱画，没发现另一面上还有那么重要的内容，我是怕父亲怪罪，所以才会在他面前藏藏掖掖的。“是这样啊。”父亲总算松了口气，不知道我作为一个身体发育加快的少年，正在开始对性产生种种畸想。

初一毕业那年，我作为学校选送的学生代表（当然和父母的暗中活动不无关系），参加了市里组织的夏令营。我从来自另一所中学的一个男孩那里得到了平生第一次性体验。当时，我们住的是十二人一间的大寝室，他的床跟我的床正好并在一起。夜里熄灯以后，他凑到我耳边和我喁喁低语。我们讨论起将来长大了遇到喜欢的女孩该对她们干些什么。可在这方面，他的知识并不比我丰富到哪儿去。“我知道，至少得跟她们亲嘴。”他接着问我，“你跟人亲过嘴吗？”我说没有。他说他也没有。“我看，”他说，“我们可以把对方想象成女孩，练习一下亲嘴，这样等将来真正跟女孩在一起时，就不会那么笨手笨脚了。”我并没去想他的这一提议有何不妥。就算当两人的四片嘴唇紧紧黏合在一起时，我也没有觉得多么羞耻和难为情；相反，倒是为那种通身酥麻、似乎长久淤塞的感官突然变得畅通起来的感受激动不已。就这样，他一只手搭在我身上，我们一动不动地过了十几分钟，还以为先别的孩子一步，得到了性方面的某种真谛。第二天夜里，他再度要求我做同样的尝试，忽然之间，一束电筒的亮光照得我们睁不开眼：巡房的女辅导员正好来到我们床边。于是，不等夏令营结束，我和那个男孩便被提前遣返，作为对我们“下流”、“可耻”、“令人发指”的行为的惩罚。回到家中，劈面而来的是父母捶胸顿足的呵斥。“你把我们的脸可是丢尽了哟！”一番追根溯源之后，他们竟然相互怨艾起来，认为正是对方平时管教上的疏忽懈怠才酿成了现在的恶果。有很长一段时间，我对大人们深信不疑、唯恐受到任何玷污的是非标准始终不能理解。对我来说，发生在那个夏天的故事，不过是我懵懂迷惘、无所适从的青春期的又一帧写照罢了：除了自己身体的自然反应和变化，我再不可能有别的渠道去获取关于成长的知识。

现在，让回忆的列车驶往我的中学时代，那它停靠的只能是一个又一个黑黢黢的站台：我还记得第一次遗精时面对身体失去自控的惊遽不安，记得偶尔和异性发生瞬时触碰留下的强烈震颤，记得每回读到书里的某些段落被撩发情欲、忍不住用手自慰一番后的忏悔不迭，记得高中时喜欢班里一位容貌姣好的女生，但又无法接近而产生的焦灼和悒郁……

大学四年级的上学期，就在身边的同学们莫不为毕业后的前途情绪躁动、寝食难安的气氛里，我交上了自己的第一个女友蒲佳盈。我们是在教学楼的收费机房认识的。我打毕业论文提纲时电脑突然出现故障，坐在一旁的她主动过来帮我，很快便使问题迎刃而解。几天以后，我在食堂排队买饭时又一次看见她，于是让她加塞站到我的前面。可以说，我们两个人都是在没有什么明确意识的情况下，像被某种看不见的力量推使似的，一步步走上了恋爱这条路。我们的关系每有一点进展，总要原地盘桓多时才会继续缓缓前行。初始阶段的约会，两个人都怯于发生任何身体接触；而从第一次拉手到第一次接吻之间足足隔了一月之久；等到过完春节提前返校，趁着宿舍正空的时候第一次上床，也不过是脱光衣服紧紧搂着，相安无事地睡了一夜。

在蒲佳盈之前，我曾经先后跟同系的两位女生约会过几次，但我实在无法忍受她们那种因为多看了几本文学作品，说起话来总爱拿腔捏调的样子。虽然我立志要成为一名作家，并为此默默作着我认为是必要的各种准备，但我却非常厌恶在生活中遇到那些标榜自己是多么多么喜爱文学，好像这种喜爱有多么多么了不起的人。在我看来，文学的一个目的正是要将这样的人扫除干净。因此，当蒲佳盈对我的文学梦表露出不以为然的态度时，我不仅没有蒙受打击，反而相当高兴。站在一个计算机系学生的角度，她的看法是：时代不同了，文学那套东西能够起的作用已经越来越微弱。读过我先前写的几个短篇故事，她直言不讳地说出感想："我实在搞不懂你要表达什么意思……"或者："难道文学只是供写作者本人自娱自乐的吗？"过后，稿子接连被数家刊物退回，又听她说："我早就讲过嘛，没有什么人会喜欢看你这些东西的……"问题是，她和我同时都忽略了她的话本该对我造成的打击和伤害，因为当她这么说的时候，我们常常正处于一场亲热的开头或是结尾。我们天真而带有赌气性质地达成了某种共识，认为趣味上的分歧只会将我们更紧密地结合在一起。我们偶尔也会真的吵嘴，但起因都是些与文学无关，渺小得可笑的生活琐事。好几次，我们的关系看似已经彻底破裂，可没过几天，一方便会主动上门向另一方认错和屈服。于是，风波转眼之间又成了增进感情的一段插曲。

没过多久，蒲佳盈带我见过了她的父母。老两口同为六十年代初毕业的大学生，学的都是机械制造专业，也是在同窗共读中产生的感情。看到女儿步他们的后尘，他们也不好明确表示反对，只是言语中一再流露出对我能否得到留京指标的担忧，似在提醒我们，要作好日后出现变数的心理准备。蒲佳盈家住崇文区磁器口，从学校到那儿得穿过大半个北京城区。有几次周末陪她回家，她说服父母同意让我留宿，免得吃过晚饭，坐不多久就得匆匆忙忙往回赶。蒲佳盈把她的床腾给我，自己则挤到姐姐房里的一张旧沙发上。待到夜阑人静，她会悄悄溜回自己房里。说来也怪，每当我们两个人刚刚屏声敛息地开始交合，门外的客厅里就会响起她父亲躁动的脚步声。这位喉音郁结的老工程师走进厕所，近乎愤怒地将门哐当一声重重合上，以示对我们的警告和抗议。无奈，我们只好以最快速度将事情收尾，蒲佳盈重新回到沙发上，一家人才真正安歇下来。那时，我望着屋外的街灯投在墙上的光影，暗下决心，一定要找份工作留在北京，一到允许的年龄就跟蒲佳盈结婚，也算对自己的人生有个交代。

毕业论文答辩前夕，蒲佳盈不得不在我陪伴下去医院做人工流产。出来后经过一个街心花园，她突然收住脚步，倒在我怀里放声大哭：“你说，我们会一辈子在一起，永远都不分开吗？”我说：“会的。我保证一辈子爱你，让你过得幸福。”那一刻，我仿佛在心里听到了这段誓言激越的回声；只是，不曾想它随后的消弭会那般迅速。蒲佳盈没有户口问题，就职方面的自由度远比我大，就在我走上讲台的同时，她把档案落在人才交流中心，进了一家声名显赫的外资电脑公司。从那时起，两个人从工资收入到价值观，差距日渐拉大。她不时抱怨我还像做学生时一样自命清高，不懂得如何去灵活适应这个社会天翻地覆的变化。在我们分手之前的那两年里，她多次鼓动我辞去薪俸微薄的教职。

“现在你已经有了北京户口，凭你的学历和英语水平，进外企应该一点不成问题。”

“可是，我进外企能干什么？”

“什么不能干？起码可以先从文秘干起吧。你的文字功夫不是比一般人都强吗？”这是蒲佳盈对我在文学方面的才能所作过的最高评价。

“那并不是我的兴趣所在。”

“你的兴趣在哪儿？”

“不是早跟你说过吗？我当初选择进高校，只是希望能有更多的空闲时间，可以用来写作。”

“别又跟我提什么写作好不好？有哪次到你宿舍，不是看见你正对着一堆白纸发呆？你自己说说，过去一年里你写了多少字，有几篇东西发表？别拿写作当你游手好闲的挡箭牌了。”

“我还在慢慢摸索，但我相信……”

“要摸索到头发发白吗？就算你摸索出个所以然来又怎么样？那能有多大的价值？人还是要活得务实一点儿。瞧瞧公司里女同事们找的男人，哪个不是风风光光、体体面面？哪个不比你在社会上吃得开？谁像你，除了教个破书，别的什么都不会，心思也从不放在挣钱上，更不知道体谅我的辛苦。你说我跟着你到底图个啥呢？”

虽然时有抵牾，可每到周末傍晚我还是会准点等候在蒲佳盈上班的大厦门口，陪她一起吃饭、逛街、看电影，最后送她回家。到了周日，她照例来我宿舍，两个人共享一番肉体的欢愉。看起来，生活还会照样流于平淡、没有起伏地延续下去，直到有一天蒲佳盈突然告诉我说，公司计划派她去美国培训一年，她已打定主意培训结束之后留在美国；因此，如果我不希望就此分手，那唯一的办法只能是我通过留学去跟她会合。她建议我马上着手准备托福考试。我沉痛地答应了，因为我感到蒲佳盈已经成为我整个生命无法割弃的一部分。我报名参加了一个英语强化补习班，每晚蹬着自行车赶去中关村上课，如此坚持了一个月之久。

一天晚上，我在上百人的大课堂上睡着了，一觉醒来，看到身边的男男女女无一不在全神贯注，埋头哗哗做着试卷上的习题，我顿时有种荒谬莫名的感觉。一刹那间我恍然明白过来，不管我心里对蒲佳盈有多深的眷恋，我和她终究是两条路上的人。于是，我收拾起桌上的东西，把所有参考书送给邻座的一位小伙子，然后悄悄离开了教室。

九

那天下午四点来钟，依莎贝塔在附近的商业街上闲逛一圈后回到校园，经过一个十字路口时忽然记起，往左拐的那条凸凹不平的小径三年前就曾留下过她的足迹。她改变行进方向，步入学院里唯一的一幢单身教工宿舍，没费多少周折就找到我的房间。她带着一副半是犹疑、半是兴奋的神色，把我从正在电脑上创作的一篇故事拉回到现实里。

“我是不是打搅你啦？”

她侧转肩膀，做出随时准备离去的样子。

“不，请进来吧。”在某种程度上，她的出现像是替代了我整个下午都在苦苦等待的灵感。

当然，和她刚认识我的那时相比，我的生活至少起了些表面上的变化。因为同屋从不来住，我干脆拆掉了空出的那张床，在腾出的空间里铺上地毯，摆上坐垫，稍稍布置一番，让房间里平添了几分所谓的情调。这情调，说来让我惭愧，实际上不过是我生活中各个阶段残余痕迹的混合而已。差不多所有和我有过亲密接触的姑娘，在她们离别之前都会把一或数样东西留赠给我。有些是作为短暂关系的纪念，有些则纯粹是因为不便带走。孤立地去看，每样东西都毫不起眼，也不见得别有深意。然而，当它们累积在一起时，相互间却似乎建立起了沉甸甸的呼应关系。茶几和壁挂是青木朝香的；录放机、台灯和空花瓶是夏拉的；装换洗衣服的篾筐是梅尔格伦的；窗台上的镜子和书架上的非洲木雕是塔米娅的；而腕上戴的“斯沃琪”手表，是大我七岁的美国女人卡罗琳在我上一个生日送给我的；至于依莎贝塔，我从她那里继承的是一本英文版的莫迪利亚尼画册和七八盘她最爱听的磁带……看见了吧？这些由不同的光源在我身上投下的不同的阴影。

只有地毯上方墙上挂着的一幅世界地图属于同屋。他在学院外事处工作，为校际交流跟随领导跑过二十多个国家。我没有把它撤除，是因为我还保留着幼年在父母工作的办公室里染成的癖好。没事的时候，我喜欢对着它发一会儿呆，琢磨一番那一条条将世界分割得零零落落的国境线。

我问依莎贝塔想要喝点什么，她说咖啡。书架底层刚好搁着一盒尚未启封的“雀巢”牌速溶咖啡。我扑去盒盖上的灰尘，取出一袋，撕开边口，把混合着糖和植脂末的咖啡粉倒进一只玻璃杯里，接着冲上开水，用一把年深月久以致弯曲变形的勺子稍作搅拌。这一系列动作进行得异常缓慢，因为我的一大半心思都用在揣摩依莎贝塔到来的缘由上，而一小半心思用在追索咖啡的来历上了。可惜，两方面我都同样一无所获。我只能肯定咖啡是不久前哪位姑娘夹在别的东西里一道留下的，可就是想不起究竟是谁。看样子，自从它被放在那里以来，就再没有人动过——投在我身上的阴影面积还在扩大。

“你自己不喝吗？”

依莎贝塔接过杯子问我。这时候，她已经靠着墙边坐下来，伸直裹在一条红色碎花短裙里的长长的双腿，让黄色高帮皮鞋留在地毯之外。

“如果现在我喝了咖啡，”我说，“到晚上睡觉时要是忘了倒还好办，只要一想起白天我喝过咖啡来着，天哪，那我整夜就都得在与失眠的苦苦搏斗中度过了。”

“没那么严重吧？”依莎贝塔忍不住直乐，“那喝茶有没有问题呢？”

“茶、烟、烈酒，所有刺激性的东西我都不能碰。”我说，“我就是这么一个神经脆弱的人，一个享乐方面的重病号。”

这倒真是有点儿奇怪：我的生活一方面混乱不堪，一方面却又保持着一点儿洁身自好的禀性。

“别把自己说得跟得了什么不治之症似的行不行？”依莎贝塔

摆了摆手。此刻在她眼里，我的模样想必十分可笑：头发乱蓬蓬的，脸色因为思虑过度而分外苍白；缩了水的背心显得太小，而皱巴巴的绵绸短裤又显得太大。“你这会儿正写什么呢？”她朝我身后的电脑屏幕努努嘴问。

“一个我儿童时代的故事。”我说。

“跟‘文化大革命’有关吗？”

“有那么一点儿。”

“写完后可以讲给我听？”

“当然，可天知道写不写得完。”

她又望望墙角。“还弹那把旧吉他？”

“没有。我一直在想，要不要哪天把它扔到楼下的垃圾桶里去算了。”

“床上放了这么多书，怎么也不收拾收拾？”

“你知道，我有睡前看书的习惯。有时候一天中什么有意义的事都没干，这好歹可以自我安慰一下：我是看着书睡着的。”

这时候楼梯口传来电话铃声。我走出去，是一个公鸭嗓门的男人要找住在顶头的一位姑娘。我冲走廊那头接连叫了数声，没有听到回应，对男人解释两句之后挂上了话筒。回到依莎贝塔身边，她刚呷完一口咖啡，正把杯子放回到茶几上。

“对了，”她说，“还没告诉你，我的房里刚刚安排进来一个同屋。”

“是吗？哪国人？”

“是个日本姑娘，年岁跟我差不多。不过，我们还没怎么说过话。”

“是她不爱说话吗？”

“是这样，她不会说多少英语，而我的汉语又太差劲。我倒是指望往后她可以在汉语方面多给我些帮助。因为她上的是 E 班，水平高我一大截。”依莎贝塔显出郁闷的样子。“说真的，现在我学汉语的信心越来越弱了。英语、法语、葡萄牙语，这几门外语我说得差不多跟本国人一样好。我能听懂和看懂西班牙语，我也学过一些德语。对这些外语我只要花上一段时间，总会有种云消雾散、豁然开朗的感觉。就是说，我会发现那些阻碍全被我抛到脑后去了，我可以轻松自如地跟人谈话或是看书读报。但是汉语，噢，不管我花多长时间，我却怀疑永远也等不来同样的结果。即使在这里学得再多，一回欧洲，过不了几天还是会忘得干干净净。”依莎贝塔鼓起腮帮，长长地吐了口气。“你说我拿汉语到底该怎么办啊？是放弃还是继续？放弃等于白白浪费了过去的许多时间，而继续等于今后也许还有更多的时间要被白白浪费。”

“唯一的办法也许是，毕业后找一份跟中国有关系的工作。”

“可是，到现在我也没有想好将来要做什么。”

依莎贝塔放低上身，叉起两臂，同时把一只脚搭到另一只脚上。她的整个人缓缓沉落到这副松松垮垮的坐姿里。

“总该有个大概的框架吧？”

“我妈妈一直建议我将来当外交官。可那样就得先参加专门的考试。这种资格考试在意大利年年都有，非常严格，一般人很难通过。真要当上了外交官，我倒希望能去欧共体的总部工作。但话说回来，外交官看上去挺风光，其实时时刻刻都得受一大堆清规戒律和繁文缛节的限制，这跟我散漫拖沓的性格完全不合。比较而言，我更喜欢留在学校继续学习。我很迷恋学校这种轻松自由、没有太大压力的气氛。比方说，我想去柏林学习德语，或者去伦敦的一家研究所继续攻读国际政治。要我回到中国，在这里住上几年吗？”依莎贝塔瞪大眼睛，怔怔地盯住鼻尖前相距咫尺的某个地方，就仿佛这个问题的答案正以骇人的面目从那里自动浮现出来一样。“不，”她说，我感到她的上身抖动了一下，“我实在找不出任何一个理由，强有力到可以说服自己。为什么我不去非洲，不去印度，偏偏要选择中国呢？在我的心目中，中国从来就好比一块冷冰冰的、布满无数裂痕的、散发出淡淡幽光的绿玉。”说着她抬起一只手掌，做了个轻轻抚摩的动作，“恐怕世界上再没哪个国家要比中国更远地超出我的理解和想象了。”

“难道这一点还不足以作为理由吗？”

实际上，不久前她写给我的那封信，此刻就躺在桌面的电脑显示器旁。连信笺都没来得及插回到信封里，而是叠放在一起。我很想展开它，把那上面她亲笔书写的字句念给她听：“……我迫不及待地想回中国去，越快越好，哪怕打点行装马上动身……”真是，为什么偏偏要选择中国呢？

应该说，在依莎贝塔喝完茶几上的那杯咖啡之前，她的情绪一直较为稳定。语调虽然时有起落，但总的来说还能控制自如。窗外的夕阳偏移到学院锅炉房巨大的烟囱后面，像一扇门缓缓合上那样，落在世界地图西半球上的一道光焰逐渐消于无形。一时间，看着依莎贝塔在低头沉吟中梳理思路的样子，听着她心潮翻涌的话语，我感到自己又回到了当初和她相识的那些令人沉迷的时刻。那个一次次和她在教学楼的走道擦肩而过，一次次回望她背影的人果真是我吗？那个领她登上蓟门桥的城墙，月光下热吻过她的人果真是我吗？那个在她身上被燃烧过、被熔化过、被劫掠过的人果真是我吗？还有那个贬低痛苦的人，那个故作冷漠的人，那个被可怜的理智所蒙蔽的人，那果真是我吗？

往昔经历过的一幕幕场景重又闪现眼前。但是，它们都被涂上了一层当我置身其中时从未有过的神奇的光彩。就好像在地面点着了焰火的引信，你听到的先是一阵腾空而起的长长的呼啸声……焰火升到五十米不见动静，升到八十米依然不见动静……就在呼啸声从你耳边完全消失，四周一片沉寂之时，焰火终于在一百米的高处突然迸发，将整个夜空照耀得熠熠闪亮……

依莎贝塔大概并没从我脸上看出来什么。她只是问我可不可以抽烟，得到同意后，她特地起身走过去打开窗户——“免得房间烟味太重，夜里破坏你的睡眠。”我倒是希望她能注意到桌上的那封信，可她没有。也许是因为桌面上文具和书籍堆得太乱，而折好的信笺又压在信封上面，看上去跟普普通通的纸条毫无区别。她凑近我的书架，问我有没有哪位意大利作家的书籍。我从书架上抽出一本薄薄的小册子，告诉她说，伊塔洛·卡尔维诺[1]的这本《一个分成两半的子爵》是我平生最喜爱的小说之一。“真的吗？”她大声惊呼起来，“伊塔洛·卡尔维诺？他也正是我最喜爱的意大利作家啊。”她当即把书翻到第一页塞到我的手里，拉着我跟她一起在地毯上坐下，非要我为她逐字逐句连读带翻译不可。“你不认为这能帮我提高汉语水平吗？”她摇摇我的肩膀，“来吧，求求你啦。”

可是，刚刚念到第二页，我们就再也进行不下去了。我怎么也没想到，依莎贝塔的脾气居然说变就变，而且乖戾到叫我实在无法忍受的地步。我读得稍快，她说我是有意跟她的听力为难；我放慢速度，她又说我在存心拿她取乐；我挑出一些字词加以讲解，她却总是厉声打断，认为那都是些她本来无须翻译就能看懂的东西；我跳过一些字词不作讲解，她又说那是因为我毫无耐心，对跟她待在一起感到厌倦。

这样折腾了一阵子，她终于勃然大怒，从我手里夺过书去，重重摔到地毯上，嚷嚷着说：

“算了，你根本就无心为我做点什么！”

我也非常恼火，可心里更多的还是诧异。

“依莎贝塔，你怎么能这样呢？”

1　伊塔洛·卡尔维诺（1923—1985）：意大利作家。

“什么这样？”

“难道你没看到我已经竭尽所能去满足你吗？”

“可你只会让我生气。”

“是你自己对人太苛刻了。”

“什么？明明是你不耐烦，反而说我苛刻？”

“就是这么回事嘛。”

“为什么你就不能对我好一点儿呢？就好那么一点儿也不行吗？”

“我做得已经够……”

但是，依莎贝塔盯着我的眼睛里，那股凶巴巴的劲头是我从来没有见识过的。我很担心任由它发展下去会酿出什么后果。“喂喂，依莎贝塔，你这到底是怎么啦？”我竭力恢复心平气和，“我们读的只是一篇我们共同喜爱的小说，又不是什么咒语或者宣战书。如果这被证明不是一个学习汉语的好方法，那我们可以商量一下，换成别的嘛。犯得着两人为这么一桩小事翻脸吗？”

“真要翻脸，那也是因为你心里希望这样。”她依然余怒未消，“其实你一点都不在乎我。要是那天我不主动提出一起吃饭，你不会跟我一起吃饭。要是今天我不主动来看你，你也不会去看我。你好像有意要离得我远远的。”

“根本不是这么回事。”我把身子往她坐的那头挪近了一点。一股淡淡的香水味飘进我的鼻孔，撩起我心里的缕缕柔情蜜意，“不，你想的完全错了。你知道这三年来我是多么思念你吗？你知道当我收到你的来信，听说你要回中国时有多高兴吗？从在机场见到你的第一眼起，我就发现你比过去更强烈地吸引着我。可是，你知道那以后你对我的态度让我多么失望？每当我想要亲近你的时候，你总是使劲把我往一边推开。你一次次说只想把我当普通朋友，不愿意跟我卷入更深的感情。我难道不是在克制自己，尽可能与你保持一定距离？如果这也让你不满，那我到底该怎么做呢？”

一席话，说得依莎贝塔默然无语。

过了很久，她才慢慢掉转头，神情幽怨地看着我。

“你说的都是真的？”

“千真万确。”

“那现在你还……还喜欢我？”

要么是我耳朵出了问题，我听到“喜欢”这个词通过她的嗓子眼时阻滞了片刻，并且发出“咯噔”一响。

“那还用说。”

“喜欢什么？”

“喜欢……我说不太清楚。”

“为什么？”

“这个，大概是分开太久的缘故吧。”

“你是说，我比以前不一样了吗？”

“我想是的。”

“怎么不一样了？”

“只是感觉如此。可能是因为我对你本来就了解得太少，可能是因为几年过去我自己也起了变化。”我说，“人们可以抱怨很多东西，但就是不能抱怨时间，对吗？”

“你抱怨我吗？”

“在我心里你一直是，是一个谜。”

“谜？这是什么意思？”

“就是说，你并不打算让别人真正了解你。”

“哦不，不对。我一直想让别人了解我，我也一直在寻求别人了解我。”她话锋一转，“我只是对此有点儿遗憾罢了。”

“看，至少你说到了遗憾。”

“这不是常有的事吗？在每个人的生活中……”

她端起玻璃杯，让里面剩下的咖啡随着她的手腕缓缓旋转。反时针，顺时针，反时针。她似乎在一门心思钻研流体力学。

“不管怎样，”她终于开腔说道，“就是说你还喜欢我？”

“是啊。”我点点头。

她接下去的一句话低到我几乎听不见。

“你想碰我吗？”

一开始我还没怎么在意……等到恍然明白她的意思时，我不禁惊愕得屏住了呼吸。

“如果你想，那现在你就可以。”

她用的是一种漠然而略带沙哑的语气，让人以为她只是在谈论一件与己无关的事情。我的心把持不定地犹豫了片刻。一想到依莎贝塔这样做，也许只是因为轻信了刚才我那番貌似恳切的表白，我心里就有一种沉重的负疚感；而一想到从今以后，我会尽力驱使自己真心诚意地对待依莎贝塔，这负疚感顿时又减轻了不少。我伸出一只手搭上依莎贝塔的后背，把头埋进她那从耳垂到肩头，从下颌到胸口的一段段纤长而流畅的弧线里，就像是要用嘴唇的轻触将它们依次描摹下来一样。我还特意在她胸前那两颗久违的黑痣上停驻了数秒。我第一次发现，说黑色并不准确，它们实际上是酱红色的。我的嘴唇一路攀援，沿着悬挂在她脖子上的银制饰片登上她的面颊，穿过那些凸起的淡淡的斑点，跨越她嘴唇上那一道道垂直、细小、散发着薄荷香味的沟壑。

然而，对我所做的一切，依莎贝塔始终都未给予积极的回应。她睡意蒙眬似的闭上双眼，使我分不清她是沉浸其中还是超然事外。我拉过地毯上的一张垫子，让她的上身缓缓落到上面，顺势俯靠下去，半是热烈，半是迟延地吻起在暗绿色吊带上装与碎花短裤之间曝露出来的一小截肢体。透过细密的汗毛，能感受到涌动在她皮肤下的轻盈、难以捕捉的战栗。我轻轻掀起依莎贝塔短裙的下摆，让自己的脸轻轻嵌进她腿根之间。

就在这时，窗外吹进的一股风刮跑了桌上的信笺，它飘落在地，恰好为依莎贝塔视线所及。依莎贝塔皱起眉头，对着它费力地凝望了一阵。随即，她就像从睡梦中遽然惊醒一般，大叫一声挣脱出我的怀抱。

“不不不……”她一边嘟哝着，一边猛地从地上坐了起来。她一侧身转变成双膝跪地的姿势，抄起信笺，展开匆匆扫了一眼。“这个，这个可以退还给我？”她哆嗦着问。

“行啊。”

于是她背转身去，刷刷刷，几下把信撕成了碎片。它们被她紧紧攥在手里。

“依莎贝塔，你到底是怎么啦？”我窘迫不堪地望着她。哎呀呀，这个下午过得可真是毫无章法。

“很抱歉，我原以为我可以……但是实际上不……我不能跟你这么做……”

“为什么？”

“别问为什么，”她摇摇头，“就是不能。”

她拉起快要滑下肩头的吊带，扯直衣服和裙边，又把披散开的头发重新拢到脑后。接着，她起身拎起搁在墙角的帆布背包，迈步从我腿上跨了过去。走到门口，她手把旋钮转过头来。这时候，我看见她的眼眶已经噙满泪水。

我只好自我解嘲地说：“你看，刚才我说什么来着？”

“我很抱歉，”她满面哀伤，“我希望你能理解，我真的……”

嗓音哽咽，再也说不下去了。

随后，门开门合，楼道里响起了她离去的脚步声。

我忽地记起了摆在书架底层那盒咖啡的原主人。是我去年下学期认识的美籍华裔姑娘简。临别之前我去她宿舍，她在送给我几本英文小说的同时，顺手也把咖啡塞进了塑料袋里。

“我从来不喝咖啡。”

“那你留着招待别人。”

阴影仍在扩大和加深。

毫无章法。

十

我和班上的学生们日渐熟悉起来。他们不再像刚开学的时候那样拘谨了，即使回答不出我的提问也总是面色坦然。十七岁的印尼华人姑娘黄娟美，在课堂上不间断地用各种精神折磨的小花招来作难我。她老是当着其他同学的面随意评点我的仪容举止，比如："老师，你今天的头发有点儿乱，后边有一束还翘起来了。""老师，你的眼圈像熊猫那样黑，昨天晚上一定没有休息好吧？""老师，把衬衫扎进裤子里的穿法不太好看哟！"以及"老师，我要是你的女朋友，一定不会让你留一点点指甲的。"有一次我要求学生们做课本上的练习，一路巡视经过黄娟美身边，我顺手指出她的几处错误，谁知她顿时一瞪眼睛，收拾东西气呼呼地跑出了教室——如此这般，时常把我弄得哭笑不得。可是，透过黄娟美撅起的嘴唇和澈亮的眼眸，我又分明感受到她内心深处对我怀有的那份孩子气的依恋。她的父母之所以把她送来北京学习汉语，只是为了避开印尼举国排华风潮[1]高涨的险恶处境。这个夏天一过，她又会被送去澳大利亚的悉尼上大学。每回看着她顽皮、天真的笑靥我都忍不住要想，一个人通往未来的路径究竟是由什么决定的呢？

还有那个给自己起名叫什么“大梦幻”的法国小伙子，常常在课上到一多半，甚至就快结束的时候才出现在教室门口，眼光迷蒙地将讲台上的我辨认一番，确信没有走错地方才脚步踉跄地进来找座。他喜欢用鲜艳的红头绳把蓄起的长发扎成两条小辫，并特意让其中的一条垂至胸前。好几次，我要求学生们逐个朗读课文，“大梦幻”总是在轮到他前面的那位同学时，突然没有任何先兆地连声发出惨叫。只见他五官痛苦地扭作一团，双手捂住肚子，颤巍巍地从椅子上站起，一俟我点头表示同意，马上就会夺门而出，向厕所飞奔而去。这样，以后每到朗读课文我都会不由自主地变得神经紧张。我时刻准备着抢在他刚开始龇牙咧嘴的一刹那对他挥手示意，以使他肠胃部分注定发作的不适能够及时有效地得到排解。气人的是，有一次我根本没有要求学生朗读，“大梦幻”却仍在下面“啊、啊、啊”地大声叫唤起来。我停下正在进行的板书，回头示意他赶

1　印尼人的排华情绪，其实早已植根于19世纪荷兰殖民时期。当时荷兰政府将华人地位定于“欧人”和“印尼土著”之间，令华人既受“欧人”歧视，又遭“土著”敌视。

快离开，想不到他却顷刻恢复了镇定，若无其事地说："哦，老师，我好了，没事儿。"

年逾花甲、满头银发的澳大利亚学生善积德，总是利用课间休息过来和我热烈攀谈。鉴于他一家与中国关系渊源深远，没有哪个人比我更适合作为他的倾诉对象。三十年代末期，他的父亲，一位英国传教士，带着新婚妻子远渡重洋，踏上了硝烟弥漫的中国国土。在云南一座偏远贫瘠的小镇，善积德从一出生起，便被当地人一双双满是老茧和尘土的手抱来抱去，俨然成了草创时期的教会向刚刚发展的信徒们传递神谕和天启的又一纽带。善积德在那里一直住到十岁，直到 1949 年才随父母匆匆回国。岁月的磨砺使他很快忘光了一度相当娴熟的云南话。他后来去了澳大利亚，承接父亲的衣钵成为墨尔本郊外一所教堂的牧师。他和三位前妻生有七个儿女，如今他们散布于世界各地。虽然来北京学习汉语还不到五个月，他却又和一位离异不久，也是基督徒，比他年轻二十岁的中国妇女火速结成眷属。看来，中国在他的生活中永远意味着动荡、转折和剧变。

善积德一次次为我描述他记忆中的云南风土，他那位中国妻子饱受前夫虐待的惨痛经历，她博大深沉的心灵，温柔贤淑的品德，带着一个孩子独自生活的艰难，对他悉心的关怀和照料，以及他们去澳大利亚驻华使馆办理移民手续的种种曲折。一位来自西方的牧师，当着我的面不去宣讲天国的泱泱福音，却在一个劲地倾吐尘世的凡俗之苦，这多少有些出乎我的意料。不过，有一天我终于寻机向善积德提出了一个和神学有关的问题。那还是很早以前，我在阅读圣经《创世记》时产生过的疑惑。

“请问，为什么耶和华要变乱人们的口音，使他们言语彼此不通呢？既然他有着主宰世间万物的至高无上的权威，为什么还那样担心人们建成通天塔[1]呢？如果人们使用统一的语言，难道不会更便利于心灵的交流和真理的传播吗？”

于是，善积德仰起他那张棱角分明、皱纹密布的脸，为自己嗓音里加入离开讲坛后已经荒疏多日的胸腔共鸣：“耶和华甚至后悔创造了人，想要将他们连同走兽、昆虫、飞鸟一道从地上除灭呢。因为人的所作所为充满罪恶，而又时常产生狂傲和背逆之心。耶和华使人们言语彼此不通，也许正是为了让他们意识到自己的卑微和局限，意识到在语言的差异之上还存在着某种本源的、决定性的东西，那就是神的意志。”

“但是，能让人意识到卑微和局限的方式有许多种，为什么耶和华要通过语言来实现呢？”

“难道语言不是人立足于世界的根基吗？”

“说的也是。”我点点头表示领悟，“所以，这也正是我对耶和华感激不尽的原因了。”

---

1 又称“巴别塔”。据《旧约·创世记》载，挪亚的后裔向东迁徙，走到示拿，骄傲起来，自以为无所不能，要建造一座高达天上的塔以传扬自己的名。上帝耶和华不愿人们建成此塔，就变乱了他们的语言，使他们无法共同工作。于是人们四散而去，建塔工程也半途而废。这塔遂称“巴别塔”。“巴别”意为“混乱”。

老人很是讶异："为什么？"

"你想嘛，要是耶和华不这样做，我不就得失去眼下的这份工作了吗？"

十一

和我同住一层的大多是些年轻的单身教职员工，外加几对正在等候学院正式分房的新婚夫妇。我和他们的来往仅限于传唤他们接听电话，除此之外，如果说还有什么别的，那也跟偏偏摆在我房间门口的那部该死的电话有关——时常有人叩门，询问他们不在的时候有没有打给他们的电话。如果有，他们会问对方是男是女，留没留言，甚至要我说出年纪、职业、地址，可能的话最好还能模仿一下对方的语气和腔调；如果没有，他们又会追问，是因为我一直都待在房里而确实没有，还是因为中间我有段时间不在而可能没有。在他们看来，为他们履行话务工作似乎是我的职责和义务所在。我心里的恼怒已经足够让我十次、二十次地冲出去扯断电话线，或者浇上汽油把话机连同搁放它的小方桌一把火烧掉了。可是，每次我一动起这样的念头，马上就会接到一个打给我的电话。就这样，我的心又软了……

我的独来独往，几乎完全断绝了住在同一层的人们接近我的可能。不过反过来，他们一定没有想到，我对他们每个人的情况，包括一些讳莫如深的隐私却都了如指掌。是啊，谁叫我那扇房门的隔音性能如此之差？那只是在几根木条上包上了两层薄薄的木板，无论是指节的敲击还是微风的吹拂，都能引得它瑟瑟作响。再加上门的周边没有一处与门框严丝合缝，下端更是凌驾于地面之上两三公分，这一切怎不使得它形同虚设呢？不管人们通话时声音压得多低，他们说的每一个字眼还是会不甘寂寞地传入我的耳朵里。而且，我越是懒得去听，声音就越是死乞白赖地跟我耳朵过不去。

所以，我完全可以为这一层上所有住户的姓名、籍贯、性格特征、主要社会关系、近期活动、未来计划等等开列一张明细表。201 房的董燕燕说话嗲声嗲气，每回她通完电话，总要过上十来分钟，我全身的筋骨才能从酥麻状态中恢复；她的同屋梁胜兰，生就一副急性子，噔噔噔跑着来接电话倒也无可厚非，可接完电话还要比来时更快地跑着回去，着实叫人不可理解。202 房的谢俊四处撒网，一心向公司跳槽；陶泉宇给一家小旅行社当英语导游，在上课与带团发生冲突时总是想方设法牺牲前者，动辄托病告假。203 房住的是一对夫妻，与外界少有联系。219 房住的是另一对夫妻，丈夫不止一次地向别人抱怨妻子的性冷感，披荆斩棘地想为自己富余的精力开辟一条出路。204 房的罗蕊，在两位追求者之间举棋不定，好几次我都忍不住想打开门对她直言相劝：喂，别再废话连篇了好吗，依我耳朵的直感，那个公鸭嗓门的男人似乎要比那个尖声细气的男人稍稍可靠一点儿。205 房的张祝伟和 218 房的林滢一年前曾是一对恋人。213 房的王姝和 216 房的章可扬都在瞒着单位，暗中分别办理赴美留学和移民加拿大的手续。215 房的康荆京查出自己染上了肝炎病毒，但又怯于告诉同屋赵志勇。220 房的孙正总爱在楼道里唱进唱出，专事模仿个别摇滚歌星的嘶哑嗓音，大家对他的评价中最贴切的是："也不知谁开门时把他什么东西给压门缝里了，就听他胡乱叫唤。"221 房的肖环为一桩桩莫须有的生意在电话里费尽唇舌，一会儿说是要把东北老家的橡子和芝麻大批量出口到韩国，一会儿又说要从银行申请一笔贷款，引进以色列的滴灌式农业技术。看来，以他的活动能力和宏图大略，待在图书馆当一名电教设备管理员实属屈才。住我左边的是物资校产处的小蔡和人事处的小齐，他俩打电话主要是为邀集麻将和扑克的玩伴。住我右边的是外语系日语教师小凌，脸色阴沉，不苟言笑，他打电话时讲的不是日语就是闽南话，更有一些时候日语和闽南话相互掺杂。我一直揣测，大约小凌知道我从房里能够听清外面的通话内容，因此他这么做完全是为保密起见。依此类推，当我使用电话时，他一定不会放过机会，一定会把耳朵贴到门上，仔细听听我在说些什么的。

紧挨楼梯间，住我斜对过的是学院语言信息研究所的老瞿。在所有同事里，或许只有他可以算做我唯一的朋友。这不是从趣味相投、感情深厚、相濡以沫、同舟共济的意义上说的，仅仅代表着一段时间内见面和交谈的频度。换言之，老瞿是所有同事里跟我往来最密切的人。

一年前，当老瞿刚刚结束公派留学，带着新加坡国立大学的博士学位回来复职时，我第一次在楼道里遇见了他。一副金丝边眼镜支棱在一张虚胖的娃娃脸上，嘴角两边挂着愣痴痴的笑容。一开始我还以为，他是为了保持眼镜架在鼻梁上的平衡，打量我时才把下巴抬到与地面平行的高度，过后才发现，那其实是他看每一个从身边经过的人的固定风格。目光不含丝毫侵犯性，但仍以其莫名其妙的执著、专注、持久和含情脉脉使人心里发毛。老瞿走起路来一步三摇，且爱把双手反绞到背后，愈发凸显出那只得天独厚的大肚子。从他在门外与别人的通话中我了解到，老瞿已经三十三岁，却还是孑然一身。本来学院规定，未婚博士可以享有一套一居室的住房，老瞿却嫌地点偏远，每天班车来回得花一个钟头。再说一旦结婚，他马上就有资格分到一套三居室，而且近在校园生活区内就能解决房源。因此，为了待遇上一步到位，免去其间的折腾，老瞿宁可婚前蜗居单身宿舍作为过渡。

最初一段日子，我与老瞿没有任何来往。想不到，有一天我午睡起来去水房洗脸，正在池边吭哧吭哧揉搓一堆脏衣服的老瞿不光冲我傻笑，还主动打起招呼。

“庄老师，下午没课？”

我很吃惊，不知道除了我姓甚名谁之外，他对我还有多少了解。我拧干毛巾正要离开，他却叫住了我。

“庄老师，今天晚上有空？”

“干吗？”

“想请你吃个饭。”

“怎么啦？”

“有事求你，”他的脸涨得通红，“想请你帮个忙。”

“没问题，只要力所能及。但吃饭就免了。”

“是想请你帮忙，解决我的终身大事。”

我一笑：“我可是连自己都还没有着落呢！”

“不是非叫你给我介绍对象。只是不知你肯不肯给我当当这方面的参谋，在我碰到难题时能帮着出出点子，拿拿主意。我观察多时了，老见有姑娘上门来找你。我估摸着你跟姑娘们打交道一定特有一手，不由我不表示佩服。跟你一比，哥们我可就差远去了，挺大一把年纪，这方面的经验还等于是张白纸。回国后这段日子，也陆陆续续接触过一些姑娘，可至今没谈成一个。我真不知道怎样才能琢磨透那帮姑娘的心思。实不相瞒，我只想以最快的速度找个对象，赶紧把婚结了算了，然后就安下心来好好做自己的学问。”

“你当结婚是什么？是在路边随便找处屋檐避雨吗？”

“可是家里老催，别人老问，已经烦得我不行啦。”

“那你想最快多快？”

“两三个月吧。”

“多少个月？”我吓了一跳。

“三四个月。”为了平定我的情绪，他赶忙改口，“暂时搁下要写的论文，把研究所的工作对付过去，一门心思都扑在找对象上，这么长的时间应该说足够了吧。”

老瞿的老家距北京不远，在河北太行山区一个全是土坯屋的小村子里。按说，他从事的计算机汉语语音自动识别系统的研究，堪称当代最尖端科技的一支，可他的择偶标准还打着千百年乡土社会陈规旧习的深深烙印。那天晚上，他从食堂买回啤酒和几样凉菜，把我拉到他的房里。“本想请你去下馆子，可又觉得在那种乱哄哄的地方不适合谈正事，还是这样好，花钱不多，也更舒坦自在不是吗？”当时我并不知道，围坐在自家铺开旧报纸的桌旁，就着食堂大师傅们粗制滥造的菜肴小酌几杯，这已是老瞿招待宾朋的最高规格，所谓“请人吃饭”的确切含意。老瞿边喝边为留学海外这几年国内发生的种种变化大发感慨，直叹世风日下，像他这样一块外拙内秀的璞玉居然得不到异性的青睐——言下之意，似乎只有我这种虚有其表的糟糠败絮，方能在污流浊水里左右逢源。他执意向我讨教扩大交际面的捷径和博取女人欢心的法门，一直到我搜尽枯肠，最后甚至胡诌出“可以每天中午站在教工食堂门口的高台上，手搭凉棚装做找人”以及“可以给对方呼机发些连你自己也不知道是啥意思的暗语”，他仍然在那里一边运神默记，一边锲而不舍地追问：“还有呢，还有什么？”

在这当中，我们举杯相碰。我说："祝你明年春节前完婚！"哪知老瞿一听就急了，端起的杯子马上放了下去。"什么明年春节？"他拉长脸嘟哝道，"刚才不都说好了是今年年底吗？"

我只好顺从他的意思："那好，那就祝你明年元旦前完婚，这总行了吧！"

老瞿这才破颜为笑，又把杯子端起："就是嘛，这么说还差不离……"

从第二天开始，老瞿真的摆出一副只争朝夕、大干快上、不把红皮婚书揽于怀里誓不罢休的架势。我信口雌黄的那些话，全被他当成指导婚恋的金科玉律铭刻于心，并且一一付诸实施。他先去美容院烫了个头，换上回国后一直舍不得穿的那套快要开线的西服，跑到照相馆拍了一套所谓的黑白艺术照，再从中精选数帧输入到全市好几家婚姻介绍所的电脑档案里。在那套艺术照上，他不是仰天发愣，就是抱膝沉思，又或托腮浅笑。由于摘掉了眼镜，双目失神，视点散乱，看上去就像一位令人同情的白内障患者。他从婚姻介绍所抄回密密麻麻的数百个号码，告诉我每个号码都代表一位他看过资料后觉得甚为中意的姑娘。"有这么多吗？"我有些不敢相信。"告诉你，这还是我经过严格把关后才挑出来的呢，"他得意地说，"要不然被选中的还会多出一倍不止。"

随后，他就严格按照号码次序向那些姑娘去信发出约会邀请。每封信经过我的润色加工，无不一改老瞿平实本分的文风，充斥着大量诸如"每晚独守青灯，面对自己桌上堆成小山似的学术成果，心里总不免在慰藉之余又略感一分落寞”之类肉麻的语句。老瞿也怪，堂堂一个博士，竟然对我言听计从，好像离开我的指点就会寸步难行似的。临到出门与姑娘会面，他总要先跑来让我检视一番他的仪容装束。“这双皮鞋怎么样？领带打还是不打？衬衣是不是显得老气？”待我一一予以肯定，他又会捧起书架上那面小圆镜，对着里边好一阵挤眉弄眼，撇嘴龇牙。“你说我这副模样，能让姑娘一见倾心吗？”过不多久，他神色张皇地再次出现。“来了来了，正在屋里坐着呢。我实在想不出可以跟她聊些什么，你快去救救哥们的急。”于是，我只好搁下手头的工作，把自己打扮成一个对老瞿人品学识无限景仰的登门叩访者，不是为借老瞿的专著摘录其中的片段，就是想请老瞿拨冗为本校研究生做一次关于治学经验的讲演。整个过程历时不过五六分钟，可我的直言不讳已经足以使坐在一旁凝神谛听的姑娘对老瞿无可限量的事业前程、纷至沓来的出国机会、即将飙升的工资收入、立等可取的大套住房有了一个通盘了解。令我气恼的是，每到这个时候，老瞿总是一副心虚气短的样子，缩头缩脑，满面羞惭，还不时径直拿眼瞄着姑娘，看后者有什么反应。等姑娘一走，他照例又要过来，缠住我问这问那。“你给我鉴定一下，她做不做得你嫂子？”“凭你的第一感觉，她跟我是不是般配？”然而不管我说什么，老瞿都会按照他的一相情愿生拉硬拽地进行曲解。假如我说那姑娘不怎么样，他就会回答：“当然，配我是差了一点儿，不过我不计较。”假如我问：“她对你满意吗？”他就会说：“怎么？你已经看出这点来啦？”进而便美滋滋地沉浸到与姑娘共结鸾俦的遐想里。

老瞿的研究所一周只有两天坐班，其余时间均可自由支配。即便如此，他约会的日程还是排得满满当当。毕竟，那几份从电脑上抄录的淑女名册委实太长了。早上九点刚在紫竹院见过“0456”，十点半又得乘公共汽车赶到新街口百货商场去会“0511”。在路边大排档匆匆吃碗面条，下午一点再到北太平庄新影厂门口等着“0589”。三点，五点，七点半，鼓楼，月坛，崇文门，对象又换成另一条线上的“2107”“2142”“2163”。每次见完一个，老瞿就会掏出钢笔，视满意程度在相应的号码边上作出标记，或星或钩或圈或叉。怎奈头绪太多，老瞿的记忆不时出现紊乱。一天下午，他约好一位已经见过一面的姑娘在双秀公园再次相会，可是一犯糊涂，却记成要见的是另一位约在晚上的姑娘。这下可好，等到那位姑娘迎面走来，他竟然惊呼：“怎么这么巧啊，你也来这里了！”姑娘大惑不解：“不是你约了来的吗？”老瞿挠头半天才恍然大悟：“哎呀，我把你跟另一位小姐弄混了！”气得对方当即扭头离去。

随着时间推移，我惊奇地发现，老瞿正在形成某种偏执狂式的念头，他认为我对他的婚姻负有不可推卸的义务，并且必须负责到底。常常是在夜深人静的时候，结束了一天情海泛舟的老瞿回到宿舍，仍会伫立在我门外，屈指轻叩，直至将我从梦中惊醒。“已经睡了，有什么事早上再说吧。”我冲外面嚷道。“可是情况紧急，”他压低嗓门，在门上连敲带拧，“我实在不知道怎么办才好。”我只好起身过去给他开门，再折回床上。他进来以后，摸着黑窸窸窣窣凑近床沿，蹲下身子，先确定一下我脑袋大致在什么方位。视线朦胧之中，我只感到一团庞大的影子喘着粗气朝我迫近。我每每以为他一定遇到了什么天大的烦忧，人生道路正处于生死关口，可是听过他的倾诉，却总恨不得挥起一脚把他踢到墙角里去。

“我想约她明天去看电影，可她说明天公司里要加班，你给我估摸估摸，她这话到底是真是假？”

“她说她性格像爸爸不像妈妈，为什么她要告诉我这个？”

“她老是问我关于电脑啊网络的问题，你给分析分析，她这是不是在暗示对哥们才华的欣赏？”

号码簿上，但凡对老瞿的去信作出回应的姑娘，转眼便被老瞿像盘点似的过了一遍。可惜的是，绝大多数姑娘与老瞿只有一面之缘。在那以后，老瞿一次次打电话找到她们，她们的态度都变得十分冷淡。她们会以各种各样的借口婉拒老瞿的邀请。不过，别以为老瞿的自信心会因此蒙受打击。他始终认定，那些姑娘对他其实是极为满意的，只是因为自愧不如，怯于高攀，或者出于某些她们不便告诉他的原因（没准告诉了他只会让他更受感动），才被迫忍痛割爱。反过来，对于那些表示愿意跟他进一步交往的姑娘，尽管只有屈指可数的几位，老瞿又会产生这样那样的不满，小尾巴翘到天上。他觉得就凭自己的条件，理当毫不客气地甩开她们，再去另觅更加出色的对象……

一个周日的上午，老瞿推门进来，告诉我他刚约了一位姑娘在学院南门碰面。他先隔着小卖部的玻璃窗看到了如期出现的姑娘，立刻放弃了上前相认的打算。“我一看就知道跟她不可能有什么结果，与其面对面说上一堆废话，倒不如一走了之来得利索。”老瞿对自己的临阵脱逃毫无负疚感，“对了，要是一会儿她打来电话，你就说我不在。”

“老瞿，你怎么能这样干呢？”

“可她看起来实在太次了，跟正追求我的那几个没法相比。”

“那你至少应该上去跟她说上几句。”

“个头太矮。”

“不应该把她晾在那里。”

“没有一点身材。”

“让她空等。”

“脸上好像还生了些粉刺。”

“这是对人起码的尊重。”

“性格好像也不怎么开朗。”

“照我说，你应该马上回去找她。”

“唯一的优势就是家在北京。”

“如果她还在的话。”

“职业也还马虎。”

“向她赔礼道歉。”

“别的都一无是处。”

“把她送走。”

“我怎么可能看上她呢？”

正当老瞿摇头晃脑，一对腮帮子上的赘肉抖个不停的时候，楼道里忽然传来一个姑娘怯生生的话音：

“请问，在信息所工作的瞿老师是住在这里吧？”

跟着听见人事处小齐的回答：

“对，就住在对面。”

老瞿登时呆若木鸡。

“坏了，找上门来了！”

“你能肯定是她？”

“不是她还会有谁呢？”老瞿哭丧着脸，“这可怎么办好！”

我倒乐了起来。“老瞿，”我说，“你要再躲着不见可就说不过去了。”

“可我见了她说些什么啊？”

“我不管你说些什么。反正你不出去见她，我就打开门让她进来见你。”

没有任何征兆显示，但回想起来，那一天正是老瞿命运的转折点。他腿脚哆嗦地走出了门外，走向了那个两个月后成为他新婚妻子的姑娘。

老瞿的终身既已有了托靠，我的耳根就此清静了许多。他开始忙于筹备婚事、落实新房、去商场挑选家具什么的，平时很难看见人影。想到再也不用为老瞿那些鸡毛蒜皮的疑难白白耗神，我大有如释重负之感。这就难怪很多天后，当他突然闯进我房里来时，我反而会那样错愕了。

“老瞿，又遇到什么问题啦？”

“是这样，”他气喘吁吁地说，“我们两个刚在海淀区政府登了记。”

“好啊，祝贺你们。”

“我按约定的时间下午两点赶到区政府门口，可她却一直拖到两点半才到。”

“怎么样呢？”

“你帮哥们分析分析，她来得这么晚，真像她说的那样是因为路上堵车呢，还是因为对跟我结婚产生了犹豫？”

像以往每次一样，他仰起下巴，瞪大两眼，满怀焦虑地等待我的解答。

我于是走近他跟前，伸手用食指在他那油光倍儿亮的脑门上重重弹了一下。

“老瞿啊老瞿，”我说，“天底下还找得出第二个你这样的糊涂蛋吗？”

十二

我拿起话筒放到耳边的时候，电话里传来一个女人低沉、嘶哑的声音。她报出了我的名字。一开始我误以为是依莎贝塔，精神不由为之一振。“啊，”我迫不及待地说，“我们能约个地方见面吗？我有很多很多话想告诉你。”对方愣怔了片刻，清清嗓子说：“我是卡罗琳。”我顿时笑了起来，但是笑声并不能掩盖我内心的失望，我肯定这一点卡罗琳也觉察得出。

这样的误会在我的生活中已经屡见不鲜了。我总是不能在电话里准确地区分不同女人的声音，尽管事实上它们各有各的特点。大多数时候，这得归咎于我的先入为主，因为我一心牵挂的总是当时那个让我意乱情迷的姑娘。总是：“啊，你是……”接着：“哦，对不起……”同时还会伴随一种奇特的现象：那个我以为就是的姑娘，由于声音的错觉而一瞬间在心目中发生了恶作剧似的变形。比如就在刚才，我想象依莎贝塔有了一个宽阔得骇人的前额；或者，比方说吧，要是误把塔米娅清亮的笑声安到梅尔格伦身上，我一定会以为后者突然无缘无故地变得歇斯底里起来。

“你好，卡罗琳。”接下去，我竟然想不起还能说些什么。我一时还无法把思绪的断线从依莎贝塔那里接回到此时此刻。我有一种哗哗翻动书页，却怎么也找不到要查的段落的感觉。我只记得我们最后一次见面是在两个来月以前。“这段时间你一直待在北京还是……”我脑子一片混乱，“哦，你是从美国回来了？”

“不，我没有去美国。”卡罗琳对我的疏淡已经习以为常了，“我去的是欧洲。”

“欧洲？这么说，你一定跑了不少国家吧？”

“不，我一直待在法国。实际上，除了在巴黎转机之外，我一直待在法国南方的蒙彼利埃。”

卡罗琳显得气力衰颓。她的声音低得像是直接从舌尖上发出的。我只有把话筒紧紧压到耳郭上，同时用手捂住另一只耳朵，在隔绝了晚间走道的喧嚷之后，才能勉强听清她在说些什么。

“蒙彼利埃？”

“对，我住在朋友家养我的腰伤。”

“你的腰伤？”这下我总算想起来了。两个月前她驾驶着自家那辆“切诺基”在东大桥附近遭遇了一起车祸：为了避开一辆疾驶而来的小货车撞上了路边的水泥墩。虽然伤势不算太重，但大夫建议她最好静养一段日子。于是，她暂时撇下北京的家去了法国。她好像对我提过她有两位非常要好的法国朋友，他们是一对夫妻，在她所说临地中海的蒙彼利埃那个地方有一处漂亮的海滨别墅什么的。“那你已经完全好了？”我为我的健忘和薄情而默默自责。

“没有大的问题，只是偶尔还会感到疼痛。”她强打精神说。

“回来几天啦？”

“到今天刚好一个星期。”

“佩恩先生还好吗？”我问起了她的丈夫。

“阿尔弗雷德……”

电话那头突然哑了下来。我接连叫了两遍卡罗琳的名字，也没听到回答。我以为是线路什么地方出了故障，正打算把话筒从耳边移开，就在这时，一声轻微的抽泣令我心口猛地一紧。

“卡罗琳，你怎么啦？到底出了什么事？”

我蹲下身子，同时保持着分别用话筒和手掌捂住两耳的动作。我这副模样倒是蛮像一个头痛欲裂的病人，而且是一松手头骨就会四分五裂的那种疼痛。

“没什么……”卡罗琳的鼻孔嘶嘶地吸气，“我想，我想我还是不告诉你比较好。”

“为什么不能告诉我呢？难道你给我打电话不就是为了告诉我吗？”

“可是……”

“说吧，卡罗琳，到底怎么回事。”

“是阿尔弗雷德……”她终于开了个头。

“佩恩先生到底怎么啦？”

“是这样，我不在的这些日子，阿尔弗雷德有了另外一个女人……”

“是吗？”我轻轻叹了口气。可是心底里，我对此并不感到多么意外，“你跟他已经谈过了吗？”

“没有。今天一大早他搭飞机去东京开会。我是在他走后才发现的。”

“你真的能够肯定？”

“我试过从各个方面去推翻自己得出的结论，但是不可能。因为一个人不可能推翻已经发生的事实。”卡罗琳绝望地说，“我不知道怎么办才好。我甚至不知道这会儿要是阿尔弗雷德给我打来电话，我该用什么口气跟他说话。”

“听我说，卡罗琳，电话里谈这件事不太方便。你现在在家吗？”

“你说什么？”

“我问你现在在不在家。”

“我在——”卡罗琳迟疑着，让我觉得她似乎是在一边环顾四周一边确定自己的位置，“是的，我在家里。”

“那你等着，我马上过来。”

“可是，这样不是太让你受累了……”

感动和痛苦的交织使卡罗琳的情绪又一次失去了控制。在得到男人的感情回报方面，她是一个很容易满足，并且丝毫不计较得失相抵之后的亏欠有多大的女人。

“就这么定了。”我忽然觉得我和卡罗琳那种似是而非的关系充满了强烈的讽刺意味。不过，也许再过几个月，最多半年，佩恩先生作为联合国下属某个组织的官员在中国的任期就将届满，那时卡罗琳终将离开中国。“卡罗琳，别太难过。一切等我到了再说。”其实，我对能跟她说些什么，能为她做些什么，心里一点没底。

那一年，在我教的那个几乎清一色是由二十上下的少男少女组成的班里，三十二岁的卡罗琳显得格外引人注目。她在学习方面表现出的领悟能力，似乎也与她的年龄一道，大踏步地拉开了与身边同学们的距离。每次都是卡罗琳最先对我的提问作出心领神会的反应，可是为了让其他同学有充裕的思考时间，她又只好缄口不语。当其他人还在对着单个的生词发愣时，卡罗琳却早已能够准确流畅地复述整篇课文了。不仅如此，她还是每天到得最早的一个，不论刮风下雨，即使必须亲自驾车从东直门外的塔园外交公寓横穿大半个北京市区。有时候上课铃已经拉响，教室里只坐着卡罗琳形单影只的一个人。往往要等上几分钟甚至十几分钟，那些住在与教室隔窗相望的宿舍里的学生们才会姗姗来迟。这段时间说短不短，已经足以让我们在闲谈中发掘出情趣上的相近之处；可是它又说长不长，不足以让我们深入到彼此的内心世界中去。

需要加以说明的是，那时候我对于卡罗琳并无任何特殊的感觉。她身上那种成熟、典雅、聪慧的女人气质与其说对我产生吸引，不如说更容易让我敬而远之。我和她的关系，顶多也就是维持在一个敷衍了事的教师和一个求知心切的学生之间那种若即若离的水平上。我本想将卡罗琳树为激励其他学生效法的样板，不料招来的竟是他们对她深深的妒恨。他们中的不少人多次向我抱怨，说是和卡罗琳同在一班加重了他们学习上的受挫感。因为，每天的课堂似乎形成了一个惯例：一旦老师提出一个问题而他们谁都回答不了，最后总是由卡罗琳来给出正确答案。“既然她什么都懂，那为什么还要天天来上课，跟我们坐在一起呢？”他们认为卡罗琳的存在构成了对他们智力的轻蔑和侮辱。他们在课间休息时也有意冷落卡罗琳，从不与她搭话。

鉴于这一情况，期中考试过后，我婉言建议卡罗琳转去程度较高的班级。我领她去教务处办完调班手续，走出门来，她突然问我为她调班的真正原因，是不是其他那帮同学一心把她赶走。我听了一愣，赶紧红着脸向她解释，这固然是其中的因素之一，但它在整个事件中所占的比重小到可以忽略不计，因为，只要看看她每门课成绩与其他人拉开的差距，就能说明这么做有多么必要了。看着我嘴头结结巴巴、手掌比比画画的窘态，卡罗琳含笑不语，只是宽谅地摇着头。末了，我们面对面沉默了一会儿。直到这时我还认为，我和面前这位有着浅浅的酒窝、皱纹从眼角扩散开去的女人，很快就会将对方视同陌路。我只是为今后有段日子走进教室时只能面壁空对而稍有一点儿惋惜罢了。我正要与卡罗琳道别，想不到这时候她说："今天中午你有空吗？我想请你一起吃饭。"她眼中饱含的恳切使我无法回绝她的邀请。

这样，正是从那天开始，我和卡罗琳的关系以恬淡、迂缓的方式逐渐变得密切起来。我们课后时常一起吃饭、谈天，饭后有时驱车去城里或者公园闲逛，有时回到她家，听她用钢琴弹奏肖邦[1]、德沃夏克[2]和斯特拉文斯基[3]等人的作品。我也很乐于当着她的面，尽可能详细地讲解我刚刚写完的某篇小说，那些令我深感激奋的评价，倘若出自任何他人之口，定然会显得刻意奉承、言过其实，而由卡罗琳说出来，却有一种不容怀疑的诚恳和率直。卡罗琳出身寒微，据她自己说，她小时候住在印第安纳波利斯[4]的贫民区，有一年整个冬天穿的都是一双"前面露出脚趾头来"的鞋子。是勤勉加上幸运之神的眷顾，使她最终改变了自己的命运：前者帮助她取得美国杜克大学语言学硕士学位，后者帮助她在纽约举行的一次国际会议上担任译员时结识现在的丈夫。从第一次见到微微谢顶的阿尔弗雷德·佩恩先生，我就感觉到了，他向我展示的友好态度其实是

1 肖邦（1810—1849）：波兰作曲家、钢琴家。

2 德沃夏克（1841—1904）：捷克作曲家。

3 斯特拉文斯基（1882—1971）：俄国作曲家、指挥家、钢琴家、作家，1937年入法国籍，1945年入美国籍。

4 美国中西部一城市，为印第安纳州首府。

不无保留的。而且，在他内心的某个角落对于妻子的疑忌也时隐时现。为佩恩先生的工作性质所决定，卡罗琳婚后已经习惯于不断从一个国家迁移到另一个国家。他们在法国和黎巴嫩各住过两年，在墨西哥住过一年半，而现在他们的足迹又延伸到了中国。“你知道，中国的问题解决起来总是最最棘手的。”卡罗琳这样半开玩笑地向我解释，为什么他们将在北京度过佩恩先生外交生涯中最长的一个任期。卡罗琳身上集中了有闲阶级女性的许多典型特征：多愁善感、热爱清谈、鄙薄金钱、追求生活细节上的戏剧化效果。她每天过得按部就班，上午上课，下午练习钢琴、处理私人信件、去大饭店游泳，晚上则要陪同丈夫投身各式各样的活动，不是出席迎送外交使团的招待仪式，就是去保利大厦或世纪剧院听音乐会，不是赶赴朋友家的晚宴，就是去使馆的小厅观摩电影。有几次，他们两口子还曾邀我一同前往。是啊，开胃酒、美食、盛装、风度、陈列架上的古董……我知道，他们代表的是一种我永远也不能真正进入的生活。我之所以接受邀请，并非出于对这种生活的垂涎，而只是为了向卡罗琳表明我对她丈夫和家庭的敬重；这样，往后我们两人单独相处，也许卡罗琳就该清楚如何把握适宜的分寸了。

然而，卡罗琳从没把我的顾忌放在眼里。佩恩先生掌握的中文仅限于几句简单的日常问候，即便当着丈夫的面，卡罗琳也敢旁若无人地对我托出她的隐私。印象最深的一次是在她家宽敞雅致、盆植环绕的饭厅，我坐在一张长条形的透明玻璃桌一侧，与夫妇俩面对面共进午餐。卡罗琳居然可以做到一边往自己盘子里的意大利面条上撒乳酪粉，一边对我回忆她年轻时一段充满感伤的爱情体验，而在这当中，她还不时穿插以英语与佩恩先生扯上无关痛痒的几句。“那时候我比你现在小几岁，第一次见到他是在一个朋友的生日晚会上。我一直觉得，你和他在有些方面很像，比如性格，比如看人的眼神和微笑的样子。”卡罗琳一次次信手把我剪接到她多年前的故事里去，弄得我仿佛也升格成了那里面的主人公之一。我如坐针毡，却又不得不强装笑脸。“他刚刚大学毕业，在研究所给一位教授当助手，专业是化学里一个非常古怪的门类。差不多每次约会时，他都会花一点时间努力向我解释那是什么，可最后直到我们分手，我还是没弄明白……阿尔弗雷德，你觉得今天的鸡肉是不是没什么味道？早知道这样，我就会多加些作料了……那时候，我们都被对方深深吸引。你想得到吗？他研究的是化学，却常常给我写诗。每次写了新诗，他都会把它插在一束鲜花里送给我……阿尔弗雷德，记得下午上班的时候给家里发封传真过来，我不知道我们的传真机是不是坏了……他把我的名字和他想对我说的话拆开来藏在那些诗句里，每次的方式都不一样，我得费点儿时间才能找出它们。那种感觉真是有趣极了。但是，几个星期后突然出了一件事……阿尔弗雷德，这个周末我们是不是得去埃莉诺的家……”一旁的阿尔弗雷德机械地把面条和菜肴送进嘴里。每次吞咽完毕，他都会捧起餐布擦擦唇边粘留的汁液。我总认为，尽管他一点也听不懂卡罗琳和我说些什么，可还是能模模糊糊感悟到流荡在空气中的话语所携带的部分信息。我注意到他的手时而不由自主地一阵痉挛，握着的刀叉落在盘子的边沿，发出叮叮咣咣的脆响。有一两次，他甚至险些把葡萄酒瓶碰倒。

一天下午，卡罗琳头一次来到我的房间。她从皮包里取出一只信封，说里面装着她为我买电脑出的赞助费，非要我收下不可。我这才想起，几天前我无意中跟她提到过，我想在年底买台电脑，改变用笔写作的方式。她问我为什么不现在就买，我回答说，我还没有攒到足够的钱。她当时听完没有做声，原来心里早已有了打算。我对卡罗琳说，她的好意我心领了，但钱无论如何不能接受。我们的来回推让弄得那只信封皱巴巴的，最后，它啪嗒一声掉到地上，从敞开的封口露出了一沓百元钞票的一角。卡罗琳动容地说，她这么做只是想给我一点力所能及的帮助，再说，信封里的这点数目对她根本算不了什么。我则回答她，我不需要这样的帮助，我从小到大一直用的是笔，我看不出晚几天用上电脑，或者永远都不用电脑，能对我的写作造成多大的不利。我同时指出，她这种做法本身就是完全错误的，错就错在她一点儿也不在乎我的感受。卡罗琳的怜爱之情溢于言表。“为什么你要把问题看得那么严重呢？”她大声问我，“难道你不明白，我是真心实意想给你一点帮助吗？”

说完这话，她突然搂住了我。接着，她把嘴唇贴到我嘴唇上。

直到今天，我还时常会想，要是我晚一点认识卡罗琳，虽说不会接受她的金钱，却难保不会接受她的情意。可那个时候，夏拉刚刚回国不久，我整日魂牵梦绕，盼望着她的归来。我甚至毫无由来地产生出一种偏执的心理，认为夏拉能否回到我的身边，冥冥之中完全取决于我的忠贞与否。因此，在卡罗琳的亲吻延续了约莫半分钟后，我轻轻推开了她。我注意到她的下睫毛有些湿润。“你不喜欢我这样做吗？”她问。“我只是不想把事情弄得太复杂。”我说。“复杂？”她问。“是的，”我说，“因为我想到了佩恩先生。”但这名字看上去对她不起什么作用。“这就是你所说的复杂吗？”卡罗琳把脸侧向一边，眼睛斜睨着我。“那我告诉你吧，在这一点上你尽可放心。我和阿尔弗雷德早就有过协议，我们可以各交各的异性朋友。”她边说边用手顺势来回摩挲我的臂膀，轻声发出感叹：“哦，东方人的皮肤原来如此光滑。真像绸缎一样。”她的举动弄得我不知如何是好。“也包括跟异性朋友上床吗？”我问。“可以这么说。”卡罗琳迟顿了片刻，把她的注意力依依不舍地从我颈脖附近转移回来。“既然这样，”我不免杞人忧天，“那你们的婚姻还怎么维持得下去呢？”“哦，谢谢你的操心。”她笑了起来，显出刚才一直深藏不露的那对酒窝，为的是冲淡我话里冷冰冰的严肃意味。“让我告诉你吧，婚姻并不像你想的那样简单，它包含了很多极其复杂的因素。正像我们西方人常说的那样，爱情是爱情，而婚姻常常更像是一桩买卖。所以，在西方人看来，婚姻之外保留一点儿个人的自由空间是无可非议的。凭什么非得要求一个人在婚后的几十年里都唯独只跟配偶上床呢？那只会把上床变成一项枯燥乏味的例行公事，同时也把人的精神世界变成一片闭塞贫瘠的荒野。”她抬起手，用指尖轻轻压住我的唇沿。“我知道，大多数中国人都不会赞同我的观点，可我觉得你跟他们不一样。为什么你不尝试一下跟已婚女人谈恋爱的滋味呢？我敢保证，从我这里你一定能得到一些意想不到的收获。为什么你不能以更加开放的心态接纳我，让我在你的生活中占上一席之地呢？”

“不，卡罗琳，”我往后退开一步，“我和你交往，是因为我钦佩你的阅历和见识。我很庆幸能认识你这样一位朋友。从你的谈吐中我学到了许多有益的东西，甚至也包括你刚才的这番话在内。但无论如何，我尊重你，也尊重佩恩先生，我绝不会干出任何有损于你们家庭完整和夫妻和睦的事来，在我看来那只是一种罪恶。”

等到那个学期结束，卡罗琳转去长期班继续学习，直到拿到一张学院的本科毕业文凭。三年荏苒，我和卡罗琳一直保持着连我们自己都觉得不可思议的深厚友谊。这种友谊的奇异之处就在于：它包含着男女之间性的吸引，却又从未将性的吸引转化为实际行动。我一直恪守着自己的承诺，而卡罗琳也渐渐从失落中找回心理平衡。我每认识一个新的姑娘，卡罗琳都会妒忌和好奇兼而有之地向我询问各种细节。所以，有时我索性找机会直接介绍那些姑娘跟她认识。这样做的结果，总是每位姑娘都对卡罗琳充满由衷的钦敬和好感；反过来，卡罗琳对每位姑娘却都会作出一番刻意贬低的评价。她不是说这个相貌平庸，就是说那个衣着俗气；不是说这个缺乏头脑，就是说那个过于世故。她不知道，那些姑娘身上被她夸大了的欠缺之处，往往正是我看上她们的主要原因。爱，不是关乎完满，而是关乎欠缺。这是我在收到夏拉的那封绝情信后渐渐悟出的一条道理。完满是不存在的，而欠缺无处不在。完满使爱迷失，只有欠缺才能给爱一个方向。在过去的三年中，卡罗琳可以说亲眼目睹了我心灵蜕变的全过程。她对此感到矛盾和困惑，却又无计可施。她实在不能理解，为什么我在敢于破除一切禁忌的同时，却唯独，唯独把和她之间那根轻易就能跨越的界线看得神圣不可侵犯。是啊，只有我自己清楚，我和卡罗琳的清白关系，已经被我当成了节节败退的道德观留下的最后一个据点。我甚至又一次毫无由来地相信，在那上面保存着我获得救赎的最后一线希望。

我在外交人员公寓门口下了出租汽车，向把门的警卫出示证件，顺利地获准入内。看来，卡罗琳像在电话里说过的那样，已经提前跟他们打过招呼了。以前每次来到这里，我都是坐在卡罗琳的车上，那样的话也就免受了警卫的盘查。越过减速墩，沿着一条两旁树木相接成荫的道路走到尽头，再向右一拐，我已经站在一幢四层高深赭色的老式住宅楼下面。借着路灯，可以看见三层的一扇阳台上斜斜地伸出一支旗杆，悬挂在上面的据说是某个很少被人知道的小国的国旗，虽然色泽黯淡，皱皱巴巴，在无风的夜里也不见猎猎飘舞，却代表着那里是该国驻华最高外交机构的所在地。楼前的空地上停着十几辆外观各不相同的小汽车，每辆车的黑色车牌打头均有一个“使”[1]字。经过卡罗琳的那辆“切诺基”时，我特地走近

1　表示是驻华使馆的专用车牌。

前去仔细观瞧。还好，它已经修复到看不出从前严重毁损的痕迹了。

我上到二层。卡罗琳家的房门是虚掩着的。我在门上敲了三下，听见里面的卡罗琳说了声“请进”。她家光是供客人脱放外套的门厅，就足有我的整间宿舍那么大。门厅的左边通向饭厅和厨房，右边通向一间备用卧室，那里面放着一台“雅马哈”牌钢琴，平常每天下午都会上演主人最心爱的一些曲目。我听卡罗琳弹得最多的是肖邦的降G大调“黑键”练习曲和升g小调玛祖卡舞曲。她能够很好地发挥蕴藏在作品中那种contemplativo[1]的气质，使自己和听者同时come un sogno[2]。记得有一次，我当着卡罗琳的面，吟唱了我大学时在吉他上自己谱写的一支歌曲，她当即把它那浅薄而矫情的旋律搬上钢琴，杂花生树般地一遍遍进行变奏，其神情的专注沉潜，丝毫不下于平时演奏那些大师的作品，叫我受宠若惊。此刻，卡罗琳穿一件深紫色短袖绸衫，正伫立在通向客厅的一扇顶端呈圆弧形的拱门下等我。一张由皱纹、忧虑、灯光的投影和松弛的线条编织成的薄绢遮盖住她的整个面颊。虽然刚刚沐浴过的地中海的明媚阳光在皮肤上尚未完全褪去，可由于心力交瘁的关系，她还是显得衰老了许多。她的目光软绵绵的，因为毫无分量而形成了一种不断从注视的对象身上滑落下去的惯性。

我走过去，张开双臂轻轻搂住了她。片刻过后，我转过她有些

---

1 钢琴作品中常用的风格术语，意为“沉思的、冥想的”。

2 钢琴作品中的风格术语，意为“如入梦境”。

僵硬的身子。“好吧，”我说，“告诉我到底是怎么啦。”

“昨天傍晚阿尔弗雷德回到家里，我闻到他嘴里有股酒气。”卡罗琳眼皮低垂，语调几乎没有起伏，“我问阿尔弗雷德是不是刚喝了酒，他说没有。我又问如果没有喝酒，那为什么他嘴里会有酒气。这时阿尔弗雷德突然焦躁起来，一口咬定他就是没喝。我觉得非常纳闷。按说喝酒又不是什么大不了的事情，有什么不能承认的呢？阿尔弗雷德的遮遮掩掩和紧张不安让我起了疑心。今天一大早，等他出门去了机场，我马上把他的东西全部搜查了一遍。结果你猜怎么着？我在他昨天穿的那件上衣口袋里找到了这个。”

她伸手从旁边的条案上拿起一张小纸片递给我。

“这不是一张发票吗？”

“正是一张发票。”

“一张发票能说明什么问题？”我用拇指和食指捋捋那上面不甚规整的折痕，“一张三十五块钱的发票。”

“你看看日期。”

“七月二十三号。这么说是昨天？”

“你再看看地点。”

我把发票举起，让视线缩短到能够认清红色印章里的字迹。

“是城市宾馆对吗？”

“昨天下午五点半左右，城市宾馆里的小咖啡馆，二十元一扎的啤酒，十五元一杯的茉莉花茶。”卡罗琳不愿忍受我那蜗牛爬行般的思考进度，索性直接公布了谜底，“我已经去那里向服务员查问过了。”

“莫非服务员告诉你，佩恩先生带一个女人去过吗？”

“这倒没有。他们不可能记住所有的顾客。可是，难道这不是明摆着的吗？难道对这种情形你还能作出任何一种别的解释？阿尔弗雷德要去东京开一个星期的会，在出发前一天，他至少提前一个小时离开办公室，匆匆赶到一个最近便，同时又相当隐蔽的地点与那个女人见面。他喝的是啤酒，而那个女人喝的是茶。就是这么回事。”

我失声而笑：“刚才一路上我都在琢磨，你是怎么发现佩恩先生已经另有一个女人的。原来，你只是凭着一张发票胡乱猜测而已。”

“如果我说的是明天早上会下冰雹，或者有一天三元桥会因为拥挤过度而突然坍塌，你可以认为我是在胡乱猜测。但现在我说的是阿尔弗雷德，一个和我在一起生活了八年的人。还有谁比我更了解他？还有谁比我更清楚，我们的感情怎样在艰难的维持中一步步走向破裂？”

她用双手捂住了自己的脸。我搀着她走回客厅，安顿她在沙发上坐下。她的呼吸因为手掌的阻碍变得粗重沉实。我想不出能说什么，只得听任时间在我们脚下踏着的那块阿拉伯地毯光怪陆离的图案里静静流逝。

“我们已经很久没有过性生活了。”等到手掌向两边分开，露出一双眯合的眼睛时，卡罗琳这样说，“对于夫妻而言，这本身就是极不正常的。每次当我表现出这方面的需求，阿尔弗雷德总是以各种借口加以回避。他似乎想向我表明，他早已过了那种对性无限憧憬，对身体快慰求之若渴的年龄了。但是，就在几个月前，我却偶然发现他经常利用家里的电脑从网上下载色情图片。而且，从下载的时间记录上看，他这样做总是发生在每天早上，我出门去学校上课之后，只有他一个人在家的那段时间里。你能想象得出吗？经常是在我刚刚发动楼下的汽车，还没来得及转过院子里的第一个弯道时，阿尔弗雷德就已经迫不及待地坐到电脑跟前了。我想他宁可上班前对着屏幕自渎，也不愿意夜里在床上跟我温存。正是这一点让我最最伤心和难过。我虽然满怀愤怒，却又没法当着阿尔弗雷德的面发泄出来。我只好悄悄弄坏了他藏在抽屉里的磁盘，让电脑再也读不出那里面的图片。阿尔弗雷德对于网络那一套所知有限，他不知道我能查出使用时间和内容，已经窥破了他的秘密。他只是有一次装着随口问我，卡罗琳，我们家的电脑最近是不是出了什么问题。而我也不动声色回答他，是啊，电脑最近确实老有故障。其实，我知道自己的做法非常愚蠢，也没有任何意义。我一直想找一个机会，跟阿尔弗雷德开诚布公地谈谈，偏偏就在这时遇上了倒霉的车祸。原本希望借着养伤离开中国一些日子，好好调整一下心理状态，过后再看看跟阿尔弗雷德的关系能不能有所好转。谁知一回北京，头一个发现却是阿尔弗雷德已经有了外遇……”

让我描述一下卡罗琳家的客厅吧——从拱门到主卧室和书房之间的通道是它的中轴，如果说一边是以沙发和茶几为主体的会客区，那另一边则可以看成一个显示主人既丰富驳杂，又严谨挑剔的趣味的展室：一套做工精细的红木仿古桌椅摆放在中央，沿着墙面，每隔一定距离陈列着风格迥异的各类艺术品，从日本版画到非洲木雕，从墨西哥的岩画拓片到中国的政治波普[1]，从加德满都[2]的银盘到毛利人[3]的吉祥物。在我坐的沙发一侧，长长的一线书架上满目琳琅，汇集了多种文字的精装典籍。另一边的条案上，一字排开一套簇新锃亮、花样繁复的调制酒水用的玻璃器皿，每一个细部都处理得珠圆玉润，足见制作工艺卓然不凡。左前方的角落里有一扇门，通向种满花草的阳台和北京朝阳区十点来钟微微发亮的夜色。房间里一切疏密有致，令人悦目赏心。更关键的是，它那种高雅的情调，那种奢华的气派有如浑然天成，丝毫不见雕琢的痕迹。它似乎只是代表主人在宣称：瞧，生活就是你所看到的这个样子。但是今天再次来到这里，我却感到一阵眩惑。谁能想到在这样一个环境里养尊处优的卡罗琳竟会度日如年呢？

“能容我提一个问题吗？”

“什么？”

卡罗琳转过脸来。

---

1 指中国当代艺术中一些以敏感的政治题材为表现对象，将当代中国政治生活中的各种形象和符号加以改头换面处理的作品。由于在观念和手法上沿袭西方20世纪50年代以来的“波普艺术”，故而得名。

2 南亚尼泊尔首都。

3 南太平洋新西兰的原居民。

"我记得，很久以前你说过，你跟佩恩先生有过一个协议……"

"协议？"

"你说过，你们可以各交各的异性朋友，甚至……"

"哦，那并不是什么真正的协议。我们只是在婚后达成了某种默契罢了。我们都认为，没有必要让两个人总是局限在家庭生活的狭小范围里。"

"既然如此，那你为什么还为佩恩先生有了外遇伤心呢？"

"我伤心是因为我和阿尔弗雷德随着年岁的增长，居然都越活越怯懦了。我们已经拿不出足够的勇气来面对现实。想当初，我们曾是多么富有活力的一对。心胸开阔，相互信任到即便一方发生婚外恋情，另一方也能表示理解。阿尔弗雷德在墨西哥和我在巴黎一样，都曾有过不忠行为，我们事后也都对对方作了坦白。是啊，想当初我们总是心里有数，知道那些短暂的风波不会从根本上动摇我们的感情基础。说得过分一点儿，我们甚至还会把它们当做对方身上依然具有性感和吸引力的某种标志，而暗暗加以赞赏。不论如何，那时候我们都是在心里爱着对方的。但是，大约就从来到中国以后，把我们维系在一起的爱，就像钢琴上奏出的一连串降阶音那样越来越弱了。我对阿尔弗雷德的心思越来越捉摸不透。从今天早上到现在，我整个人就跟丢了魂似的。我一直在想阿尔弗雷德找的那个女人到底是谁？我对他在北京的交际面一清二楚，所以我推想那个女人我不但认识，说不定还是我的哪位朋友。想到这一点我真是痛苦至极。"

“如果确有其事的话，”我说，“那就得看这种关系的实质如何了。”

“问题就在这里啊。”卡罗琳突然向后倒在沙发的靠背上，眼睛瞪着天花板，“我对什么都一无所知。既不知道它是从什么时候开始的，也不知道它可能产生的后果是什么。说真的，这还是我第一次对和阿尔弗雷德的关系没有任何信心。”

接下去，各种念头开始在她脑子里纵横驰骋：

“我应该怎么办呢……雇一个私家侦探对阿尔弗雷德展开调查？可我还没听说北京现在有这种服务行当……或者，干脆谎称自己有急事要回美国，然后住进对面的酒店……暗暗跟踪阿尔弗雷德，看他每天干些什么……找出那个女人……”

“依我看，最好的办法还是等佩恩先生回到北京后跟他认真谈谈。”

“可你不觉得那样做已经太晚了吗？”

“那就要看你们是不是还想继续维持婚姻关系了。”

话一出口，我又觉得自己过于冒昧。

“可是……”卡罗琳的两道目光像在天花板上牢牢打了个结，“可是，如果真的提出离婚，就更应该把有关阿尔弗雷德外遇的证据弄到手里，不是吗？只有那样，离婚诉讼中才会处于有利的地位……”

电话铃在主卧室那头响起来，卡罗琳一激灵顿时绷直了身子。“是阿尔弗雷德！一定是他！”她紧张得手足无措，“我该怎么办？

接还是不接？要是不接他会一次次地再打过来，要是接了，哦，我担心自己没说几句就会跟他翻脸。”

“我想你还是去接比较好。”我说，“只是应该克制住自己，什么也别流露。在电话里跟他大吵大闹没有任何益处。”

卡罗琳依然端坐不动，电话也依然响个不停。尽管铃声的每次间隔都让人以为它已经断了，但它还是会不知疲倦地重新响起，而且随着次数的增加渐渐衍化出吁请和恳求的意味。自从住进单身宿舍以来，我对于生活中无处不在的电话铃声已经养成了一种自发的冲动。此时此刻，我倒是挺想自己走过去抓起话筒，对着里面说：“喂，你找谁？是的，这是卡罗琳的家，请你稍等，我去叫她来接电话。”我的声音应当尽量平和，不卑不亢，对于对方的致谢也顶多只是哼哼两声。我抬起一只手，指尖刚刚挨到卡罗琳的后背，这时的她就像通了电似的从沙发上一跃而起，三步并作两步，朝着隔壁的卧室疾冲过去。

电话果然是佩恩先生打来的。从我在客厅所处的位置，可以很轻易地听清卡罗琳在说些什么。她为电话响了这么长时间作的解释是：她刚刚才从卫生间里出来。我想，任何人，即使是跟卡罗琳素不相识的外人，如果这时候恰巧站在边上，一定都能感觉到她态度里包裹着的那个硬邦邦的内核。那是抵触、厌恶、郁闷、错乱，还有更多说不清道不明的负面情绪凝结在一起。她越是想把它掩盖起来，它就越是突兀和明显。电话那头的佩恩先生显然在一个劲地追问什么，而卡罗琳只是颠来倒去地回答：“我很好。不，没有什么不妥。一切都很正常。你担心什么呢？我已经说过了，真的……”她那犹豫含混的语气，与其说是在否决对方的猜疑，倒毋宁说是在暗示对方要是再追问下去她就真要开闸泄洪，一吐为快了。好不容易挂断电话，卡罗琳缓缓踱回客厅。灯光下，我看到她脸上几乎没有一丝血色。

“阿尔弗雷德一定明白过来了。”她说。

“不一定吧？”

“我们有种心照不宣的感觉。”她又强调了一句。

从早上开始，这个蒙受重创的一天已经把她折磨得疲惫不堪了。于是，我试着转换话题。

“对了，今天晚饭吃了什么？”

“晚饭？”她摇摇头，“中午倒是吃过半个苹果……”

“这怎么行呢？”我喊了起来，“这样身体会给拖垮的……”

“可我实在是什么也吃不下。”

我抬头望望墙上的挂钟。在快到十一点半的这个时候去外边用餐，不论是在酒吧还是在某处通宵营业的饭馆，那里的气氛肯定都不适合卡罗琳的心境。再有，让她在恍惚不定中驾驶那辆刚刚修好的“切诺基”，也很难保证不会发生什么意外。

于是我自告奋勇地表示，要是她不反对，我倒是可以在她家的厨房为她烧点什么。

“不，不用麻烦了。我真的是什么也不想吃。”

“可你多少都该吃点。”我坚持道，“况且，我六点不到就在食堂吃了晚饭，到现在过了这么久，早就饿得够呛了。这样吧，做的东西主要由我来吃，你只是在一边陪我吃点还不行吗？”

说着，我撇下卡罗琳，径自穿过门厅的一角走进厨房去。

我打开卡罗琳家的冰箱查看了一番，在原材料的基础上确定了今夜的烹饪方案。制作简便迅速为第一原则，同时还得迁就我那粗陋的技术。主食选择为卡罗琳爱吃的意大利面条，我在她面授机宜之下开始着手准备。先把一口加满水的钢精锅坐上灶台，点燃煤气，接着从冰箱的冷藏室取出一小块猪肉，放入微波炉解冻之后分成两个部分，一部分剁成碎末，一部分切成细条。把面条下进沸水，同时点燃另一只灶眼，用一口平底锅加橄榄油炒熟肉末，再加番茄酱煮数分钟，最后与滗完水捞入一只盘子里的面条均匀搅拌。等吃的时候撒上干乳酪粉，即成一顿风味浓郁、名满天下的意大利面条。

接下去，我又以奇快的速度做出两道中式菜。一道是烧茄子：将与淀粉、酱油混合的肉丝煸熟出锅，再将一只去皮去蒂，切成大片的茄子炒熟，倒进肉丝及预先用姜丝、蒜茸、酱油、料酒、醋、盐、淀粉、水等调好的味汁，使汁液均匀覆盖在原料表面，翻炒至色泽金红为止。另一道是香菇煎蛋：将香菇切丁，用油爆炒至软，平铺锅底，撒上盐及少许辣椒粉，再徐徐倒进在碗中打发起泡的鸡蛋，使鸡蛋填满香菇丁之间的缝隙，形成一个浑圆的整体。

我把菜端进隔壁饭厅，卡罗琳已经在桌面上预备好了餐具。深蓝色的亚麻餐布上摆着杯盘、勺子、刀叉，为这顿简易晚餐陡然增添了几分受之有愧的隆重气息。我们分坐两边。看着卡罗琳给两只高脚杯斟上红酒，我笑着说："今天这顿饭可真称得上是中西合璧了，就是不知道对不对你的胃口。"

"唔，味道不错，真的不错。"

她一边依次品尝，一边连声称赞说。

"是吗？那我得看你吃的多少来判断你说的是真是假。"

她表情舒缓了许多，跟着问我："我记得你平时是不做饭的，对吗？"

"从来不做。不是去路边摊买盒饭，就是泡方便面。"

"那你是从哪里学来的这门手艺呢？"

"这称得上什么手艺？只不过每年春节回家，家里招待亲戚朋友，我总在厨房给妈妈打下手，因此好歹知道如何把生的东西弄熟。也就仅此而已。"

"但是味道真的很可口啊。"她说。

我们举杯相碰，在杯沿清脆的撞击声中我们都意识到应该说点什么，可又想不出一句适用于眼下场合的祝辞。端在手里的酒杯变得轻悠悠的，好像随时可能溜出我们的指缝向天花板上飘去。

"哦，"卡罗琳柔声说，"还没顾得上问你最近过得怎么样呢？"

"我嘛，还是老样子，不过……"

"不过什么？这一次轮到哪个国家的女孩受苦啦？"

我笑起来。“话是这么说的吗？”

“那就换种说法：这一次轮到哪个国家的女孩让你受苦啦？”

我笑得愈发响亮。

“刚才你在电话里把我误认成另一个人，”卡罗琳追问，“她是谁？”

我只好开始回顾我和依莎贝塔三年前认识和交往的经过，讲述的重点落在久别重逢之后，她一连串的异常举动如何使我备受困扰。就这么一转眼的工夫，我们几乎成了互诉衷肠、同病相怜的一对。

“看来，”卡罗琳盯着桌上的盘子说，“今晚的意大利面条，你吃起来一定别有一番滋味了。”

“就因为它是意大利面条吗？”我说，“或许吧。”

“那你下一步打算怎么办呢？”她接着又问。

“这个嘛，我说不上来。”我沉思了一下，“因为我还不确定对她的感情究竟是怎么回事。”

“是这样吗？”

“我想，我已经完全被她弄糊涂了。”

“不清楚爱还是不爱？”

“怎么说呢，大概经过这几年的折腾，我已经不大清楚真正爱一个人究竟是怎么回事了。”

接下去，我们默默无言地吃着东西。房间里只能听见勺子和叉子划过盘底的声音，酒杯放回桌面的声音，装乳酪粉的瓶子摇晃起来的声音，间或，还有卡罗琳的一两声轻咳加入……这些零零碎碎的声音在我们周遭无限广大而深沉的静谧面前，显得那样卑微和渺小，以至于像是对自身的存在充满了愧疚。

“请告诉我，”卡罗琳蓦地停下手里的动作，“我是不是已经老了？”

“平白无故的怎么想起问这么个问题呢？”我吃了一惊。

“请告诉我实话，我是不是真的已经老了，至少从生理的角度上看？”

“怎么会呢？”我迟疑地说，“我从来就没有那样认为过。”

“可是今天我觉得自己真的已经老了。”卡罗琳说，“早上走出城市宾馆的一刹那我觉得自己老了，刚才接完阿尔弗雷德的电话我觉得自己老了，现在面对着你，听你讲起你和那个意大利女孩的故事，我更加觉得自己已经老了，简直老得不行了。”

她一只手掌贴上前胸，来回轻轻揉动。

“干吗那么悲观？”我想尽可能使语气爽脆利落，说出来却变得干瘪瘪的，“你漂亮、文雅，也挺有风度，年龄对你来说……”

她微微抽动的嘴角，战栗的睫毛，一下子勾起了我为她做点什么的愿望。我想我应该站起身来，绕过桌子走近她的身边，至少把一只手搁到她肩上……当然，还有某些更具实效的安慰办法……但归根结底，我只是纹丝不动地坐在那里，隔着咫尺之距徒然地传达着自己的力不从心和无奈。有那么一会儿，卡罗琳脸上出现了一种稍纵即逝、似笑非笑的怪异的神情，如同电影中的逆光镜头，为她浓郁的忧伤投映出一个无比清晰和醒目的轮廓。那像是在表示她已经无声地领受了我吝啬的温情，而就在这一层菲薄的温情下边，人生的颓败还将不可阻挡、变本加厉地持续下去。

在厨房水槽边清洗餐具的时候，我问卡罗琳："这几天还是自己开车上街吗？"

见她点头，我就又问："是不是比以前当心多了？"

"我一直就很当心来着。"她辩解地说，"上次事故的原因并不在我。你是不知道，很多住在北京的外国人根本不敢自己开车。对西方人说来，北京交通的复杂之处超乎想象。不过，我已经根据经验总结出了在北京的开车须知。一共六条原则，我把它们称做'六个避开'。"

"避开什么？"

"第一，避开自行车和行人。因为不论你怎样摁喇叭，对方就是听不见。

"第二，避开面包车和货车。因为这类车很容易突然抛锚。

"第三，避开大公共汽车。它们总是横冲直撞。

"第四，避开小公共汽车。它们很可能会不发信号就突然从快车道上，把车靠到路边去接客人。

"第五，避开慢行车。因为这类车会给超车带来麻烦。

"第六，避开快行车。那些司机很可能是最近刚刚领到驾驶执照，大脑的热度还降不下来。”

“照你这么一说，”我停下手里洗刷的动作，“在北京开车真跟出生入死一般，能捡回条命就算不错了。”

把洗好的盘子摞成一堆，关上龙头，用纸巾揩干双手。“好啦，我该走了。”我说。

“要是你不介意的话，”卡罗琳指指另一头的备用卧室，“今晚你可以睡在这里。你看，都快两点了。”

“还是回去的好，一大早还有课呢。”我说。

卡罗琳没有再坚持。她把我送到门口。“真的，”她说，“今天晚上太感谢你了。”

“别这么说。”我最后看了一眼面容落寞的卡罗琳，“多多保重吧。这几天我会常给你打电话的。”

十三

从上大学开始，我在北京已经住了整整十个年头。地图的版本不断翻新，城区向着四边无节制地急遽膨胀。我一直想在纷芜的景象中找出北京跳动不息的脉搏，探寻它隐秘而不为人知的本质。啊，北京，这么多年下来，我依然无法对它感到亲近。就像护栏之于紫禁城里的金銮殿，链索之于广场上的纪念碑，总有什么东西阻挡着我，使我深入不到它的核心部分里去。

毫无疑问，这不是一个属于我的都市。它只是一些炫目的光影、幻象的碎片、随时可以撤换的布景。然而，一旦当我从中抽身出来，譬如每年春节回家乡的南方小城探望父母，或者期中考试过后带学生去外地旅行，我又总会透过巨大的反差发现，原来我骨子里竟是那般迷恋着北京的虚浮矫饰和冷漠无情。这究竟是怎么回事，我也弄不明白。

记得就在去年圣诞节，我参加了卡罗琳家借东华门附近的一家画廊举办的盛大晚会。那天来的差不多都是西方国家的外交官及其家属，还有北京文艺圈里处于半地下状态的一些明星人物，什么导演、独立制片人、前卫画家、摇滚歌手等等。在那种场合下，也就不难理解，当西方某家大通讯社的驻华记者，在闲聊中得知我的教师身份后，为什么会把已经伸进口袋去掏名片的手赶紧又抽出来了。他问我："你还想继续当老师吗？"我回答："是的。"他又问："就不想改行干点儿别的，或者出国？"我说："不想。"于是乎，这位看上去比我大不了几岁的年轻人，只好颇为怜恤地摇头感叹道："这么说来，你是喜欢贫穷的生活了。"他那副洋洋自得的腔调深深刺痛了我，让我觉得自己腆着面皮跻身于这帮不是仰起脖子，就是斜着眼睛看人的家伙中间实在是个错误。那天晚上列席的所有中国人，无一不是正受西方舆论瞩目和追捧的艺术新贵。一开始他们将我引为同类，误以为我也是某个领域里刚刚冒头的弄潮儿，看我的目光还带着几分拘谨和忌惮；可一旦弄清我不过是借着教过卡罗琳几天汉语，居然也得到了晚会的请柬（"届时恭候大驾光临，不胜荣幸之至！"），享受着跟他们同等的礼遇（可以在侍者不时端来的盘子里取过一块葡萄干松饼或是一杯马提尼酒[1]），他们对我的态度顷刻间只剩下鄙夷不屑。反过来，到了那些决定他们的成功之路能否继续向前延伸的西方人面前，他们却又诚惶诚恐，脸带媚笑，使得后者满足地沉浸在自以为掌控着当代中国艺术命脉的快感中，愈发显得趾高气扬，不可一世。晚会开始不到一个钟头，我就对周遭环境产生了难以抑制的厌恶。我借故有事向卡罗琳和佩恩先生告别，出门离开了那里。

翌日，卡罗琳打来一个电话。

“昨晚你是因为不喜欢那种气氛才离开的吧？”

“是不喜欢。”我说，“人人都以为我是一个走错了门的家伙。我也认为我真的是走错了门。”

“我看到你一个人站在墙角里，几次想过去跟你说说话，可身边总有人缠住我走不开。”

“不，这跟你没有关系，完全是我自己的问题。”

说真的，那晚我并非为自己是一个不成功的小人物而心理失衡，而是对那种将成功作为唯一价值准则，人们为了成功可以不择手段的时代氛围感到愤懑。如果说我也渴望在自己从事的文学行当里获得成功，那这种渴望一定与我对精神上仰人鼻息的厌恶成正比。或许这恰恰说明，我对成功的欲望还不是那么强烈，至少还没有强烈到足以驱使我削尖脑袋、不顾廉耻。试问，一个热衷于追求

1　一种由杜松子酒、苦艾酒等加上果汁和香料混合成的鸡尾酒。

名利地位的男人，怎么可能像我这样，把大好青春都荒废在风花雪月的无聊感情上呢？撇开名利地位不言，仅仅着眼于世俗意义上的好处，为什么我如此迷恋异国女郎，却又无意跟她们中的某个确定关系，驾一纸婚书漂洋出国，享受资本主义优裕的物质生活呢？为什么每当我从某些姑娘，譬如简或是梅尔格伦的眼神和话语中隐然看出这样的前景，我却总是往后退缩？我煞有介事地告诉她们，我是一个作家，如果我想写出真正有价值的作品，那就只能留在中国，留在能够不断为我孕育灵感的母语的怀抱里。况且，中国正在经历一场史无前例、翻天覆地的社会变革；世态人心的种种演化，既恢弘深广，又光怪陆离，远非生活在体制稳定、物质富足的西方社会的人们所能想象；其中蕴藏的写作素材，更是取之不竭。因此，与同龄人中的精英们自叹不幸生在中国相反，我偏偏认为生在中国是我的大幸。叫我离开中国？舍弃这样一座浩瀚的文学资源宝库？那只能说明我鼠目寸光，欠缺做一名作家最起码的素质。我对待疾苦的欣赏姿态，辅以殉道者式的悲壮口吻，总是极富成效地博得了那些姑娘的由衷钦敬。这一点会在接下去的亲热中，透过她们较之以往更为纵情和狂放的举动，淋漓尽致地展现出来。

然而，事实与我对自己所作的描述，果真能够吻合吗？我对火热的社会生活的关注，至多只是停留于每晚在大操场跑完步后，去礼堂前的报栏浏览一遍当天的新闻标题。我与外界交往的幅面，很少能够越出校园拓展得更远。虽说上大学以来，倒是去过不少地方旅行，可蜻蜓点水、走马观花得来的仅是些浮皮潦草的旅途见闻，根本不够形成有关人生的真知灼见。我以作家自诩，可当我坐在桌前，铺开纸笔或是面对电脑，却总是佶屈聱牙，甚至大半天过去也写不出一个满意的句子。说来可怜，几年下来，我呕心沥血的成果只有不足两位数的几个短篇，其中一半仍在辗转投寄之中，至今没有一家刊物同意采用。说到让我嗤之以鼻的出国，其间我也不下一次地动摇过。为蒲佳盈，我参加过托福考前补习班；为夏拉，我一度苦苦自学法语。和那些我在她们身上倾注了全部激情的姑娘相比，祖国、事业之类时常被我挂在嘴头的概念，不是都曾相形见绌、黯然失色过吗？

但那些心地单纯的姑娘，如简、塔米娅和梅尔格伦，却都对我的话信以为真。简曾经问我："如果你不想出国，那我找个工作来北京怎么样呢？"我的回答是："你可以为自己做那样的选择，但不要为我。"这说明了什么？我终日围着女人转，却再不愿让任何女人成为我生活的重心。我力图把两则接近对立的信条糅合在一起：善待女人，但绝不把自己的未来交到女人手里。

生活中的难题无所不在，其中自然也包括金钱。我对金钱的兴趣似乎一直滞后于年龄的增长。平心而论，从前蒲佳盈对我的责怨实属合情合理。深究起来，一个人在创造财富上的消极无能，正是对社会、家人和自己缺乏责任心的表现。工作这些年来，我没能存下一个钱，收入总被花得精光，到了月底常常捉襟见肘。我从不懂得精打细算，量入为出。收到夏拉那封长信的第二天，我给她在巴黎租住的公寓挂了一个电话。我想看看她能不能回心转意，而她却一再要求结束交谈。她放下话筒，我马上又拨过去。这样反复数次，到头来电话费一下就花掉了我半个月的薪水。每次和姑娘外出，我们总是按西方通行的方式分摊各项费用。对于她们是再自然不过的做法，却使我的经济能力陷入左支右绌的窘境。我一直试图忽略金钱，同时过分渲染我和她们交往中的感情色彩。然而，这改变不了金钱像一道无形的鸿沟那样把我和她们分开的事实。金钱在任何时候都是一个暗中起作用的因素。如果说需要维护作为一个中国人的形象，那我只能通过我对金钱的态度，而非金钱本身去做到这点。但这一形象又只是一个个人形象，归根结底与中国无关。

十四

转眼之间，桌上的台历翻到了八月。整整一个星期，不论是在教学楼、图书馆、食堂，还是在校园的路上，我一次也没遇见过依莎贝塔。每当仓皇四顾的目光空无所获时，我心里总会陡然升起一股热切的冲动：我想找到依莎贝塔上课的教室，或者直接叩开她宿舍的房门。这样一股冲动，突如其来，倏忽而去，总是无法被我聚敛成一个决心付诸实施。我知道，这正是我内心世界中冷酷和阴郁的一面在作怪。相对于依莎贝塔，它体现为一种从失败的肉体关系中发展出的可悲的虚荣心。感情无足轻重，只有欲望受到景仰。正像我说过的那样，我已经沦落到了不清楚爱一个人究竟是怎么回事的地步。

热浪袭人。报纸上说，北京出现了数十年来同一时期最高的日平均气温。为了躲避炎热，不少居民甚至下到护城河里，而置漂浮其上的种种污物于不顾。夜里，我一次次去水房对着龙头冲凉，在兜头浇下一盆盆凉水的时候，我总是想起过往生活中许多快被遗忘的片段，更从哗哗的水流里听见与它们密切相关的声音。它们大都没有什么明确的含义。我又记起那年在颐和园万寿山山顶，依莎贝塔提议进行一场比赛，看谁下山的速度更快。我们各取一路，沿着须弥灵境址两端互为对称的阶梯疾冲而下。由于相距较远，在抵达苏州街前边的平地，分出最后的胜负之前，有很长一段路程我们是看不到对方的。每一处转弯都得急停，重新调整脚步。为什么依莎贝塔想起来要跟我玩那么一个游戏呢？我真是百思不得其解。

到了周六，学院组织暑期班学生游览长城。早上八点，在教学楼门前集合上车时，我突然在不远处的人群中发现了依莎贝塔。她正在往我这边张望，等意识到已经被我发现，赶紧又把头掉向一边。学院包租的旅游巴士有五六辆之多，我注意到依莎贝塔上了最前头的那辆。她是存心想要躲着我吗？巴士络绎驶出校门，很快经北四环转上刚刚修竣，直达八达岭的高速公路。周围的留学生们都在叽叽咕咕交谈，间或议论窗外的景物。坐我前边一男一女两位中年教师，则以一种在劫难逃的悲怆口吻抱怨着步步逼近的酷暑。“今天算是彻底完蛋了……真是受罪啊……希望能够活着回去……”如此云云。我已经记不清自己去过多少次长城了。但今天还是第一次走这条新辟的路线。再加上不时想到是和依莎贝塔同行，我竟至于隐隐萌生出要去的是一个全然陌生的地方的感觉。

车到长城脚下，顷刻间一切又恢复了记忆中的原样。出了停车场，浩浩荡荡的学生队伍穿过步行商业街，向长城城关进发。一路上，依莎贝塔闪闪烁烁的身影不断在前方吸引着我的视线。她穿的那件白色圆领衫就本身而言稍嫌肥大，但与蓝灰色西式短裤搭配起来，却反而将裸露在外的两腿映衬得分外苗条。她的长发披落肩头，只有当道路的弯曲在我们之间拉开一定的角度时，我才能瞥见她脸的一小块侧面。她的步态倒是相当悠闲。偶尔，她会突然脱离身边的同伴停在原地，一动不动地打量两旁商店的橱窗，或是小贩摊位上陈列的商品，好几秒钟过去，才又重新迈开步子赶到前面去。

登上城关，极目四望，只见依山傍岭蜿蜒起伏的城墙上游人密布，吲吲之声响彻云霄，那种场面，简直就像天地之间豁然裂开的一道狭长缝隙里聚满无数蜉虫一样。这时，依莎贝塔消失不见了。我一下子陷入到失去追逐目标的彷徨无着当中。犹豫片刻，我开始带着班里的学生向北边的山顶攀爬。我前进的动力完全来自想要知道与依莎贝塔选择的路线是否一致。每到一处战台，学生们纷纷拍照留念。我也不断被拉进他们的队列中，无奈地听凭当空的烈日以及低啸的山风肆意扭曲着自己面对镜头的笑脸。印尼姑娘黄娟美要求我单独与她照张合影。“老师，我要把这张照片寄给我爸爸妈妈，让他们以为你就是我男朋友。”她小脸蛋贴住我的肩膀，咯咯笑个不停。一路向上，我衬衫下的背心渐渐被汗浸湿。当我越过最高处的战台，向着长城人迹稀少的延伸部分久久张望，却依然没有发现依莎贝塔的踪影。我解散学生们，告诉他们下午两点开车之前务必赶回车上集合。然后，我一个人闷闷不乐地折返原路。

下到山脚，我走进一家生意清淡的拉面馆，草草吃了点东西。虽然相当疲乏，却没有多少食欲。柜台上边的一台小电视正在播报新闻。一位女主持人面无表情地宣布说，在北方酝酿生成的一股冷湿气流南下之前，整个华北地区的暑热还将持续一周左右。看来，我又可以为自己这些天一个字不写而心安理得了。离开饭桌，我漫无目的地沿着街面转来转去。小贩们兜售着五花八门的纪念品。不少游客在角落里围成一圈，观看杂耍艺人的表演。一个面庞黝黑、胡子拉碴的中年汉子拦住我，问我想不想算上一卦。在一家门面不大的工艺品店，我浏览起里面的陈设，纯为消磨时间。一张用树根做成、造型怪异的面具吸引了我的注意。老板娘一个劲地追问我想出什么价钱，可我并没有买的打算。我转身出门。无论如何没有想到，就在我一只脚踏进阳光中的同时，戴上一副墨镜的依莎贝塔，正好与两位女生结伴从店前漫步经过。看起来跟我一样，她也被这一巧遇弄得有点儿措手不及。

“你好吗？”

她语气里包含着一丝发自心底的歉疚和自责。她的双颊给日头晒得红扑扑的，前额上覆着一层细密的汗珠，一小绺头发紧紧黏附在上面。

我未置可否地一笑。这时，和依莎贝塔同行的两位女生进了我刚从里面出来的那家工艺品店。

“你一定还在为上次的事生我的气吧？”

“哪能啊？”我说。

“肯定还在生气。”她不由分说地为我下了断语，“我知道，你们中国人从来不肯告诉别人你们心里真实的想法。”

“我有一个请求，”我说，“请别老用你们中国人，你们中国人这种口气跟我说话。”

“你看你看，真的生气了，还不承认呢。”

依莎贝塔指着我的嘴角，像那儿粘了什么东西。

“嗨，有什么关系嘛？”她接着说，“我的意思是，你就应该对我生气。我的意思是，只有知道你对我生气，我心里才会好受一点儿。别说是你，有时候看到自己那么浑，连我都想狠狠踹自己一脚。你没有理由不对我生气。”

“你跟我说这些到底是什么意思？”我问，“是说你上次那么做纯粹是为了戏弄我吗？”

“绝对不是，我对天发誓。”

“那是为了什么？”

“还记得你曾经说过，在你眼里我像个谜吗？如果真是那么回事，那现在我就答应你，不管你提出什么关于我的疑问，我都保证作出解答。”她竖起一只手掌，五指并拢，掌心向外，“我可以把我过去几年，不，把我一生当中所有最重要的经历统统告诉你。那样一来，或许你就能明白我是个怎么样的人，为什么老是干出一些疯疯癫癫的事了。”

“你是说今天？现在？”

“有什么不妥吗？”

但是，我总觉得她的话跟我们此刻所处的环境，中国北方的乡镇风情，不胜炙热的游人，一条从街角探头探脑的狗，形同虚设的树影，远山绵亘的曲线，跟这一切仿佛根本不搭界。

我们从工艺品店旁边一条僻静的小巷插进去，经过几户大门紧闭的住家，来到一片茂密的林带前面。荫凉处正好有几块废弃的石头，拂去上面的尘土就能坐下。依莎贝塔取出背包里的一瓶矿泉水，我接过来喝了两口，又递还给她。我们分明被包围在四周低沉而经久不息的嗡鸣声里，目光所及之处却看不到一个人影。我权且想象起远在明朝某个年代八达岭上冲天而起的狼烟。

“不管我提什么问题，你都会作出解答吗？”

“我说到做到。”她把墨镜推上头顶。

“那好，你从罗马写给我的那封信，就是上个星期又被你撕毁的那封信，那上面说你的生活遇到了可怕的危机，来北京是为了避难什么的。我一直想弄清那究竟是怎么回事。”

依莎贝塔让刚刚喝到嘴里的一口矿泉水停留了一会儿，然后带着略有几分艰难的表情吞咽下去。

“这段故事……说来可就话长了。三年前我们认识的时候，我可曾跟你提到过乔瓦尼？”

“乔瓦尼？名字听上去挺耳熟的。”

“我从前的男朋友。”

“想起来了，是不是当时刚跟你分手的那个人？”

“就是。乔瓦尼·卡塔尼奥。我只说我们已经分手，却没说什么原因，对吗？”

“好像是。”

依莎贝塔垂下头，鞋尖轻轻蹭着石块的底部。

“实际上，分手是乔瓦尼首先向我提出来的。就是说他把我给甩了。当时我一点儿心理准备都没有，整个人一下子到了精神崩溃的边缘。”

“那家伙，我是说，乔瓦尼对你就那么重要？”

“恐怕你不会相信，那时候我是那么狂热地爱着他。我想象不出失去了他我一个人活着还有什么意义。我跟你说过吗？我和乔瓦尼虽然都是罗马大学的学生，却是在火车上认识的。那是有一年放暑假，我去米兰会朋友，而他去米兰应征一份工作。我们一聊起来才发现，原来我们几乎天天在同一幢楼里上课，常常去图书馆的同一个阅览室看书，租住的房子也在同一个街区，印象中却好像一次也没打过照面。一路上，我发觉自己就跟吃了迷药似的完全被他吸引住了。我平生从没遇到过像乔瓦尼那么聪明，那么谈吐风趣的男人，而且又是那么性感，简直让人无法抗拒。后来，等到火车停靠在米兰中央车站，我的身体差不多快要溶化在座位上了。我们约定第二天晚上在米兰最著名的多奥莫大教堂门前见面。一切跟我期待的毫无两样：他远远地走过来，什么话也不说，紧紧搂住我开始亲吻。回到罗马，我们马上搬到了一起。半年过去，他毕业了，一直没有找着称心的工作，总是这里干两天，那里干两天，不过那段日子对我来说还是非常甜蜜、非常幸福的。我觉得只要能和乔瓦尼在一起，别的什么都无关紧要，哪怕天塌下来也不在乎。”

她和我交换了一下目光，仿佛在提醒我：假如我不能虚怀若谷，毫无保留，甚至比她自己还要有过之而无不及地接受她的说法，那么，这个故事也就没有再往下讲的必要了。

“所以，”她终于开口，“当我有天早上一觉醒来，迷迷瞪瞪走进前厅时听见乔瓦尼这样对我说：‘依莎贝塔，我们之间的一切该结束了。’我真的好比猛然间挨了当头一棒。”

我低声插话：“莫非在这之前，你一点儿苗头都没发现？”

“谁知道呢？或许是我过于愚钝，嗅觉不灵，又或许是我陷得太深，从不敢往坏的方面设想。”

“他没有对你解释为什么吗？”

“他说了。什么他对跟我待在一起已经腻味了啦，什么他不是合适我的那种类型啦，什么他理想中的生活是另外一副样子啦。说得我从头到脚都是凉飕飕的。”

她掏出烟盒，点上一支烟，缓缓吸了一口。

“难怪刚见到你时，总觉得你身上什么地方不大对劲儿。”

“是那样吗？那一点儿也不奇怪。”

“我们认识的头一天晚上，你就提出要我跟你一起回意大利。你是那样迫不及待地想把什么东西牢牢攥在手里，生怕它转眼就会失去。”

“我所做的一切，包括我来中国，我学汉语，我接近你，都是出于同一个目的：忘掉乔瓦尼。”依莎贝塔不以为意地撇撇嘴，“我希望你别为我这么说感到难过。”

一只小虫凑趣似的贴着我的脸来回飞舞。我抬手驱赶它，可就是挥之不去。

“看样子，你的做法并不奏效。”

“就是说啊。我一度以为自己真的忘掉了乔瓦尼，尤其是和你在一起的那几天里。可那毕竟太短促了，我们对于彼此的印象根本来不及巩固。在登机前查验行李时，我突然想到我连你的一张照片都没有。我努力回想你的面貌，想呀想呀，越是着急越是想不起来。你说，还有比这更叫人丧气的事吗？那时候你兴许才刚刚走出机场大厅呢。”

“这也难怪。”

“一回到罗马，我就又回到了过去生活摆脱不掉的阴影下。我只能说，人这个东西是很难理喻的。按道理，我本该一年前就毕业了，可直到现在还摆着两门功课没过，什么时候写完论文更是没谱。为什么？就因为我为自己的可笑感情糟蹋了太多时间。有一年多我几乎什么也干不了，整天沉浸在对往事的回忆当中。我开始吸食大麻，不时也试用一些更厉害的毒品，海洛因、可卡因、LSD[1]、ecstasy tablet[2]什么的。可就算这样也还是无济于事，乔瓦尼在我心里打上的烙印实在是太深了。我妈妈好几次从她住的郊外进城来看我，流着泪对我说：依莎贝塔，你不能再这样消沉下去了。我想也是，我不能就这样毁了自己。我请在柏林的一位朋友帮我联系了一所学校，准备去那里学习德语。我下决心在彻底淡忘过去之前不再回意大利。可是，老天偏偏好像有意跟我作对，想要把我仅剩的一点活下去的勇气像烟蒂那样一脚踩灭似的，就在我快要出发时，事情突然起了意想不到的变故，结果使我差一点儿就走上绝路。”

“什么变故？”

依莎贝塔喷出一口浓浓的烟雾。

“是乔瓦尼，他重新回到了我的生活。”

“可……那不正是你所盼望的吗？”

她无奈地摇摇头：“我应该告诉过你，和乔瓦尼分手后，我搬到了跟两位朋友一起合租的一处公寓里。他们两个都是小伙子，一个叫马西莫，一个叫鲁切罗。我和马西莫从小时候起就认识，鲁切罗是马西莫的表弟。我们三个人非常要好，住在一起，有什么事总是互相照应。一天，乔瓦尼突然跑来找我，为以前对我造成的伤害道歉。我一下子激动得哭了起来，简直不敢相信那是真的。我们又

1 即麦角酸二乙基酰胺，一种麻醉药物，服用后能使大脑产生幻觉。

2 一种服用后能使人感到狂喜的毒品。

像从前一样做爱了。又像从前一样躺在彼此的怀里。我无法形容当时的感受。怎么说呢，就如同在一堆灰烬中找回了你的心爱之物，惊奇地发现它还保持完好，一点儿也没受到毁坏。当然，这很快被证明是种错觉。”

“错觉？”

“在那以后，乔瓦尼常常光顾我住的公寓，而且待到很晚才离开，可是，他又从来避而不谈跟我将来有什么打算。想想当时我是多么的愚蠢！整个一个不折不扣的白痴！我以为乔瓦尼是为我回来的，实际上根本不是！”

这会儿，那只小虫飞到了她那一边，正绕着她的头顶旋转。

“哦？”我大感惊疑。

“是这样，乔瓦尼爱上了鲁切罗。”

“什么？”我失声叫了起来，“能再说一遍吗？”

“就是这样：乔瓦尼回来找我，实际上是为了借机追求鲁切罗。”

“鲁切罗？莫非……”

“鲁切罗那方面倒没什么奇怪。在朋友圈里他是个人所共知的同性恋者。只是乔瓦尼的性取向会来个突然逆转，却大出我意料之外。”

“是不是在认识你之前，他就已经这样了？”

“他正是这么告诉我的。他说一直以来，他既喜欢男人又喜欢女人，但通过跟我的交往才发现，其实他对男人的喜欢还是比对女人来得更强一点儿。他还以此来安慰我呢！说什么：你看，依莎贝塔，这样你就不用为我们关系的结束而难过了。可是，我怎么能不难过呢？两个星期以后，他和鲁切罗两个人就住到了一起。天哪，就住在我的隔壁。我差一点儿就要疯掉了，不止一次地想到自杀。要不是担心那会让妈妈过度悲伤，我真的早就这样做了。”

一截烟灰落在她的蓝灰色西式短裤上。她用拿烟那只手的小指轻轻弹去了它。

“是啊，如果有一天妈妈死了，那我在这个世界上活下去的理由也就不存在了。”

她说得黯然神伤。一阵微风让我们脚下的草丛发出窸窸窣窣的响动。我又想起了她从万寿山顶向下奔跑的身影。我想象她以同样的姿势跑向虚无。

“那后来呢？”

“后来？”如同前后两记浪头中的间歇过去，她的嗓音重新升高，“事情发展到这一步，我居然还对乔瓦尼抱有幻想，总指望他只是一时迷失，还有可能回心转意。这也正是我始终不肯搬离那套公寓，住到别处去的原因。说起来连我自己都不敢相信，有一回乔瓦尼跟鲁切罗吵了架，跑进我的房间，要我跟他做爱，甚至为他口交，我居然一一照办。他把房门敞开，为的是能让我们的声音传到隔壁去，让鲁切罗听了受不了，我居然也没表示一声反对。他那么发狂，使出那么大的力气，差不多快要害我窒息过去。更要命的是，我连最起码的自我保护的措施都没采取，害得过后又去医院查血，唯恐染上艾滋病，在结果出来以前担惊受怕了好多天。”

她的话一句紧接一句，让我应接不暇，甚至有点儿晕头转向。

“再后来呢？”

“在熬过最痛苦的那段日子后，我夜里常常跑到罗马的酒吧和舞厅里去，随便搭上哪个男人就跟他上床。我就是从那时候起发誓再也不爱任何男人的。我感觉自己在许多方面完全变了个样。有时候对什么都无所谓，有时候情绪有点儿小小的波动又恨不得一死了之。我对死再也不存在恐惧。相反，死就像一种只知道它效果惊人，但却从来没有尝试过的毒品那样时时诱惑着我。大夫诊断我患上了抑郁症，开给我吃一种蓝白两色的胶囊，说它可以通过调节我的肾上腺素和多巴胺什么的来改变情绪。你知道吗？就是到了这里，我也一天都没断过吃药，尽管我很怀疑那种该死的胶囊对我能有多大的作用。”

三两只麻雀落在不远的地面上，晃着小步，低头啄食。

“那，你恨过乔瓦尼吗？”

“恨？”依莎贝塔将目光投向林木的深处，“即使是现在，如果乔瓦尼又一次回来对我说他想跟我恢复关系，我也不会说不。”

我心里隐隐感到几分不悦。

“所以直到现在，你还爱着他？”

“我不敢肯定。”她说。

“对，我想是的。你仍然生活在过去的阴影下。你仍然不愿意面对现实。”

“你说什么？”她顿时板起面孔。

“我是说……”

“你在教训我吗？”她厉声问。

“只是出于好心，给你一个提醒。”

“什么提醒？”

“总而言之，你这样下去是不行的。”

“去你的吧！”依莎贝塔腾地从她坐的石块上站起来，搁在脚边的矿泉水瓶被碰倒在地，激荡得哗哗作响。那几只麻雀跟着飞上半空，扑簌簌地绕树三匝。“你是不是当老师当出瘾来啦？你以为这里还是课堂？你是不是习惯了对所有不合你心意的事情都要指手画脚？‘总而言之，你这样下去是不行的。’”她故意瓮声瓮气地模仿我说话的腔调，“瞧瞧你那副自以为是的样子！还他妈的‘总而言之’呢！”

“我只是发表个人的看法。”我竭力按捺自己的情绪，“接受不接受在你。”

“去你的吧！”依莎贝塔更加暴躁地嚷叫起来，“你以为自己是谁？谁需要你发表看法？你有什么权利评判我的感情？这么跟你说吧，我和乔瓦尼体验过我这一辈子永远、永远、永远也不会从别人那里体验到的东西，那真的是无与伦比！”

她眼里闪现出一种别样的、梦幻般的神采，咄咄逼人地掠过我的眉宇和前额。我感到我和这个酷热盛夏的午后同时遭到了遗弃。

“那我们走。”我没好气地说，也从石块上站了起来。

“走？”依莎贝塔身子悚然一抖，重新回到了对什么都茫无头绪的状态，“去哪里？”

我抬起手腕上的表冲她晃了晃。“车就快开了。”说着，我头也不回地踏上那条通往巷口的小路。

“喂喂，等等我行不？”

她紧赶慢赶追到与我并排的位置。

“如果现在我说你生气了，你不会又不承认吧？”

“对，”我扭转头对她说，“我确实有些生气了，因为你说的是一套，做的又是另一套。什么这一辈子再也不爱任何男人了，其实你心里明明还爱着那个叫乔瓦尼的家伙。什么爱情只是让人失去自我的幻觉，可你就宁愿活在那种幻觉里头，而且撞得头破血流了还不肯醒悟！”

“真是奇怪！”她嗓子吊得尖尖地说。随即，她的侧影从我旁边消失了。我察觉到她放慢了脚步，冲着我的背影在嚷：

“我们又不是一对恋人，你管我那么多干什么呢？”

回到商业街上，我的唇焦舌燥一下强烈起来。我停在路边，从一位满面瘢痕的老太太手上买了一瓶冰镇汽水，一口气给喝了个干净。在这个过程中，一长列大腹便便、步履蹒跚的西方游客正好从我身后经过。带队的导游是个戴金边眼镜的中国小伙子，两手分别拿着一只扁嘴喇叭和一面绿色的旅行社社旗。那只喇叭的性能极不稳定，使得他每次招呼队伍的声音总是变得有一搭没一搭的。汽水的味道古怪极了，令我不禁怀疑它与这片人迹如织的地方一样有着悠久的历史。它像一团浓雾那样在我体内缓慢扩散开来。我在停车场找到了来时乘坐的那辆旅游巴士，从敞开的车门走上去，才发现里面除了呵欠连天的司机之外，还没有一个学生。我靠着窗边颓然坐下。我感到今天的长城之行像是生了一场病。

“我们又不是一对恋人，你管我那么多干什么呢？”

返回学院的途中，我一直反反复复回味着依莎贝塔的这句话。不知为什么，它在我心里泛起一种痒丝丝的感觉。我的意识被分成了冷热不均的多个细微部分，而且随着思索重心的变化，其中冷的部分和热的部分还在不停息地交替转换着。是这样吧，依莎贝塔？人最看不清楚的就是自己了。为什么我对你变得越来越在乎了呢？就像你说的那样，我们又不是一对恋人。屈指算算，你回到中国已经快二十天了，我们统共就没见过几次，每次见了还免不了磕磕碰碰，闹出这样那样的不愉快来。我不是存心要那么做的。我想你那方面也一样吧。我每次和你在一起的时候总是小心翼翼，从去机场接你，到在床边掀起你的裙摆和上衣。我想请你还能像当初那样接纳我，但试过几次，结果总是不行。总觉得两人之间有什么障碍克服不了。也许就是你所说的彼此不是一对恋人的那种障碍，也许与那无关。依莎贝塔，要是三年前我们的交往不止短短的五天又会怎样呢？我们会不会真的成为一对恋人，又会不会因为成为一对恋人而稍许修改各自的命运？到今天，你也好，我也好，都经历了太多的事情。我知道无论怎么想都不能带来多大的慰藉。但我就是忍不住，总想为你做些什么。我只是为该从哪里着手，到什么程度而困惑。变化是一点一滴发生的，在不被察觉的时间，借助于特定的环境。我真的越过正常的界线了吗？依莎贝塔，我看不清你，透过你更加看不清我自己。

十五

塔米娅，黝黑的皮肤，厚厚的嘴唇，傲气十足的乳房，男性化的短发，走起路来，两条大腿的内侧轻快地摩擦着，让裤管发出其质料应有的声响，簌簌的，沙沙的，嘶嘶的。那是有一天的课间，我刚走出教室，看到有位姑娘背对着我，正用纤长的指甲划破密封的锡纸，把装在小圆格里的白色药片抖落于掌心，接着，又从窗台上端起一杯从小卖部买来的那种浓得发苦的红茶，准备服下药片。我见状赶紧制止：“别，最好用白开水。”姑娘回过头来，满脸狐疑地审视着我。我对她解释说：“用茶服药会降低药效的。”我从她手里接过杯子，把茶泼到墙角的垃圾桶里，上到二层的教师休息室去为她打来一杯开水。就这样，我和塔米娅认识了。

“得的什么病？”

“只是头有些疼。”

“你是第一次来中国吧？”

“是。”

“这就难怪了。每个第一次来中国的外国人，好像都会在起先的十天半个月里病上一回的。”

“是吗？”

“不过不用担心，只管把这病当做是到中国来收下的一份见面礼。我可以向你保证，等这过去，到你离开中国之前，都再不会有什么病痛来为难你的身体了。”

恰如其分地说，我的出现为塔米娅对中国怀有的强烈陌生和不适感开辟了一片缓冲地带。在西单一家大商场的门口，冷冰冰的女售货员将她要的一罐可乐啪的搁上柜台，她吓了一跳，小声用英语问我：“她是不是冲我发脾气了？”我说：“没有啊。”而后，女售货员又把找的零钱随手甩了过来，塔米娅再次吓了一跳：“难道这还不是在发脾气吗？”我忍不住直乐：“不，她们的服务态度就是这样，这在北京再正常不过了。”在秀水街服装市场，她看中了一件丝绸短袖衬衫，摊主开价二百二十元，她马上扭头疑惑地问我：“真的这样便宜？”说着就要去掏钱包。我按住她的手，直到跟摊主还价到一百元为止。她瞪大两眼，一只手掩住下颌，连声“哦、哦”地发出惊叹：“在中国真的可以这样做？这样做是合法的？”

和塔米娅在一起，你能时时感受到她身上洋溢着的那股天真和童稚。要知道，几乎所有姑娘都曾为我与她们同行时总是步履匆匆，让她们疲于追赶而埋怨过我。她们会突然停下来，或者大声表示抗议，或者婉言提出恳求。可三五分钟一过，我又会不自觉地回到原来的步速上。唯独塔米娅，非但没有埋怨，反倒用欣赏的口气评价这一点："你知道吗？你让我想起了从前我在伊斯法罕[1]的生活。在伊斯法罕，男人们总是走在女人们的前面。"她这句话让我愕然，随之感动和内疚了很久。

虽然塔米娅为我描述过她童年印象中的那座伊朗古都，虽然她提到过在德国多次遭受种族主义者冷遇和歧视的经历，虽然除了这些，她还跟我谈到过许许多多，可她的背景却反而因此变得愈加混沌不清了。天知道这个混血姑娘用什么方法，退尽了标志文化归属的地域色彩，抹去了一切受环境熏染的痕迹。我甚至怀疑她身上的有些部分，包括那些与常人大相径庭的习性和嗜好，都是经她攻读博士学位的实验室加工改造出来的。她每天睡得很少，几乎从不超过四个小时。很少吃饭，只吃一点水果，却把速溶咖啡当水那样来喝。她吃水果的方法也别具一格。如果是西瓜，她从来不会直接把瓜瓣捧到嘴边，而是拿水果刀顺着瓜瓤和瓜皮之间的弧线切进去一段，再在这段瓜瓤上切出薄薄的小片，用刀子叉起送进嘴里，以此层层分割，循序递进，工工整整地吃完整瓣西瓜。如果换成苹果，

1　伊朗古都，古代"丝绸之路"的南路要站，现为伊朗中西部伊斯法罕省首府。

她又总是一口接一口地绕着果核转圈，直到苹果变得像只双轮线轴，再去吃两头的剩余部分。

“我的头发太长了。”有一天她对着镜子说，“看来得去理个发。”

“你那也叫长吗？”实际上，她留的短发甚至比我的都短。不过是边缘部分稍有一点不规整，一点刺啦啦的感觉。

“如果不是还在上学，我会把我的头发全部剪掉。”她说，“我一直想留一个光头来着。”

凭我的了解，塔米娅的身世大约是这样的：父亲是伊朗犹太人，母亲是有一半犹太血统的德国人。两人作为师生在美国耶鲁大学物理系相遇，随即火速坠入情网。尽管她母亲当时只有十七岁，却已打定主意终身追随这位一脸虬髯，脾气暴躁，比自己年长十五岁的波斯男子。婚后第二个月，他们离开美国回到伊斯法罕，在那里建立起属于自己的物理研究所。与此同时，还捐资兴办了当地最大的一家孤儿院，收养了近两百个孤儿。到了后来，塔米娅和她姐姐每逢周末都会去孤儿院服务一天。不过，父母对社会慈善事业的热衷，一点儿也没有转移到对女儿的眷顾上。由于两个人的个性在倔犟固执方面不相上下，因此从研究工作到日常起居，分歧、矛盾和争吵简直有如家常便饭。偶尔还会发展成大打出手，那时候塔米娅就得时刻留神盘子什么的从头顶上飞过去了。“可他们仍然深深爱着对方，这真是一件怪事。”十六岁那年，塔米娅借着与母亲同往德国探亲的机会出走，一个人辗转漂泊到了巴黎。一位热爱音乐的法国青年成了她的同居男友。塔米娅自幼学过吹奏萨克斯管，她与男友和另外几个人一道组起一支爵士乐队，开始在巴黎的一些小型夜总会里进行表演，但始终流于籍籍无名。四年过去，她与男友的关系宣告破裂，这时她重返德国上了柏林的一所大学。父母遗传因子的威力毕竟不可小觑，她也选择了物理学作为专业。她的导师是位享有国际声望的量子物理学家，塔米娅之所以来北京学习汉语，原因即在导师与中科院物理研究所刚刚达成一项合作从事某项实验的计划。

“你再没跟你父母见过面了吗？”

“不，几年前母亲来大学里看过我一次，问我过得怎么样，需不需要钱。我告诉她我过得很好，什么也不需要。”

“跟他们一直都有联系？”

“两年前我给父亲打过一个电话，告诉他我大学毕业了。父亲在电话里愣神了半天，才像想起什么似的说，哦，哦，这么说你已经大学毕业了。”

“你姐姐呢？还住在伊朗？”

“不，她从上大学起就去了美国。”

“她跟你长得像吗？”

“一点儿也不。她长得更像母亲，金发碧眼。我们偶尔通通电子邮件。对了，她刚刚拿到博士学位。”

“不会也学物理吧？”

“理论物理。难道还能是别的吗？”

按理，塔米娅可以权当休假一样度过她在北京的五个星期，可她除了白天学习汉语，夜里还要在韩国同屋入睡之后，多花好几个钟头阅读一些大部头的专业书籍，为写作博士论文作准备。即便跟我做爱也是快节奏的，很少拖泥带水。我总觉得她不等呼吸平匀，从床上翻身而起，披上衣服，马上就能埋首投入到让她孜孜不倦的研究课题中去。

“你可算是我这辈子见过的最用功的学生了。”

“在我的大学里，很多人比我还要用功呢。怎么，你当学生的时候不用功吗？”

“我？从来就不是个好学生。不过这也不能怪我。”

“为什么？”

“怎么说呢，十八岁以前学的东西百分之九十九是垃圾，而百分之一什么也不是。”

“那十八岁以后呢？”

“十八岁以后情形略有改观，学的东西百分之九十八是垃圾，而百分之二什么也不是。”

如果说我已经习惯为自己的碌碌无为寻找借口，塔米娅却从来不会这样做。她看上去总是野心勃勃。在她就读博士的那个物理研究所里，教授、研究人员和学生加在一起逾三百人之多，却只有她一个是女性。她憋足了劲想向他们证明，她干得一点儿也不比他们逊色。据她所说，她正在进行的研究关系到未来人类能否在遥远的火星上造出一层和地球同样的大气，从而实现星际移民，“当然，你我是看不到这一天了。”

火星上的大气？

“既然如此，那你为什么还要这样拼命干呢？”

而且好像连饭都顾不上吃，认为睡眠是在浪费时间。

“因为我热爱我的工作。那是我的梦，我的生命。”塔米娅说，“我不知道怎样对你解释，总之，一想起它来我就热血沸腾。”

这就难怪了：即便当我们说着情话的时候，口气也仿佛正在就某个深奥的科学问题展开探讨。

“你最喜欢我身上的哪个部位？”

“乳房。”

“但是男人都喜欢女人的乳房。这不代表有什么特别的含义。”

“你的意思是说？”

“在你看来，我身上哪个部位是最特别的？”

“这样啊，那就得说是你的腰肢了。”

“为什么？”

“因为每当我的嘴唇刚刚触到你两腿之间的一刹那，你的腰肢就会条件反射般地突然弹起，连同上身弓成一道彩虹的形状，那真的是美极了。”

“是这样吗？”

“那么你呢？你最喜欢我身上的哪个部位？”

“臀部。”

“为什么？”

“因为当你在我上面的时候，它一会儿涨得满满的，像船上的风帆，一会儿又收得紧紧的，像两片朝外打开的蚌壳。真的非常有趣。”

“是这样吗……”

塔米娅曾经给我留下过一盘九十分钟的磁带。那是她在巴黎参加的那支爵士乐队的演奏录音。乐队的构成包括萨克斯管、小提琴、黑管、钢琴、钹和低音鼓。出任其中小提琴手的正是塔米娅当时的法国男友。每只曲子差不多都是先由钢琴和打击乐奏出一小段过门，确定出整支曲子的基调和节拍。随后，由萨克斯管和小提琴互为呼应地共同演绎出主旋律，通常是一支十二小节布鲁斯[1]风格的乐曲，再依据这一主旋律的和声基础不断作偏离性的即兴演奏。其他乐器则在或高或低的声部上，以相对精致细腻的处理来丰富整体效果。调性的游移不定，和弦的不断转换，短促而爆发的乐句，大量使用的切分音，使得整个演奏弥漫着一股浓厚的感伤悲怆而又徒然无奈的气息。每一次把磁带插进录放机里，揿下按键，我都会随乐曲的进程逐渐体味到一种令人窒息的幻灭感。特别是在万籁俱

1 美国流行音乐中的一种歌曲形式，19世纪末起源于美国南方的黑人社会，歌词旋律多充满哀怨和感伤。

寂、孤身独处的子夜时分，乐声幽光粼粼、了无阻隔地涌入耳膜，总是在我心灵深处激起无法遏止的颤抖，就像脊椎要把附着在上面的五脏六腑奋力甩脱掉一样。我不禁暗暗揣摩，塔米娅身上一定有着什么非同寻常的遭遇，否则，一个连二十岁都不到的小女孩是绝无可能创造出如此凄婉沉郁的音乐境界来的。

火星上的大气？

当我第一次听完录音，就我的疑惑旁敲侧击地询问起塔米娅时，她看上去吃了一惊。她的脸憋得红红的，控制不住地眨着眼皮。她定定神说："对，那一年是沉重的一年。"然后就再也不愿向我透露什么了。我只好对自己说：还是多把事情往好的方面想想，我、塔米娅，我们毕竟还都年轻。

我想找点乐子，就从宿舍墙角的杂物堆里翻出了大学时代遗留下的那把"红棉"牌吉他。拂去灰尘，稍作调试，为塔米娅唱起了当年我自己谱写的歌曲。

三杯酒下肚
头就有点晕
走在大街上
碰见人一群
打头是个妞

身着大红裙

河边一树柳

天上一抹云

无言亦无语

一笑痛我心

我的音乐才能，也就刚够我闷极无聊的时候稍稍放松一下而已。塔米娅回国前一周正好赶上她二十四岁生日，我忽发奇想，抽出一个晚上为她创作了一支新歌，作为送给她的礼物。本意是要写首热烈、欢快的歌，然而塔米娅吹奏萨克斯管的旋律始终在我耳边萦回不去，使我的情绪也染上了其中的悲观主义病毒。结果，那首歌出来以后，调子不伦不类，其中一段甚至是这样的：

上天入——地

寻寻觅——觅

光阴如——注

一泻千——里

人生也——短

死不足——惜

把那红——尘

尽收眼——底

鱼鳍、花蕾、纸角的折皱。谁能想到，就在这段专为塔米娅而作的歌词里，竟然包含着某种谶言式的东西呢？

塔米娅走后，有段日子我特别想念她。我把她送给我的一只非洲小木雕摆在书架上最显眼的位置。那是个狂舞中扭曲了的人体造型，在她几年前的一次旅行中购自塔那那利佛[1]的市集。夜里，我翻来覆去地聆听她那盘爵士乐磁带，想起我们交颈而眠的场景总是唏嘘不已。我知道，我的情感需要的只是一个外化的对象。它可以是不固定的，但它必须不容置疑地存在。假使不能存在于现实，那姑且让它存在于回忆中也行。不管怎么说，那段日子连我都对自己感到不可思议。我按照塔米娅走前留下的地址，一连给她去过好几封长信，却一次也没得到回音。

在彻底绝望之前，我在最后一封信里写下了这样的段落：

……塔米娅，你是一位科学家。我知道你在实验室里所做的一切都是为了发现这个世界的奥秘。虽然依据量子物理学的观点，不确定性（uncertainty）是物质世界的最基本的规律之一，但我想说的是，发生在人的情感领域的事却确定无疑地（for a certainty）有所不同。要证明这点，最好的办法当然也是

1　西印度洋非洲岛国马达加斯加首都。

通过实验。不过，倘若现在你一时找不到合适的实验对象，那我可以郑重地向你推荐我自己。不管这实验要进行多长时间，也不管这实验有多么艰巨……

信发出后，依然如石沉大海。没过多久，我新结识了一位来自澳大利亚布里斯班，名叫凯茜的姑娘。于是，对塔米娅说过的那番话也就转眼变得跟梦呓一般可笑了。

大约一年多后一个秋日的薄暮时分，我从市中心的书店回到学院，发现宿舍门上贴着一张不干胶便条。那上面只写着寥寥数语："我在'红屋'等你到七点。"落款为"塔米娅"。"红屋"是学院南门外临街的一家饭馆，川鲁风味相杂，塔米娅在北京时我们光顾过那里多次。我一看手表，离七点还差几分，连门也顾不上进，赶紧折身奔下楼去。到了"红屋"门口，我和塔米娅都隔着玻璃窗看见了对方，同时挥了挥手。塔米娅比以前更显消瘦，颧骨在头顶的灯光下拖出两道沟涧似的阴影。虽然仍旧留着一头短发，却已大大超出了以前她严格控制下的长度，并且就像她那些专业书上描述微粒子运动轨迹的图示一样，乱糟糟地向着四周辐射开来。她告诉我，这次来北京是随导师参加一个物理学方面的国际年会，最多只能待上两个星期。"我一直犹豫要不要来见你。"她说。

"为什么？"

“我怕见了面两个人都会尴尬。”

“可你瞧，现在不是挺好的吗？”

“嗯，是挺好……”

“你收到我写给你的信了吗？”

“是的，但那是在你发出信很久以后。这一年多来我基本上没住在德国，而是跟着导师东奔西跑。去了苏黎世，去了纽约，去了莫斯科，去了里约热内卢，忙得连喘口气的工夫都没有，所以……”

“没关系。如果我那些信给你造成了精神上的负担，那我在这里向你说声对不起。”

“不不，不是什么负担，只不过……”

小小的餐馆里坐满了人，一派生意兴隆景象。在等我的一个多小时里，塔米娅喝完了两扎啤酒，抽掉了六七支香烟。至于别的，她什么都没要。接下去，稍微迟疑了一下后，塔米娅终于向我曝露了她生活中的一段隐情。原来，早在她十九岁那年，巴黎的一家医院就诊断出在她脑部长有一颗肿瘤，虽然就其组织结构而言尚属良性，但随时都有发生癌变的危险。况且，由于肿瘤位置紧靠左丘脑和小脑之间，实施切除手术极易损伤脑体，后果无从预料。这一噩耗给了塔米娅沉重的打击。很长一段时间她过得心灰意冷，百无聊赖。不过，自从离开巴黎到了柏林之后，她努力尝试着从消沉和绝望中摆脱出来。她疯狂地将全副精力投入学习和钻研，废寝忘食，日以继夜，一度倒是几乎忘掉了那颗性命攸关的肿瘤的存在。然而，一年前来过北京后不久，种种不祥的征兆就在她身上不断冒头：

消瘦、乏力、呕血、断续的低烧、持久的压迫性头疼等等。她看过德国、瑞士、巴西、美国的大夫，他们得出的结论完全一致：肿瘤已经转入恶性晚期，只能通过服用药物，看看能否抑制病情的进一步发展。

有那么一会儿，我的嗓子和耳朵像给堵上了什么东西，既说不出话，也听不见四面的嘈杂。但是马上我就明白了过来：那东西不是别的，正是我已经从磁带上听过无数遍的由萨克斯管吹出的一段段旋律。起落，挣扎，跌跌爬爬，困在一片漆黑中找不到出路的旋律。

"想起来了，第一次看见你的时候，你就正在吃药。那跟这一定有关吧？"

"我想是的。"

"当时真不该跟你乱开玩笑。胡说那是什么见面礼之类的。"

"不，你说的话还挺灵。从那以后，到我离开中国之前，我真的没再病过。"

"为什么那时你不告诉我呢？"

"我想过告诉你，可最终还是忍住了。我们在一起毕竟只有几个星期，不是吗？"

塔米娅的话再次勾起了我心里强烈的负疚感。我暗暗检讨起我们交往的那段日子里我言行上的诸多怠慢之处。假如我早知道她的病情，我待她一定会更好些吧？而我们的分手又何至于那般草率？然而时过境迁，我那需要一刻不停地外化为某个对象的感情，早已从塔米娅（经由一次次对我说“不”而终于使我死心的凯茜）转移到了来自美国新奥尔良的华裔姑娘简身上。塔米娅的突然出现无异于将两段不同的时空铰接在一起。可想而知，感情的流程出现了短暂的阻滞。

那以后一连几天，我带塔米娅去了北京的中医医院和中医肿瘤医院。我们找的都是专业领域中水平最高、名气最大的大夫，但他们对于塔米娅的疾患同样束手无策。传统的东方医学所能做的，不过是重复一遍西方医学有过的诊断结果。若以中药对付肿瘤，一般采用活血化淤、软坚散结、清热解毒及理气降逆等攻法，但由于塔米娅病入晚期，已经很难收到疗效。跑遍北京城，塔米娅得到的只是大夫们一堆纯属抚慰性质的建议：譬如食物宜清淡、新鲜、富于营养、易于消化；避免劳累、注意保养；适当从事一些较为轻微的活动，像散步、打太极拳、练瑜伽功等等。

“太极拳是什么？”

当我把大夫的话一句句翻译给塔米娅听时，她低声问我。

“噢，太极拳是中国的一项传统武术，动作缓慢柔和，对增强体质很有益处。”

我边说边用手比画了两下子。

“是老人们常在公园里打的那种吗？”

“是，但不仅仅限于老人们。”

我只能说，那是令人揪心的一幕：面前的塔米娅表情安详而不失慵倦，甚至带有一丝麻木和恍惚，让我不禁想起她在课堂上偶尔也会走走神、犯犯困时的样子。从各方面去看，她依然是塔米娅。但与以往有所不同，她会把任何人出于好心给予她的东西都当做累赘那样抛弃。

记得那天送她回下榻的宾馆，在出租车里。

“你父母知道你的病情了吗？”

“我没对他们透露过一个字。”

“为什么不向他们寻求帮助？毕竟是自己的亲生父母。”

“别为我担心，我会自己照顾好自己的。”

“还像从前一样喝大量的咖啡吗？”

“每天差不多两升。”

“吃得很少，而且从不按时？”

“但并不是什么也不吃，否则我就成仙了。”

“睡得也不够？”

“不是我不想睡，是想睡睡不着。我的脑袋经常疼得跟快要裂开似的。”

“那时候怎么办呢，服药？”

“有时服药也不顶用，看书倒是一个祛痛的好办法。”

“还是看那些专业书？”

“偶尔也会翻出以前的汉语书来学上一两页。我越来越发现汉语是那样的迷人。我甚至打算过写完博士论文后再回北京，去你们的学院读上一个短期班呢。”

“真的吗？”

“我只想抓紧时间做些自己最想做的事，学汉语就是其中之一。”

“是不是还包括吹萨克斯管？”

“也许吧。我已经很长时间没有练习了。”

“听我说，我一直有个心愿。”

“什么？”

“有朝一日能够当面听你吹萨克斯管。”

“那好啊。要是再来北京，我一定带上我的萨克斯管。我有四只不同的萨克斯管，但我会至少带上一只。我可以当面吹给你听。”

“一言为定。”

“我想，到时候吹起来，一定会跟你从那盘磁带上听过的不一样。”

“我会等着的。”

一晃又是一年过去，我再没有和塔米娅有过联系，也没有得到过她的任何消息。置身于忙乱、叹息、事物蜂拥而冷漠的洪流中，我想我几乎是忘掉塔米娅了。一个白天，经过学院南门，我看见一大群民工正在拆除路边的所有店铺。按照市政府的最新规划，那儿即将变成一线与人间烟火彻底绝缘的绿化区。钎锤铿锵，尘土弥漫，从前的“红屋”已是一片断壁残垣。就在这时，关于塔米娅的回忆像一块石子一样击中了我的头部。为什么一直以来我都那么安心呢？我为自己脸红，但又暗暗庆幸不用为脸红的原因负责。这就是我，只要愿意，一切难堪、遗憾和不幸在转化成精神上的压力之前都会自行消解。我站在街边，掩住鼻孔，感到心底空空如也。没有任何一种力量能够促使我非得刻不容缓地去查寻和确认塔米娅的下落。

我甚至不清楚她是否仍然活在世上。

十六

就在那天从长城回来以后，我和依莎贝塔的接触陡然频繁起来。我不断找出各种借口，利用一切可能和她待在一起。中午下课，我们在留学生食堂碰面。吃完午饭，或者上街闲逛、买东西，或者回我的宿舍聊天、听音乐、帮她复习上午刚学的课文。晚饭也常常在一块吃，不过多半是和一大群留学生结伴上校外的餐馆。其中一个叫海伦娜的瑞典姑娘，一个叫艾米的英国姑娘，是她来这里新交上的朋友。还有一个叫弗罗伦斯，金发碧眼的澳大利亚青年，面容冷峻，沉默寡言，依莎贝塔却似乎对他有种特别的好感。有时，一起外出的人群里甚至出现了我自己班上的学生，比如那个叫什么“大梦幻”的法国小伙子。作为唯一的教师混迹于这帮学生当中，我一点儿也不顾忌他们对我和依莎贝塔的暧昧关系会有何看法，倒像是要就一个人如何厚着脸皮应付难堪局面给他们再上一课。入夜，我们总去校内新开张的一家名叫“Bla Bla”[1]的酒吧，我要啤酒，她要咖啡或是金汤尼水，在那里坐上个把钟头。时隔很久，我终于再一次品尝到被欲望之火炙烤和煎熬是种什么滋味。

一天夜里，我把依莎贝塔送到宿舍楼下，临别的时候她突然说：“今后我们不能再这样天天一起出去了。”

“为什么？”

“因为这样下去只会使我们越陷越深。”

“我们在一起不是挺愉快的吗？”我说。

“但是那样有个先决条件，我们得保证，我们中的任何一方都不会对另一方动情。”她停了一下，想把意思表达得更清楚些，“我们得保证不会彼此相爱。”

“假使我不同意这个条件，你会和我断绝来往吗？”

“我会尽量跟你保持距离。”

就在这个时候，发生了一桩奇异的事。突然，我感觉横亘在我和依莎贝塔之间的空气像一面薄绢那样疾速飘舞起来，没有一点儿声音，却能看见它波浪般明暗起伏的形状。它把依莎贝塔和她周围的一切都笼罩在一层淡淡的阴影里。我正兀自惊疑，它却又被来自上下左右各个方向的均匀的力猛然绷紧，变成一个光滑如镜的平

---

1 法语，意为“喋喋不休”。

面，一转眼又分解成千百万个细小的颗粒飞逝开去。空气被复原了，同时染上了刚才那魔术般过程所留下的一道白茫茫的光晕。这光晕自上而下，不独浸润了我的整个躯体，更把我的意识映照得无比澄明。于是，多日来盘踞我心头的那些芥蒂、疑结、犹豫、自傲，统统烟消云散。我面对的整个世界被赋予了一个不容变更的中心。月亮是半圆的，星星是暗淡的，但是我爱依莎贝塔。天空的四边被城市的灯火映得微微发红，但是我爱依莎贝塔。树影婆娑，知了倦唱，但是我爱依莎贝塔。夜晚正在褪去白昼的暑意，无数人沉入梦乡，但是我爱依莎贝塔。不远的小路上传来轻轻的咳嗽声，但是我爱依莎贝塔。深深地吸气，深深地呼气，但是我爱依莎贝塔。明天还会走进教室，翻开书页，拿起讲台上的粉笔，但是我爱依莎贝塔。还会沉思，还会做梦，还会从镜子里打量自己，但是我爱依莎贝塔。从一到十，再从十到一，但是我爱依莎贝塔。要是别人问起你不知道答案的问题怎么办，但是我爱依莎贝塔。要是时间停止了运转怎么办，但是我爱依莎贝塔。爱不仅及于此刻她濡湿的睫毛、晶莹的泪光、嘶哑的倾诉，而且还带着像一条鱼那样游进她身体里去的强烈冲动。

“依莎贝塔，我爱你。”

时隔很久，我终于再一次品尝到被内心的激情彻底降服是种什么滋味。我全身燥热，虚弱，索索发抖。

依莎贝塔使劲摇头。

“怎么，你不相信我说的吗？”

“不，这跟相不相信没有关系。”她说，“有时候在你身上，我也体验到了和你现在对我差不多一样的感情。我不得不承认，实际上你就是我现在最爱的人。我对你的感情既像爱又不是爱，大概处于爱和友谊中间。但我真的不想卷入任何亲密的关系。我不想花难过的时间。我爱不起。你明白吗？”

“你对爱就那么恐惧？”

“我不是说过吗，所谓的爱究竟是什么？它不是别的，只是人脑子里的一阵晕眩。它是人身上最脆弱的一种感情。或者直截了当地说，它就是人的一种病，多半时候还是一种传染病。所以，人体验到爱的时候也就是他得病的时候。而要想不得上它，不受它的侵害，唯一的办法就是躲得它远远的。这个道理，我想你应该是非常明白的啊。”

“接受我的爱，对你来说真的不可能吗？”

“我能做的不是接受你的爱，而是帮助你一起克服它。”

“克服？”我苦笑起来，“怎么克服？”

“像克服晕眩那样克服。”她平静地说，“像克服病痛那样克服。”

回到宿舍，我真想对着墙壁大哭一场。为依莎贝塔对我的拒绝，为二十多年来我生活中遭遇到的种种失败，为我个人前途的茫然无着，甚至为我想哭却流不出一行眼泪。这些年来，我只有两回真正哭过。一回是大学毕业快两年后的一天，我和蒲佳盈一起吃分手前的最后一顿饭。当她回忆起我们最初在机房偶然相识的经过时，我的眼泪忍不住哗哗流了下来，顺着面颊滴落到桌面上。还有一回，是在收到夏拉来信后的那个夜晚，辗转不眠之际，猛然发现泪水早已将枕巾的一角染得湿漉漉的。

如今，也许是以往历经的无数次感情游戏令我产生了厌倦，我转而渴望将全部情愫倾注到唯一的对象身上。也许我只是想向自己证明，我还没有丧失爱一个人，为爱付出和牺牲的能力。然而命运偏偏有意要作弄我。它为我挑选了依莎贝塔，驱使她千里迢迢从亚平宁半岛来到中国，反复出没于我的眼前，时而疏远，时而亲近；可不管如何费尽周折，我们两人都注定不会有真正的结果。

第二天中午，我没有照例去留学生食堂，而是从路边买了份盒饭带回宿舍。由于昨夜一宿都没合眼，加上刚刚上完四个钟头的课，我困倦不堪。匆匆吃完，和衣倒在床上，很快便沉沉睡去。

一觉醒来，已是黄昏时分。抄起毛巾想去水房洗脸，却发现一只信封静静躺在门缝前的地板上。打开一看，才知依莎贝塔在我睡着时到过门口。

她是否敲过门？我是否在迷糊中没有听见敲门声？无法确定。

信是用歪歪扭扭的汉字，写在一张有浅蓝色细条纹和圆形装订孔的活页纸上。

亲爱的庄祁：

真对不起，希望你能原谅我，也希望你不会觉得不好意思。

从心底里说，我很喜欢你。可是我知道，对你来说我不是一个很好的朋友。有些时候，我们相处得不错。特别是，我太感激你给我的帮助了。

你也让我知道，在这个世界上还有人对我怀有这样深厚、这样美好的感情。这一点对我也是非常重要的。

虽然有时候我有点儿疯，但你不用怕我。别为我的表现感到难过。

我喜欢你的眼睛，你的智力。我喜欢听你说话。我真的认为你是很特别的。我不知道怎么说出来。有很多东西想告诉你，但是真不容易。

你能保证，要是有一天你爱上了别人，还会继续把我看成你的朋友吗？

依莎贝塔

这些字句没有让我感到宽慰。依莎贝塔表露出的态度越是亲切谦和，我心里就越是有种刀割般的痛楚。我的呼吸急促而重浊，就好像它是由嘶哑的呼唤、辛辣的嘲讽和无奈的呻吟拼凑而成的。我思绪翻涌，久久无法平静。不知不觉，窗外已夜幕降临，我突然发现自己是在一间没有开灯、视物模糊的屋子里来回踱步，墙上的地图分不出陆地和海洋，而那封信依然攥在手里。我到底是怎么啦？

接着离开宿舍，又梦游似的向着校园走去。我想我可以去礼堂前的报栏看看报纸，去图书馆的阅览室翻翻杂志，去小卖部买点儿吃的东西，或者什么也不做，就在球场边找张椅子坐下——可到头来，我却失魂落魄地停在了依莎贝塔的房间门口。

为我开门的是依莎贝塔的同屋中村纪子小姐，一个身材娇小、说话柔声细气的日本姑娘。她告诉我，依莎贝塔刚去浴室洗澡，我可以进房间稍等片刻。

坐在依莎贝塔的写字桌前，我开始仔细打量眼前的一切。依莎贝塔的床上，被子依然像睡觉时那样铺展开来，上面覆盖着一层白色的棉布床罩，因为身体压过留下的痕迹，显得凹凸不平。靠近枕头的地方，被子给掀开小小的一角，能看见一部随身听和附带的一对耳机。最叫我惊讶的，要算是书架顶层摆着的一只方形玻璃鱼缸了。水底薄薄地撒着一些砂砾，一个接通电源的小气管里，不间断地有气泡咕咕冒出，以求保持水的新鲜和活性。但是，遍寻整个鱼缸，只能找到一条不足三公分长的小鱼。银白色的躯干，隐约透出纤细的脊椎和幽暗的脏腑。每每游近玻璃时，小尾总是奋力一甩，晃晃悠悠掉转方向。它那孤立无助、顾影自怜的样子，似乎游着游着随时都会倏然消失在水光的深处。书架的第二层放着十来本书和词典，前仆后继地倒向没有倚靠的那端。再看桌上，各种东西凌乱不堪，热水瓶、台灯、闹钟、隐形眼镜盒、护理液、钥匙、便笺条、门票、北京地图、烧了半截的香火、咬了一口的面包、三四封信、五六盘磁带、一大把各式各样的笔，此外还有一只倒放的杯盖里盛满了烟头和灰屑。

另一张桌上的纪子小姐，对着一面小圆镜化妆完毕，起身向我鞠躬道别，说要赶去赴约。这样，房间里只剩下我一个人。我不禁想起上一次光顾这里，还是在依莎贝塔乘飞机刚刚抵达北京的那天。我又想起她打开旅行包和皮箱时手忙脚乱的情景，想起她对我说“宁可今后再也不见你”那副冷傲的神气。如此说来，依莎贝塔对我的拒绝并非不近情理，而只是在维护当初许下的誓言，或者说，维护某种她自以为不可逆转的宿命。为什么我，偏偏是我，身体却在追逐的姿势中失去了重心呢?

门吱的一响，依莎贝塔走了进来。她裹着一件乳白色的宽袖长摆浴衣，面颊潮红，发梢上还在往下滴水。她看我的神情有点儿特别，就好像还没有完全走出浴室里的腾腾水雾。我站起身，给她让出地方。“你看到我写的信了？”她一边歪着脑袋把头发拢在一条干毛巾里吸水，一边问我。

“是的。”我说。

“你觉得如何？”

现在她直起腰板，抽去毛巾，让头发自然披散下来。

我一时没弄清她问话的用意，犹豫之下只好说：“你的汉语有了很大进步。”

“什么呀。”她仰起下巴甩了甩头发，“你以为我写信的目的是让你检查有没有错别字和病句吗？”

“为什么要用写信这种方式呢？”

“昨天夜里想了很久，心里有些话不得不说，可又觉得老是见面不大好。”

“你的意思是，我现在不该来？”

“不不不，”她连连摆手，“我随时欢迎你来。我只是不想让你因此产生什么误会。”

我没有往下接茬，而是看她趿着拖鞋啪嗒啪嗒在房间里走来走去，从一只扁扁的贴着蓝色标签的白瓶子里，不断倒出小团乳液，抹完脸和脖子，再弯下腰去分抹两腿。浴衣遮住了我的视线，但我还是能够清楚地听到乳液在她掌心和皮肤之间弥漫开去发出的声音，同时心底激起有如共鸣般的微微战栗。书架上的水泡仍在络绎不绝地升起，好像整只鱼缸都在若有所思。“为什么只养了一条小鱼呢？”我禁不住问。

“两个星期前刚买回来的时候是八条，差不多每两天死掉一条。本来按照正常的速度，剩下的这条该在今天下午三点死的，可奇怪的是到现在它还活着。”

“怕是喂食的方法不对头吧？”

“谁知道呢？我喂的是卖鱼人专门配制的鱼食。卖鱼人说，它们应该能够活得很长。”

“怎么想起养鱼来的？”

“这是罗马的一位心理医生给我的建议。他说，当你心烦意乱的时候，你就盯着鱼缸里的鱼看，那样会使你很快平静下来。不过在罗马，我还没有试过这种方法。倒是到了这里以后，有一天我跟海伦娜和艾米一起去城里的一个小动物市场，在那里买到了这个。我一觉得烦恼，就赶紧去看它们；可一看它们，就会发现又有一条翻着肚皮浮到了水面上。”

“也许，”我说，“你已经成功地把烦恼转移到了它们身上。”

依莎贝塔投给我哀怨的一瞥，又朝鱼缸的方向轻轻吁了口气，对小银鱼的命运略表怜惜。随后，她开始在桌面上的一堆杂物里翻找起什么来，可是看她拿起和放下那些东西时迟疑不决的样子，让人以为那些东西并不属她所有，在这以前她还从没跟它们打过交道。找了一阵，她停住了手，因为好像连她自己也记不起到底要找什么和为什么要找了。她转过身，问我可不可以先去外边的走道待上几分钟，好让她更换衣服。我合上门走了出来。一位红发姑娘正趴在顶头的窗台前吸烟，懒懒地回头睇我一眼。另一位黑发姑娘端着水盆，刚刚进了斜对过的盥洗室。还好，她们都不是我班上的学生。看到楼梯间的公用电话正空在那里，我不禁心有所动。既然无事可做，我索性抓起话筒，拨通了卡罗琳家的号码。

和一个多星期前相比，卡罗琳的声音已经渐渐摆脱了那种病恹恹的低迷，但依然显得虚弱乏力。

“感觉好点了吗？”我问。

“我想快了。”她说，“只是憋得难受。要是发现这事的时候阿尔弗雷德就在身边，可以当面向他问个清楚，我想到现在兴许早就缓过劲来了。不至于落得这个样子，一天到晚事也干不成，觉也睡不着，只顾胡思乱想。”

“佩恩先生什么时候回来？”

“就这两天吧。我告诉你了吗？上星期我去了一趟他的办公室。”

“真的？”

“我借口对他秘书说，阿尔弗雷德可能把一份我们家里的重要文件落在办公室了，她就为我打开了门。我偷偷检查了他抽屉里的东西，想看看能不能找到更多他跟人私通的证据。”

“找到什么了吗？”

“哦，什么也没有。”卡罗琳失望中又聊觉宽慰。

“听我说，等佩恩先生回来，别太冲动，好好跟他谈谈。”

“我知道怎么做。”

挂断电话，我对着长长的走道愣了会儿神。盥洗室里水声哗哗。红发姑娘还继续趴在窗台上。地板上一溜灯光显示依莎贝塔的房门已经向外敞开。我就又走了回去。

依莎贝塔换上了一件蛋黄色V字领镂空织花短衫，一条黑色水洗布长裤，两者之间，刚好给肚脐留出一小截空白。她平抬双臂，对着自己映现在玻璃窗上的影迹不断扭动腰肢，检查衣服是否合体。她头也不回，而是径直对着玻璃窗里出现的又一团影迹发问：“你看我是不是比以前胖了？肚子是不是比以前大了？”

我默不做声。

惹得她微微有点儿气恼地说：“反正你不在乎有没有别的男人喜欢我，对吧？”

“我想你自己也不在乎这点。”我说。

“谁说的？”她听得一怔，“我在乎得很。”

“但你想的是一边让男人喜欢你，一边又让他们对你感到绝望。”

“如果他们只想从我这里得到性，是的；如果他们想得到的是别的什么，不对。”

“你就没有想过要从男人那里得到性吗？”

“如果我想跟一个男人上床，”她说，“我们的关系最多只能维持一两个晚上。”

“这就是你残酷的地方，我想。”

我盯着她的胸口，短衫的 V 字领正好遮住了两颗黑痣中较大的那颗。

“随你怎么定罪吧。反正我不想和男人保持长久的亲密关系。”

“包括和我？”

“你怎么又来了？这样说吧，眼下如果我非要找一个男人上床，我会第一个挑你，遗憾的是我没这个心思。总之，不是干那个的时候。”

这话说得我心痒痒的，但又不好怎么表示。

“反正我不想有一个正儿八经的男朋友。”她又说，“我已经总结出一条规律：凡是有男朋友的时候我的生活总是一团糟，而没有男朋友的时候感觉却真的不赖。我同海伦娜和艾米讨论过这个问题，她们跟我的想法是一致的。你饿了吗？”

最后这个没头没脑的问题，弄得我简直哭笑不得。

“我可是饿了。”她跟着说，脸上的表情就好像这句话也是她人生见解的一部分，“我现在就去吃饭，你呢？”

“我可以陪你一起去。”我低声说。

“如果你有什么事尽管去忙你的。”她说，“你不用非陪我不可。”

“我很乐意这样做。”

“吃完饭，我还想去城里逛逛。”

“我也乐意陪你一起去。”

“那好。我事先声明，只是两个人一起去吃饭，两个人一起去城里逛逛。没有别的。”她举起一只手，对着半空接连做了几下用力劈削的动作，“重复一遍：我不希望你因此产生什么误会。同意吗？”

从晚饭开始，延续到后来的逛街，依莎贝塔的情绪一直飘摇不定。我们来到东门外一家门口结着红灯笼的日本饭馆。由于我是这里的常客，那位年过半百的小矮个老板娘早已认识了我。每次当我带着不同的姑娘进来就座时，她总会在柜台后边冲我会心一笑。依莎贝塔要了一碗什锦乌东面、一盘鲜炸蔬菜，我要了一份盖浇饭、一盘豆腐和一碗酱汤。她先把面条上的三两片牛肉挑出来夹到我盘子里。至于汤里余留的肉汁是否会破坏她作为一名素食主义者信仰上的纯洁性，她似乎不愿多想。应该说，这个时候的依莎贝塔还是相当沉静的。吃着吃着她忽然问我：

“喂，你会解梦吗？”

“这个不太在行。”

“昨天晚上我做了一个奇怪的梦。”她说。

“什么样的梦？”

“梦境是这样的：我遇到一群人，大概十个或者更多一点，他们来自不同的国家，我不认识他们，因为我的现实生活中这些人从来没有出现过；但在梦里，有种我一直没搞清是什么的东西把我跟他们联系在了一起。我领着他们来到我妈妈在乡下的一幢小屋。以前夏天的时候，父母常带我和弟弟去那儿避暑，自打他们离婚以后，就只由妈妈带我们去了。我推门走进小屋，却发现里面的陈设布置跟实际情形大不一样。你知道吗？它看上去百孔千疮，破陋到了极点——啊啊啊，”说到这里她突然把嘴咧得大大的，发出一串惊叹，左手食指绕着太阳穴的位置画了几圈，“原来是这样——我今天一天好多次回想起这个梦，可直到这会儿向你描述的时候，才终于明白它有什么含义了。”

“说来听听。”

“等我先把梦讲完再告诉你。那些人很不喜欢那个地方。他们认为它的样子太破旧了。他们都对我感到失望，埋怨我为什么把他们带来这么一个差劲的地方。其中一个家伙还对我说，我们住的条件都比你好。他还说，什么都是可以原谅的，唯独贫穷不可原谅。这话让我听了很不舒服。他们说完就一起掉头走了。整个梦里我一直为自己感到羞耻。”

“你跟他们说英语还是意大利语？”

“意大利语。”

“所以——”

“这个梦的意思是说，那幢破旧的小屋代表我的性格，当人们进入我的生活，了解我的性格之后，都会对它产生反感，最后离我而去。”

“不觉得这样解释有点儿牵强？”

“就是这样。”她加重了肯定的语气，“拿你来说，你现在愿意和我待在一起，只是因为你还不了解我，等你了解了我，恐怕也会对我避之唯恐不及的。”

“怎么会呢？”我说，“你知道，很久以来我都……”

但一望而知，依莎贝塔根本无心听我酝酿中的表白。凝思默虑，还有呆滞的，像被牢牢胶着住的目光，说明她还全然沉浸在那个梦境散乱无章的见闻和惝怳迷离的氛围里。“对，就是这样。”她自言自语地说，“我想不出还有什么更好的解释。”

我说：“不过是一个梦而已。”

“可有很多东西我没法用语言表达出来。”她把筷子插进面条里。“我想你也有过同样的体会吧？”她直瞪瞪地望着我。

“什么体会？”

“就是心里的念头没法用语言表达出来的那种苦恼啊。难道你没有过吗？难道在你生活中从来没有过一些回忆的片段，一旦浮现眼前，总能让你悲伤或是欣悦不止，但那气氛、那情境无法向别人描述，那感受无法传达给别人？好比每回，只要我一想起中学的一位数学老师，一想起他说话和在黑板上写字的样子，我就总会忍不住想要发笑；可在别的同学眼里，他却再普通不过了。还有，只要想起小时候在一本画册上看到过的一座光秃秃的山，我就总是难过得想哭。但是，如果你试着去对别人解释，这就是让你高兴或者难过的原因，那别人只会认为你不大正常，没准脑子出了什么毛病。”

“我理解你说的意思。”

“一般人总是尽可能忽略自己身上这类看似由来不明，而且也没多少道理的东西，就因为它们过于细微，有时只是神经末梢的一丁点儿颤动。他们以为唯有抽象的世界观才能确立自己的存在。可在我看来恰好相反，倒是这样一些无法与外人沟通，完全属于个人内心私有的小小感受，造就了人与人之间最根本的不同。你同意我说的吗？”

晚饭后我们一起来到王府井。在那儿的外文书店，依莎贝塔买了一本新词典，还有一本跟她论文内容相关的经济学参考书。浏览书架的过程中，有位满脸堆笑的胖乎乎的中年男人主动凑过来跟她搭话。问清依莎贝塔的国籍，那人挑起大拇指一个劲儿说：“意大利，这个，这个！马可·波罗[1]，这个，这个！”他张开十指拢成圆形，上下比画，告诉依莎贝塔他还知道比萨斜塔[2]。不仅如此，他

---

1 马可·波罗（1254—1324）：意大利旅行家。1271年经两河流域、伊朗高原越帕米尔来到东方，1275年至元上都，得到元世祖忽必烈的信任，游历过当时中国的许多地方。后写成《马可·波罗行纪》。

2 比萨为意大利西北古城，城中著名的古迹比萨斜塔建于1174年，高54.5米，因当年奠基不慎，致塔身倾斜。

已经从报章上了解到比萨斜塔的塔身仍在以令人忧虑的速率逐年倾斜，极有可能在不远的将来彻底坍圮；不过，他拍着胸脯叫依莎贝塔宽心，称本人以前学过土木工程，非常愿意将多年来在单位领导压制下无法施展的才能，毫无保留地用以为意大利人民排解燃眉之急；他只要求依莎贝塔能够弄到斜塔及其所处地层的各种数据，在此基础上，他自信可以一劳永逸地找到一种让塔身从此岿然不动，必要的话甚至可以重新恢复垂直的办法。我多次试图把依莎贝塔从这个疯言疯语的家伙身边拉走，可她却显得饶有兴致，努力琢磨对方的每一句话，一有听不懂的地方就把头转向我，非得叫我翻译出来。

“我感觉很好。”出了外文书店的门，她乐颠颠地说，“你知道是为什么吗？”

“因为意大利的文化遗产有了挽救的希望？”

“什么呀。我是觉得自己的汉语有了进步。难道你不这样认为吗？”

“这个嘛……”

“虽然那人的话里有些字词还需要靠你翻译，但基本意思都能理解。”

“我说你怎么赖着不走，原来是在练习听力。”

“我还忘了跟你说呢，前两天搭公共汽车的时候也是，站我背后的两个中国人以为我不会汉语，无所顾忌地对我评头论足。我忍耐了很久，等到下车之前才掉过头去用汉语告诉他们：第一，我不是美国人而是意大利人；第二，不是所有的外国女人都有大屁股。他们脸一下就红了……”

“真有你的。”我说。

“我还骂了他们一句脏话。”

“也用汉语？”

“不——当然是用意大利语。”

“那还不是白搭。”

“可你知道吗？”她说，“虽然我学过很多种语言，可每到我急了说出脏话来的时候，我才发觉无论哪种语言，都比不上意大利语说起来更叫我痛快和解气。只有在说脏话的时候，我才感到我骨子里仍然是个意大利人，不管是在伦敦的街心广场、里斯本的电信局门口，还是北京的公共汽车上。再进一步，如果说我对自己的母语还有那么一点点热爱的话，那也只是在我说脏话的时候才体会出来的。只有通过脏话，我才意识到任何一门外语对我说来，永远都只是一些单纯的、冷冰冰的字符和音节。它们永远都无法融进我的血液，无法让我说话的时候真正感到窝心、难受、脑门发麻、身上直起鸡皮疙瘩。”

“嗯，”我点点头，“有点儿道理。”

“不过，”她接着说，“改天得空的时候，我还是想请你把汉语里所有的脏话都教我一遍。”

“你是说……”

“干吗用这种眼光看我？学习一门语言而不学习它的脏话，那就好像……”

“好像什么？”

“我一时想不出怎么打这个比方才好。”

“可不可以这么说，学习一门语言而不学习它的脏话，就好像打一把刀子却不开刃一样？”

“哎——正是这么个意思！”

“这很好办。”

“你同意啦？”

“包在我身上。”

“记住，可是所有的脏话哟！”

“限制级的也包括在内？”

“我统统照单全收。”

“既然你这样好学，我奉陪到底就是。”

“所有的骂人话？”

“所有的骂人话。”

“所有的下流话？”

“所有的下流话。”

“所有气急败坏时说的话？”

“所有气急败坏时说的话。”

“所有调情时说的话？”

“所有调情时……这个恐怕有点儿困难。”

“为什么？”

“因为我连自己都还没有学会呢。”

“得了吧你。”

我们在声音嘈杂的街头走走停停，一路闲逛，在不少商店里盘桓一阵，不过什么也没买。对面过来的行人三三两两穿过我们中间，有时我们中的一个会停下步子，回头寻找另一个，后者却早已贴着人流的另一侧走到前边去了。美术馆东街的红绿灯赫然在望，我还不清楚依莎贝塔下一步要去哪里。

“下一步要去哪里？”

“今天几号？星期几？”她答非所问。

我告诉了她。

“想起来了，”她说，“得先给妈妈打个电话。”

“就现在？”

“对。在路边什么电话上打都成，反正是对方付费的那种。”

街对过就有一处公用电话亭，窗台上搁着四部话机，两部正在被人使用，还有两部空着。虽然依莎贝塔走过去，从拨号到挂断，前后不过四五分钟，可给我的感觉却是以这个电话为转折，她又一次走上了天性中迷乱和不安定因素泛滥无度的老路。从隐约察觉到这一趋势的最初一刻开始，我就极力想要阻遏住它的发展。谁知道，一切努力根本于事无补。我对此唯有表示深深的遗憾。

依莎贝塔回到我站着等她的那棵树下。“怎么样？”我问，“你妈妈还好吗？”

“对，很好。”依莎贝塔兴高采烈地说，“她正在给家里养的小动物——两条狗、两只猫，还有几只鸽子喂吃的。这几天她正好赶上休假，没去医院上班。你猜电话打到一半的时候她突然问我什么？”见我摇头不语，她用手比画成一只架到耳边的话筒，模仿起妈妈的语调，“‘喂，依莎贝塔，你的声音听起来怎么怪怪的？是不是还睡在哪个男人边上没起来？’”

我很惊讶：“你妈妈怎么问这个？”

“因为电话旁边有别的人，我一直姆、姆、姆压低嗓门说话，所以难怪妈妈会这么以为。要知道以前好几次，妈妈给我在罗马住的公寓打电话，我都正跟哪个男人睡在一起。那时候我也不太好意思，嗓门也是压得低低的，就跟刚才一样。”

接下去又兴冲冲地反问我：

“我说，你也有过跟女人睡在一起时接到家里人电话的经历吗？”

我当然清楚，依莎贝塔这么问纯属有口无心。她并非想要刺激我，而只是就事实本身作一番即兴式的引申，类似于把杯子里喝剩的水随手泼到地上或是窗外。她只是不抱多大希望地想要看看，是否生活中任何细枝末节都能上升到具有普遍意义的高度，而不论最后得出哪种结论，都不会对她本人造成丝毫波动与影响。虽然我心里冒火，却只能强迫自己隐忍不发。我冷冷地说：

“你又不是不知道，我房间里连电话都没有。”

“是啊。”她还是没有领会我的感受，“那就免除了像我这样的尴尬。”

我们经华侨大厦拐上东四西大街。路边的许多店铺都已打烊，只是从铝合金卷闸门的窄缝里漏出些许灯光。依莎贝塔停在一辆流动冷饮车前，问我想吃什么。我说什么也不想吃。依莎贝塔就给自己买了一份香草味的蛋筒冰淇淋，先咬了一大口，然后紧走几步，身子一弓，一屁股坐到人行道边沿的水泥台阶上。

“Venga pure[1],”她向我招手，“陪我一起坐一会儿。”

“干吗非要坐在这里呢？”

我环顾四周。这条街上的行人虽说比之王府井稀落了许多，但在我们身边仍然时有过往。不管怎么说，在夜里十点来钟成为随便什么人注目的焦点断然不是一件我所情愿的事情。

“这有什么？”她满不在乎地说，声音因为吞咽而变得含混不清，“在罗马的街头我还整夜整夜地睡过呢。当然，那是在喝醉酒了以后。”

“我觉得你现在已经有几分醉意了。”

“Perchè[2]，就因为我坐在路边吃冰淇淋吗？”

她扭过脖子，下巴顶住肩膀，忽悠闪烁的眼神，像是斜斜地画出一条匀速向上的弧线才落定在我身上。此刻，她的脸浮现在由橙

1　意大利语，意为“来吧”。

2　意大利语，意为“为什么”。

红色路灯与蛋黄色短袖衫相配而产生的淡薄、柔和，没有转折和层次的反光里。

“跟你说我想做什么就做什么，谁也拦不住我。”她的自我感觉上来了，几乎有点儿得意扬扬，“你要是愿意可以留下来陪我，要是不愿意可以先走。跟你说我随时都可能改变主意，只为自己高兴。今天晚上我就不想再回宿舍，倒想去个别的什么地方，譬如，呃，譬如，”她漫无边际地思索了一阵，“对了，譬如上海。”

“哪儿？上海？”

我不由蹲了下来，怀疑自己听错了。

“为什么不呢？每个去过上海的外国人，都说上海比北京更现代化，也更有意思。对，就上海。”

“可你知道上海离北京多远吗？”

“不就是坐火车十来个钟头吗？那有什么关系？再说，我还从没坐过中国的火车呢。”她绷直上身，伸出一只手臂冲着路面大肆挥舞，“我这就打辆出租车去火车站。”

“别闹着玩了。”我说。

“嘀，嘀，嘀！”依莎贝塔嚷了起来，“你居然说我是闹着玩！我会马上让你看到是不是闹着玩的！”

正说话间，一辆亮着顶灯的红色夏利吱溜一声停在路边。依莎贝塔起身冲过去，拉开车门。她正要迈腿，却被我从后面一把拖住。

“依莎贝塔，你真要这么做？”

“放开我。”

依莎贝塔极力挣脱。挂在脖子上那枚闪闪发亮的银制饰片上下翻舞。

“你冷静点行不？”

“我哪里不冷静啦？不过是要去上海。”

“真要去上海现在也晚了。去上海的火车都是傍晚发车的。”

“那我随便去个地方，中国那么大。”

“你们到底上不上啊？”黑暗中司机吼了一嗓，“当心别把车门扒拉坏了！”

我像扯一团橡皮泥那样，一点点把依莎贝塔汗湿的手从车门上掰开，又朝司机说声对不起，砰的把门关上。隐隐传来的骂骂咧咧声中，出租车沿着斑马线开走了。

一番撕扭过后，两个人面对面喘着粗气。依莎贝塔手里只剩下空空的蛋筒，冰淇淋掉在地上，溅开的屑末转眼融为污水，有如黑色的礁石环绕当中一座正在沉陷的白色孤岛。一伙骑自行车的小青年打着呼哨经过。对面有辆乘客稀疏的公交车刚刚到站。斜后方商店的屋顶上，也不知什么在瑟瑟作响。

“我看你真的疯了。”

“我说过，我想做什么就做什么。只有这样我才觉得自己是真正自由的。”

虽然嘴头上还很强硬，但已没有了刚才那种令人望而生畏的气焰。

“见你自由的鬼去吧。”我咆哮着说，“依莎贝塔，有时候跟你在一起真叫人受不了。”

“那你可以走开嘛。”在我的愤怒面前，她开始采取退守的策略，“为什么非要缠着我，不让我去做我想做的事呢？我跟你又没任何关系。”

“就算我们没有任何关系，完全为你自己着想，你也不该这样！”

“不该怎样？”

“还用我说吗？你的情绪太不稳定了，经常是没有任何道理地说变就变。有时候我忍不住怀疑你的目的只有一个，那就是尽一切可能把自己的生活弄乱弄糟，一直弄到无可救药，一直弄到天怒人怨，好像只有那样你才觉得舒坦。”

看得出来，我的这番责骂，就像一片楔子敲进木器上接榫的地方，使依莎贝塔松散凌乱的意识结成了一个整体。

我们一同陷入沉默。

待到重新开腔，她先是苦涩地一笑："我也不愿那样。不过，你说的不是别的，正是我害的抑郁症的表现。”

她上前一步，脑袋不由自主似的轻轻搭上我的肩头，一绺头发摩挲着我的脸。我顺势搂住她的时候，清晰地看到了她裸露的后颈上一片仿佛染成淡金色的齐齐倒伏的茸毛。

“我知道我不是一个好女人。”她一副自怨自艾的语气，“我知道。”

“我不是这个意思。”我说。

“我总是担心自己的感情随时会迸发出来，可又没办法加以控制。”她悲伤地说，“我觉得我的生活充满了太多的战争。我觉得自己老被困在一间四面都没有出口的黑屋子里。我觉得活得太累太累，甚至不知道下一天是不是有足够的精力起床。我觉得自己说不定哪天就会彻底崩溃。”

“对不起，”我说，“刚才我的话说得太重了。我其实是……”

“不，你不用向我道歉。你说的都对。我想，只有当你知道我过去的生活有多糟糕，我是说，只有当你真的知道我过去的生活有多糟糕，你原谅起我来才会容易一点儿。”

她的气息喷到我脖子的末端，让那里有种向全身扩散开去的酥麻的感觉。与此同时，她低徊的话语也像是先从那里进入我的胸腔，再由神经的枝蔓传回我的耳际。

“我跟你提过我父亲吗？”她轻轻哆嗦起来，“他跟我妈妈离婚快十年了，可直到今天我还恨着他。他一点钱全花在喝酒赌博上，成天醉醺醺的，把家务事全撂给妈妈一个人干。他老是骂我长得跟他不像，骂我是妈妈跟别的男人生的野种。每次他一走进我的房间，我总会吓个半死。你知道为什么？就因为他喜欢关起门来对我进行性虐待。他剥掉我的衣服，揪扯我的乳头，说是这样一来，我长大了就不会像妈妈那么干瘪。他打我、踹我、踩我，还不允许我哭。我实在忍不住哭出了声，他就开始拔我那地方的毛，疼得我马上晕了过去。还有几次，他趴到我身上，对我干了那种事……”

她再也说不下去了。我难过得紧了紧臂挽。

“所以你明白了吧，”她好不容易喘了口气才说，“我活到现在，常常觉得自己就跟被人随便扔在路边的一摊垃圾差不多。真的就是一摊垃圾。昨天晚上你对我说你爱我的时候，你知道我心底里究竟怎么想的？希望你听了别生气——我觉得你太滑稽可笑了。在这个世界上，还有谁会像你一样傻，傻到把感情倾注在一摊破烂垃圾上呢？你不可能从上面得到回报，不是吗？你用爱对我，我却不能同样用爱来回报你。我不是没有想过那样，可就是做不到，就是不起作用，就是有什么东西在后头死死拽住了我。也许我命中注定只会爱上一个根本不爱我的人，一个像乔瓦尼那样的人；而对于爱我的人，我却只会拼命躲避。"

"这么说，我是一点儿得到你的指望都没有喽。"

我不过故作轻松，为着稍稍化解一下她沉郁的情绪。

她的头离开我的肩膀，重新回到了路灯暗淡的光线下面。她的眼睑不住地眨动，像在努力收回快要夺眶而出的泪水。

"你、你想跟我结婚吗？"她呆呆地望着我说。

"你说什么？"

我只觉脑门一热。

"我是说，你有没有结婚的打算？"

"这得看，呃，如果是一个我心爱的姑娘……"

"那你想不想跟我结婚呢？"

"跟你结婚……"

"如果你想，在我回国之前我们可以先办好结婚手续。"

"我……"

"我不是说真的结婚。我是说，我这一辈子也不想结婚，我不想跟哪个男人过一辈子。不过，我可以和你去办理结婚手续。”

“我不明白你的意思……”

“只要我们办了结婚手续，过一段时间你就可以自动获得意大利公民身份，也就是整个欧盟的公民身份。这样，你就可以顺顺当当地离开中国了。”

“为什么我要离开中国？”

“难道你不觉得生活在中国，生活质量太差，而受到的限制也太多了吗？也许你们中国人已经习以为常，可在我们西方人眼里有许多限制简直无法忍受。难道你不想从中摆脱出来？只要我们名义上结了婚，你就可以自由地去欧洲定居、学习和工作，自由地去世界上任何地方旅行。你不会再像现在这样连本护照都没有，也不会在去别的国家使馆签证时常常遭到拒绝。”

“你这么说，”我眯缝起眼，“叫我又想起了我们从前开过的那个玩笑。”

“玩笑？你说玩笑？”

“你忘了吗？那个关于国境线的玩笑。”我提醒她，“那个关于身体上的国境线的玩笑。”

“可现在我不是在开玩笑。”她急切地说。

“不，”我说，“我看不出这对我有什么意义。”

“如果这个没有意义，那还有什么对你是有意义的呢？”她仍然顺着自己的思路往下说，“只是，只是我得先给意大利的一位律师朋友通个电话，问问他我们该履行哪些必要的法律程序。还有，你知道，意大利是个严谨的天主教国家，如果我们结婚以后将来又离异的话，按法律规定必须过满三年才能再婚。”

“真奇怪，依莎贝塔，你怎么会突然冒出来这样的想法？”

“因为我关心你，可我又不能为你做什么别的。”她用指尖轻轻擦了擦鼻梁两边的眼眦，“我能给你的帮助也就只这么一点。”

我血脉贲张，一股热流顶住了我嗓子眼，使我说不出话。我端详着依莎贝塔，她心里那份挚诚所具有的温暖人心的热力，正在透过柔和的眼神、红红的鼻头、翘起的嘴角，甚至包括夜风中轻轻飘摆的发束，一点点地发散出来。我真想让我的全部感官和知觉，连缀起脚下的整条大街，路边房舍的高低起伏，黑暗中每扇窗户的灯火，永远凝结在怀中的这个姑娘身上。可是同时，我又觉得在我们对视的目光之间，在我们衣服的夹缝之间，在我的手掌和她的肩胛之间，存在着一道无形的屏障。那是这个夜晚的另一面，广袤、幽深，有如幻影却无法穿透，看似绵和却不容征服。

“不，依莎贝塔，”我最终喃喃说道，“那不是我所需要的。”

依莎贝塔，要不要我用你自己说过的话再总结一下你的意思——

“重复一遍：只是两个人结婚，我不希望你因此产生什么误会。同意吗？”

十七

道别依莎贝塔，刚刚走到宿舍楼下，突然听见黑暗中有个清脆的声音在叫“老师”。定睛细看，原来是班里年仅十七岁的印尼华人姑娘黄娟美。“你怎么会在这里？”我甚是惊讶。我知道黄娟美没有住校，而是寄居在北京城东北角麦子店的姑姑家。每天一大早搭公共汽车赶来，中午下课吃完饭再搭公共汽车回去，路上得花两三个钟头。黄娟美撅着小嘴，一副楚楚可怜的样子。她说今天正好赶上姑姑全家外出，一个人守着一套空房子过夜很是叫她害怕；而且，她更担心明天早上醒不过来，耽误上课。“老师，”她揉着眼睛哀求般地问，“我可以在你家里借住一晚吗？”我不禁挠起头来，要知道，平时课堂上这个小魔头搞的一些把戏已经够让我伤神的了。“哎呀，”我说，“老师住的地方太小，里面就一张床。”“没关系，”她说，“我可以睡在地上。”想想已经夜深，也不好再把她推往别处，我就说：“那你跟我上来吧。”

进了房门，我先拾掇一下床面，对黄娟美说：“今晚你就睡在这里。”她顿时踮起脚尖叫道：“不我说过我睡——”“嘘，”我制止她，“别大声嚷嚷，会把楼里其他人吵醒的。”她吐吐舌头，走过几步，脑袋凑近我耳边，捏起嗓子哑声哑气地说：“我说过了，我就睡在地上，就那儿。”她朝地毯的方向努努嘴。我也把脸一沉：“你还想不想住？想住就老老实实听我安排。”吓得她缩回头去，不再吱声了。我叫她脱下背着的双肩挎包，又问她是怎么找到我的住处的。她回答说，很容易就打听到了，只是在门外等了很久。“万一我整晚都不回来，”我直摇头，“那你怎么办？”“那我也会一直等下去，等到天亮的。”灯光下只见她满面绯红，故作委屈地盯着我。

我只得打住，转而问她：“你小小年纪，又一个人离家在外，父母就不担心你吗？”

“担心？”她也不看我，只顾弯腰用手探了探地毯的厚薄，“要是现在我还在雅加达，那他们才会真的担心呢。”

关于印尼不久前那场血雨腥风的排华潮，我已经从报章上略知一二。我问：“那你家里……没出什么事吧？”

“怎么没有？”她转过身来，重重晃着脑袋以加强否定的语气，“我父母在市中心开了一家百货店，五月的一天，一群印尼人突然冲了进来，抢光了箱子里的钱和柜台里的所有货物，还砸烂了停在后门的一辆小汽车和一辆运货车。他们快走的时候，又点火烧着了商店的库房。我爸爸那时候就正躲在库房里，如果不是及时从窗口逃出去，说不定已经给火烧死了。”

“那时候你在哪里？”

“我嘛，和妈妈、哥哥和两个姐姐全躲进了一家饭店。我们一步也不敢离开房间。说起来，我们家还算是幸运的。我哥哥的一个朋友被打得遍体是伤，还断了一条腿。我姐姐的一个女同学在街上被几个男人强奸，后来她就疯了。那两天，我们还不断听到哪儿哪儿又有华人被杀的消息。我爸爸想尽办法，为了把我和姐姐们送出国去。你知道我是怎么离开饭店去的机场吗？简直就像在拍一部惊险电影。”

看她脸上天真烂漫的表情和讲述的内容是那么鲜明地不协调，我只能这样想：唉，她当真还只是个孩子。

“是吗？”

“是这样，我爸爸好不容易花几倍的高价，才为我买到一张去香港的机票，让我从那里来北京投奔姑姑。因为担心坐车去机场的路上会遇到危险，妈妈就用一种颜料掺在润肤霜里，再涂到我脸上，把我的脸涂得黑黑的。她还给我换上了印尼人的传统服装，再扎上一条头巾，这样我看起来就完全像是一个印尼人了。”

“你一个人去的机场？”

“当然。”

“没有遇到什么危险？”

“那位司机是个好心的印尼人，也是我爸爸的朋友，他向我爸爸保证一定会把我平安送上飞机的。有好几次，一些满脸凶相的家伙拦住了我们的车子。不过我爸爸的朋友跟那些家伙说上几句，他们再从车窗外看看我，然后就放我过去了。”

“那你姐姐们呢？”

“现在吗？她们一个在澳大利亚，一个在新加坡。”

“你不是说过，学完这个夏天，你也要去澳大利亚吗？”

“是啊，我妈妈已经替我在悉尼联系好了一所大学。”

对于未来的朦胧向往，化做一道流光，在黄娟美水汪汪的眸子里一闪而过。她复又回到了笑吟吟的样子，说：“老师，要是这几年你去悉尼，可一定得去找我玩哟！”

“就怕到时候见到你，”我说，“你早记不起还有我这么个老师来了。”

“才不会呢！”她一跺脚说。

我合抱起床上的一堆书，移上桌面。就在这当儿我想起了什么，回头指指书架底层问黄娟美：“你饿不饿？饿我这儿有饼干，也可以泡方便面。”

“我还有苹果。”她旋即从挎包里抽出一只鼓鼓囊囊的塑料袋，拎在手里晃荡几圈。

但末了她还是什么也没吃。她的目光落在地毯边的小茶几上。

“老师，花瓶为什么是空的？”

她说的是四年前夏拉的那件赠物。细颈、圆肚、色泽发暗的陶制工艺品。

“就是空的。”

我的语气似乎是说，花瓶里没花才算正常，有了花反倒是件咄咄怪事。

“老师的女朋友不喜欢花吗？”

“老师还没女朋友呢。”

“真的吗？”她诡秘地一笑，“前两天我可是看见老师跟一个女孩走在一起。”

“那又怎么样？”

“是个西方女孩，个子高高的。”

“那不是老师的女朋友。”

“可看得出老师很喜欢她。”

“……”我一时语塞。

“老师一定想找她做女朋友吧？”

“说什么呢？”

“老师是不是更喜欢西方女孩？”

“再胡说八道，小心给你好看。”

“哈，就是这样，”她噼里啪啦拍着巴掌，“老师别不承认。”

“你操这份闲心干吗？”我佯装愠怒，“我倒要问你，今天布置的作文完成了吗？”

她扮了个鬼脸：“我连题目是什么都忘了。”

“明天我可会第一个就叫你上台去念。”

“我不怕！”她双手叉腰，仰起脸蛋，“我就给同学们念一篇：《老师房里的空花瓶》。”

我从抽屉里翻出一支没有用过的牙刷，连着一块毛巾递到黄娟美手里。我领她来到水房，又向她交代了这层楼上女卫生间的位置。

敲开斜对面的房门，新婚后的老瞿正在灯下起草一篇论文提纲。他妻子这两天刚好出差去了外地。听说我要腾出房间让一个姑娘借住一宿，老瞿大为疑惑：“既然人家主动送上门来，你又何必推托？”又说：“这可不像你一贯的风格。”但他最终还是同意拆开两张已经并到一起的单人床，让其中一张暂作我今夜的栖身之处。老瞿月底就将告别单身宿舍，迁入新居。他感叹说，今后如再遇到生活上的难题，想要向我讨教就没现在这么方便了。我听他说了一会儿诸如此类的胡话，然后两人一起动手拆床。

归置停当，再回去看时，黄娟美竟然已经蜷着身子，面朝里侧睡在了地毯上。走近叫唤一声，没有听到回应，这才发现她已经呼呼睡着了。

我摇摇她的肩膀：“醒醒，醒醒！”但她只是含糊地嗯了一声。我加重了摇晃的力度：“喂，我说，还是睡到床上去吧！”她仍然只是张嘴吧嗒了两下。无奈，我只好双手分别抄到她的腋下和腘窝处，一使力气，将她整个人给抱了起来。

当这样一具暖融融的，既沉实而又绵软的身躯完全依顺地陷在我的怀里，当长裤受到挤压产生的皱褶硌得我的一边胳膊微微作疼，当T恤衫的领口向上隆成穹形，让我瞥见一对鼓胀的深色乳罩之间变幻不定、若有若无的阴影，尤其是，当黄娟美微微张开眼睑，透出一线在迷惘中寻觅，顷刻间却又不知所终的目光，我蓦然意识到：在我以为还是孩子的这个姑娘的体内，青春已经孕育得非常饱满，随时都有可能向外喷涌、流溢……

我把她轻轻放在床上，试着调节了一下脑袋的枕姿，又在腹部搭上毛巾被的一角。我把闹铃的指针拨到七点一刻，然后熄灯阖门，横穿走道回到老瞿那里。

结果这天晚上，我在老瞿身边受尽了折磨。岑寂之中，老瞿敲打键盘和翻书的声音缭绕耳边，分外清亮。好不容易挨到他也上了床，顷刻响起的鼾声又把我的睡意碾得粉碎。我平生头一回领教到一个人打起呼噜来竟能如此花样繁多。在一小节序曲之后，主旋律部分先是采用一唱三叹式的豪放派风格，每至壮怀激烈之处，但闻黄钟大吕，急管嘈弦，连床板也为之呜呜作和。须臾，曲风急转直下，归于婉约，饱含酸楚，如泣如诉。过了下半夜，老瞿开始尝试将两种风格熔于一炉，潜心追求抑扬顿挫，高则摩九天之云，低则履万仞之渊，同时加入大量磨牙、翻身、咳嗽和梦呓。我只觉得有把锯子贴在我脑门上来回拉动，而且频繁更换着不同尖齿的锯条。天亮时分，老瞿终于心满意足地完成了整部作品的演奏，而我却只能强迫自己作着起床上课的准备了。

对面的房门洞开，进去一看，黄娟美已然不见踪影。盛满苹果的塑料袋静静躺在原地。桌上的一支长管唇膏，粗心的小姑娘也忘了带走。我把唇膏收进塑料袋里，一并提到教室，谁知直到上课铃响，黄娟美也没露面。

约莫过去半个钟头，只听门吱扭一响，黄娟美笑嘻嘻地探进头来。她扫视一圈我和教室里坐着的所有同学，随即身子一闪，亮出手上的一捧花束。白玉兰、康乃馨、玫瑰，加上亮晶晶的包装纸和彩带什么的。她快步走到我跟前，抿着嘴一言不发，将花束一把塞到我的手里，又扭头跑回前排自己的座位。

不明情由的同学们立时嘘声四起。我脸上发烧，方寸大乱，犹豫之下，伸手从讲台下的橱格里取出那袋苹果，放到黄娟美的课桌上。需要说明的是，那只塑料袋是半透明的——我们就像一对热恋中的情侣那样在互赠礼品。

这下，同学们的嘘声更加热烈了……

十八

“我控制不住自己，就是控制不住。”卡罗琳在电话里对我述说起当丈夫佩恩先生回到北京，刚刚走入家门的那一刻，她是如何劈头盖脸冲他发泄郁结多日的满腔怨愤的。喘息和干咳不时掺加进来，打断了她的倾诉。“阿尔弗雷德还没来得及放下手里的箱子，我就开始质问他在外头找的那个女人到底是谁。我提到了那张发票，还把他从网上下载色情图片的事抖了出来。阿尔弗雷德大概被我怒气冲冲的样子吓懵头了，他没作任何抵赖——是个二十七岁的中国女孩，在AT&T[1]北京分公司工作。一个多月前我刚去法国不

1 美国电报电话公司的简称。

久，阿尔弗雷德受邀出席那家公司的酒会时认识了她。你知道整件事里叫我最难接受的一点是什么吗？不是他和那个女孩发生了关系，而是，而是他和那个女孩是在我睡的那张床上发生关系的。天哪，我问阿尔弗雷德，为什么你不在地毯上，不在沙发上，不在阳台上，甚至不在备用卧室的另一张床上跟她发生关系，偏偏要在我每晚睡的那张床上跟她发生关系呢？难道你心里就没有一点点留给我的位置吗？”

她的话音震得听筒嗡嗡直响。

“那他怎么说？”

“他还不是拉住我的手，一遍遍恳求我原谅他，就像从前我们都为同样的事由原谅过对方一样。他说，他对那个女孩并不是认真的，他不希望自己一时的出轨会毁掉整个家庭。他问我是否同意，其实早在他遇到那个女孩之前，我们的婚姻就已经面临困境，夫妻间充满着麻木、冷淡、敌意和猜疑。但是，他又说，与女孩的秘密交往对他正好起了反作用，因为就在这个过程中，他重新认识到家庭对于他的重要性，他发现在他内心深处还是爱着我的。对了，他还说起了你。”

“说起我什么？”

“他以为我和你早就上过床。”

我不禁哑然失笑。

“你笑什么？”

“他这么以为一点儿都不奇怪。”我顿了顿，不知道对卡罗琳说出下面一番话来是否欠妥，“要知道，以前他还为此警告过我一次呢。”

“什么？”她的声音霎时低落下去，随即又尖厉地盘旋上升，“我怎么、怎么从没听你提过？”

“实际上，那一次你也在场。”

“什么时候的事？”惊愕、懊恼，但更多的还是茫然。

“还记得那一次，我陪你们夫妇俩去日坛公园旁边的一家画廊看展览吗？”

“是那一次吗？看完展览我们三个人一起去丽都饭店吃墨西哥菜？”

“正是。还记得从画廊出来坐在车里的情形吗？当时是佩恩先生开车，我坐副驾驶座，而你坐后排。当车遇上红灯，停在一处路口的时候，佩恩先生突然掉过头来问我：‘汉语里是不是有这么一种说法——戴绿帽子？’他前面一段说的是英语，只有‘戴绿帽子’这几个字是用发音不准的汉语说的。可尽管发音不准，我还是一下就听明白了。我点点头说：‘是的。’于是佩恩先生又一脸严肃地说：‘告诉你，我真的不喜欢那样。’”

“噢天哪！他真的这样说了？”

“我有点儿吃惊，天知道他从哪里学来的这个词语。但我也马上作出了回应。我说：‘我也不希望你那样。’”

“噢天哪！”卡罗琳似乎找不着词了。

“就是这么回事。”

“那我呢？我当时听见你们说这些了吗？”

“你听见了。你全听见了。你不光听见了，还从后排凑过头来感兴趣地问我们：‘你们在说什么呢？刚才那个词是什么意思？’那时候你的汉语学习才刚刚起步，你还掌握不到汉语里的一些常言俗语。显然，佩恩先生正是吃准了这点。”

“那你们没有回答我吗？”

“佩恩先生回答了。他是这样说的：‘哦，我们只是在开个男人间的小玩笑。’”

“我也没有再问？”

“你嘛，一转眼你就忘了。”

“难怪后来有一次我去你宿舍找你，你拒绝我，莫非就是因为这件事吗？”

我脸上的笑容凝固了数秒。但我马上又意识到，电话那头的卡罗琳根本看不到我这副显示难堪的表情。

“那倒也不尽然。”我只好这么一说。

“想不到，阿尔弗雷德还挺有心计的。”卡罗琳感叹道，语气似乎是一种由谨慎的嘉许和适度的贬责组成的矛盾混合体。

“可是，如果佩恩先生的意思是，在你们的感情风波中我也是肇祸者之一……”

“不，那跟你有什么关系？”

“难道他的意思不是这样吗？”我说，“因为认定你跟我上过床，所以他自觉获得了追求婚外情的权利……”

“本着夫妻公平对等的原则吗？这太可笑了！”

我不清楚她说的“太可笑了”究竟是针对什么而言的，是我的这番揣测，还是我揣测中的佩恩先生的这种做法。

“说得更抽象一点儿，”我说，“因为认定你和一个中国男人有染，所以他相应地也要找个中国女人……”

“这太可笑了！”她又重复了一句，但还是让我不明所指。

“那么，当佩恩先生提到我的时候，你又怎么说呢？”

“我告诉他，我们的关系比他想象的复杂得多。”她说，“真要是像他说的那样上过床，那反倒简单了。”

我又一次苦笑起来，同时在心里暗暗感喟：是啊，谁能说得清我和这个女人的关系究竟是怎么回事？我们是那样差异悬殊的两个人，纵使可以打破隔膜敞开心扉，面对彼此的悲欢也终究难以产生浸透骨髓、水乳交融的感动。这就像以往，每当我把新交的女友介绍给她，从来就不指望能从她嘴里听到任何赞许之词那样。我的激情、自得，或许还加上相伴而来的焦虑和彷徨，在卡罗琳看来，都不过是对于异性的品味在向着低俗和浅薄的不断滑落。她对我生活中每一阶段性变化有兴趣加以探察，更多是源于想看着它走向失败的期待。每回，只要我告诉她，自己的又一段短暂情缘画上了句点，在她安慰我时，我注意到她的脸上总会浮现出一种难以掩饰的松快。当然，这并不意味着卡罗琳喜欢幸灾乐祸、隔岸观火。恰恰相反，她总是在力所能及的范围内为我俘获那些姑娘的芳心创造一切有利条件。但凡有享誉世界的艺术家来北京举办音乐会或是画展，她一定会争取为我弄到成双的免费招待券，好让我能带某个姑娘前去一睹风采。塔米娅第一次离开北京后的一段时间，我给她去过几封长信倾吐思念之情。那些信都曾经卡罗琳亲眼过目，她不光指出了一些细微的文法错误，更对个别关键语句作出了建设性的润色和修改。由于一直没有得到塔米娅的回音，卡罗琳建议我不妨利用即将来临的寒假亲赴德国柏林一次。她甚至提出了帮助我获得护照和签证的一揽子计划：她跟德国方面关系不深，但我可以借助申根公约[1]转道法国；她会请她的那对法国夫妇朋友给我发一份邀请函，扫清申请护照的障碍；至于让许多中国人看得比登天还难的签证，我也完全不用操心，因为她只需跟佩恩先生在北京交情甚笃的朋友之一，法国使馆的一等秘书打声招呼即可，签证上的入境日期也可视我方便而定。“即使找不到你所说的那个大奶头混血姑娘，或者被她挡在门外，”她说，“把这作为一次单纯的旅行不也挺好吗？”旅费方面如有困难，她也愿意解囊相助，日后我再慢慢偿还(她同时暗示，偿还的方式可以灵活多样)。当然，这遭到了我的矢口拒绝。

我想，这几年下来，卡罗琳似乎已经发现了一桩秘密：她的从旁介入等于是施肥和浇水，只会让我心灵的伤痛成长得更加茂密、茁壮……

---

1 欧洲已有包括德国、法国在内的十个国家加入申根公约，原则上持有其中一国签证者可通行该十个国家。

“你在想什么？”她问。

“想到了很多。”我说。

“是什么？”她追问。

“嗯，”我沉吟着，“刚才你讲，你们以前都曾为同样的事由原谅过对方，难道这一次就行不通了吗？”

“你是说，这一次我该原谅阿尔弗雷德？你真的认为，事到如今，我们还能用原谅来解决问题？”卡罗琳显得激动起来，“确实，我可以原谅他，跟他和好，可我很清楚下一步，我们的感情再也不可能修复到正常的水平了，没准过不多久就会故态复萌，甚至变得更糟。要知道，我再也不是从前的那个卡罗琳了。如果说以前我原谅他是因为坚强，那现在这么做只能表示懦弱。懦弱，你懂不懂？没有别的，就因为我再也不是从前的那个卡罗琳了。”

她的呼吸声听上去稍有一点潮湿。

“那你打算怎么办呢？”

“看目前状况，除了提出离婚诉讼，恐怕没有别的路可走了。”

“真的这样决定了？”

“我已经告诉阿尔弗雷德，月底我会一个人先回美国去。不管怎么说，阿尔弗雷德在中国的任期还剩三个月，也到了我准备离开的时候……”

从我浅薄的人生经历出发，我尚没有资格对婚姻，尤其是对一桩面临破裂的婚姻发表任何评论。我只有默不做声，在心里飞快地梳理起卡罗琳的过去。一个在贫民窟长大的孩子，怀有对穷苦和卑微的切身之痛，靠着奖学金和课余打工拿到了学位，然后披上婚纱把自己嵌入到一个闪闪发光的梦幻中。在北京，在这座古老的东方皇城，卡罗琳可以充分享受到财富和虚荣带给她的种种好处。她是中外高官们家里的常客，盛大宴会上的嘉宾，象征友谊的使者，不时在媒体抛头露面，被所谓的地下艺术家们奉若神明。而她，举手投足，一颦一笑，总是毫无愧色地显示她是那个上流社会天然的一员。不止于此，仿佛正是由于她的存在，她身边的人们才部分改变了对她所属的那个阶层的看法，认为它并非那么高高在上，不可亲近。现在，一旦舍弃她的丈夫佩恩先生，她头顶上的那圈光环马上就会消退。她将被一记涡流从她已经习惯了的生活方式里抛离出来。她真的有勇气这样做吗？

“佩恩先生会同意离婚吗？”

“他没法不同意，但他会努力劝阻我。这几天他所做的，包括反复说什么他还爱着我之类，都是出于这个目的。我知道他最担心的是什么。就在去年，他工作的机构总部派出一个专门小组，对全球范围内下属官员的配偶进行调查和评估，我的综合得分排在最前几位。他很清楚，这些年来，我在他的生活中占据一个什么样的位置，对他取得今天的成就又有过多大的帮助。我等于身兼他的顾问、秘书、翻译、管家，甚至还有厨师数职。在他的人际交往中，我也充当着一根不可缺少的纽带。但凡出现在公众场合，我的表现总是能够为他挣足面子。他的耳朵已经听惯了人们对我的赞扬，还有为他能有我这样一位妻子而说的无数恭维话。”

“但是，一旦两人为离婚案对簿公堂——”

“但是，一旦两人为离婚案对簿公堂，”她接过我的话头，“把这些年来的家丑暴露在光天化日之下，让人们一时恍然大悟，原来他们羡慕不已的婚姻神话，只是一个骗人的假象。你知道，那会对阿尔弗雷德造成多大的打击！我的损失不过是蒙羞、丢脸，而且，人们会自觉不自觉地站在我这一边，把我当做同情的对象。可对阿尔弗雷德说来，蒙羞、丢脸而得不到同情还在其次，最可怕的是那会使他被很多人看好的政治前途受到危害。我在北京的朋友埃莉诺劝我说，我应该好好利用这一点跟阿尔弗雷德讨价还价。只要他同意在财产分割和离婚赡养费上作出让步，那我也可以同意为离婚找个听起来冠冕堂皇的说法。”

我能说些什么？我只能静静地倾听，同时在心里掂量着我作为一个倾听者的分量。

“但是，”卡罗琳干咳两声，“如果真要为自己的利益着想，那么提出离婚的时机就变得相当重要。我告诉过你吗？我们已经委托律师准备购买位于纽约西北新泽西州一个小镇上的一幢房子。我们回国后要把家安在那里。本来购房契约上会填阿尔弗雷德和我两个人的名字，表示房屋产权归我们两人共有。但是，如果现在提出离婚，阿尔弗雷德可以指示律师把我排除在外，因为购房所付的款项都是阿尔弗雷德的，他完全有权这么干。这样一来，除了一点赡养费外，我可能什么也得不到，离婚将使我丧失现在拥有的一切……喂，你在听吗？”

“我听着呢。”我应答道。

“为什么你一声不吭？是不是你在对自己说，怎么这个女人脑子里转的全是些卑鄙龌龊的念头，实在太可怕了？”

“没有啊。”

连我自己也觉得，我不过是在虚言敷衍。

“但要知道，C'est la vie[1]，生活就是这样。有许多东西都是你无法抗拒的。你只能顺从它们的摆布。”

我感觉到她握着话筒的那只手在轻轻颤抖。

耽延片刻，我试着问：“回国后有什么具体打算？”

“先回印第安纳波利斯看望一下父母，然后去纽约。我想尽快安顿下来，设法找份工作，翻译、编辑，什么都行。经济上能够自立是第一位的。已经到了这样一个时候，我必须好好考虑怎样重新开始自己的生活。毫无疑问，会有一个巨大的转折在前头等着我。”

她的语速逐渐放慢。

“唯一的忧虑是，”她说，“作为女人，在我这样的年纪，只怕从今以后再难找到一个好男人了。爱对我来说也许会变成一件越来越消费不起的奢侈品。”

这再次印证了我对卡罗琳的看法：她的温煦随和也好，她的骄傲自负也好，两者其实都有着互相衔接、互相倚托的脆弱的一面。

1 法语，意为“这就是生活”。

“不会那样，卡罗琳。”我说，“你会得到爱，也会过得很幸福的。”

混在电流的杂音里传递过去的这句话，一定显得极其苍白无力。

“我倒真希望你是个先知。”

卡罗琳在哽咽中结束了通话。

十九

夜里，盼望已久的雨终于下起来了。当雨粒砸在玻璃窗上发出砰砰的声音将我惊醒，恍惚中我以为那仍是梦境的延续。我正沿一道斜坡往下走，两旁的景物逐次向时间的深处凹陷，一个转弯，又一个转弯，有什么东西堵住了我的去路……但瞬息之间，我的意识便恢复了清醒：是雨，是破空而来的雨，是被这个夏天遗忘了整整两个月，以至于好像从来就不曾在世界上存在过的雨。我翻身下床，拉开窗栓探出手去，雨滴们于是欢蹦乱跳地跃上我的指头和掌心。那润泽、那凉意，简直无可比拟。

到了早上，雨仍未见停歇。从门后翻出一把旧伞，撑开一看，半边伞面因为脱线卷缩，已然一副瘦骨嶙峋的样子。就着半把破伞走进教学区，发现路面多处为积水淹没。我只好像其他人一样，卷起裤脚，涉水而进。我在空旷的篮球场上又找到了那个疯女人的身影。她把蛇皮袋顶在头上当做雨具，步子一如往常地蹒跚，搜捡着人们昨天夜里遗弃下的饮料瓶罐。来到教室，那把伞又出了问题，无论我怎么费劲也没法收拢，惹得学生们大笑不止。我只好把它扔到座位后边的墙角里。经过一个夏天，它破败、锈蚀、运转不灵，简直跟我的内心世界如出一辙。

大半个下午过去，雨霁云开，天空重新放晴。我接到依莎贝塔打来的电话。

“今天是我的瑞典朋友海伦娜的生日，她要在她的公寓里开个晚会，你想和我一起去吗？”

“人家又没邀请我。”

“我已经跟她说过了，她说她很欢迎你。”

“她的公寓在什么地方？”

“不远，就在学院附近。这样吧，待会儿我去找你，然后我们一起出发。”

她的心情好像挺不错似的。

明明知道依莎贝塔一定会来，等待的这段时间我还是有些心神不定。我从书架上随便抽出一本书，但没翻两页又塞了回去。我一会儿走到窗前，仰面望天，一会儿又踱到门口，倾听楼道里的动静。我给黄娟美送的花换了一次水。白玉兰的花瓣被我碰掉了一块。焦躁之中，我忽然觉得应该对自己的生活来一场彻底的改变，包括把电脑桌和床掉换一下位置，买一只容量更大的垃圾桶，以及跟眼下这种起落无常的精神状态一刀两断。我拉开抽屉，清理起那里面屡屡向刊物投寄，又屡屡被退的一堆旧稿。我准备今晚就点把火把它们统统烧掉。

大约为示郑重，依莎贝塔穿上了那件蓝底白印花的中式绸衫。进了门，她一只手掌用力往脸上扇着风。“能先给我弄杯咖啡吗？”她说，“我累得快要断气了。”

速溶咖啡刚好还剩最后一袋。

“什么事把你累成这样？”

“你不知道我已经忙了一下午吗？明天一早轮到我上讲台向全班发言，我得赶在晚上的活动开始以前把文章准备好，要不然就没时间了。”她突然注意起书架上，“嗨，这花挺漂亮的嘛。”

“哦，”我说，“是一个学生送的。”

“还没到毕业，学生干吗送花？”她眨巴着眼睛，“怕是有什么特殊的含义吧？”

“也就三五天，最多一个星期。”我顾左右而言他。

“什么？”

“我是说，要不了多久它们就会萎谢。”

我把沏好咖啡的杯子搁到茶几上，然后陪着她一块坐下来。毫无疑问，依莎贝塔对于即将到来的这个夜晚以及它所包含的不确知的内容怀有隐隐的兴奋和期待；这兴奋和期待，进而又在她心里形成某种虚幻的满足感；带着这虚幻的满足感再去回首往昔，即便是不快也具有了几分恬适的、回味悠长的性质。难怪她一边用勺子搅拌着咖啡，一边按捺不住地对我说："昨天我刚给乔瓦尼挂了一个电话。"

"为什么？"

"不为什么。"她说，"经过逸夫楼前边，看见路边的电话，突然有了跟乔瓦尼说上几句的冲动。我就跑到服务窗口那儿买了一张磁卡。没想到一打过去正好找着了他。北京这边是黄昏，而罗马那边还没到正午。"

"都跟他说了些什么？"

"哦，只是些普普通通、简简单单的问候的话。他问我怎么样，我说不错，我问他怎么样，他说很好。诸如此类，没什么特别。"

"没什么特别？"我不禁锁紧眉头，"我怎么觉得那么……荒谬？"

她刚端起杯子，吹吹气正想喝上一口，听到我的话，马上止住了动作。

"你说荒谬？"

"难道不对吗？"

"那，荒谬就荒谬吧。"她瞪大眼睛，撇长嘴角，没拿杯子的一只手拂向空中，"我只是想做一件事，也就做了，而且做过以后没觉得有什么大不了的。又不是犯法。"

她仰头缓缓地喝下一口咖啡。

“依莎贝塔，上回在长城脚下对你说过的话，今天我还得再说一遍，只是希望你别跟上回一样生气就好。”我说。

“你不就想说我太恋旧吗？”

“但是恋旧也得有个限度，”我斟酌着用词，“不应该使人的现实生活受到羁束和……扭曲……”

“这个道理我也清楚。”她说，“但是没有办法，我就是控制不住自己。我怎么可能装做已经忘掉了过去那些刻骨铭心的事情？我怎么可能装做很轻松地对自己说，因为那些事情过去很久了，所以它们已经变得毫无意义？那对我来说才是真正荒谬的呢。”

她又喝了一口咖啡，同时像在心里把上面这段话默默背诵了一遍。

“你从来就不恋旧吗？”她放下杯子问我。

“正好相反。”我说，“我想我骨子里也是一个恋旧的人。正因为知道一味沉湎往事危害性有多大，我才对你的状况特别忧虑。”

“就是说，你也有为往事感伤的时候。”

“当然。只是我尽量掩饰，不使感伤暴露出来罢了。”

说完这话，连我自己也大吃一惊。

依莎贝塔望着我，眼睛仿佛在问：——果真如此吗？

一阵迷惘过去，我开始把过去几年中经历的一段段过眼云烟般的恋情向依莎贝塔和盘托出。除了她略有耳闻的夏拉，我还说到了马丽容、梅尔格伦、简和塔米娅。我说到了几乎所有曾经照亮过我生命中一小节行程的姑娘。没有任何炫耀的意思，但也不同于迷途知返的浪子表达自责和痛悔。我只想如实地告诉依莎贝塔，一系列挫折已经教会了我如何去克制那种大出血式的感情泛滥。

我马上发现，我的做法无异于给了自己一记重重的耳光。如果我真能做到我所说的克制，那如今为什么还要死死缠住她不放，比对以往的任何一位姑娘都更强烈地想要得到她？最可笑的是，尽管我极力强调，我希望以她作为心灵的唯一归宿，就此终结用情对象的不断更迭，可听起来，她仍像是被描述成了一支漫长的火炬接力队中的一员。

依莎贝塔听完我的话，没作任何评论，只是神情淡然地说了句：“我们走吧。”

她端起咖啡一饮而尽。

雨后空气舒爽，西天残霞斑斓。我和依莎贝塔先到学院附近的一家商场买了一瓶红酒和几样食物，算是我们为海伦娜生日晚会凑的份子。除去就酒的牌子和价钱交换过一次看法，依莎贝塔一直回避跟我说话。是我刚才笨嘴拙舌的说辞惹她不高兴了吗？从她脸上什么也看不出来。我们上了一辆小公共汽车，往西坐了两站。海伦娜住的公寓在路边一幢二十多层的大厦里。大厦顶端建有一个圆形的旋厅，由于它坐落在与正中央错开一段距离的位置上，有相当一截岌岌可危地悬吊于半空，因此从下面仰望，总不免担心它随时可能跌落下来，酿成血肉横飞的惨祸。

海伦娜住处门口，地上黑压压地堆放着一大片式样各异的鞋。门一拉开，音乐和喧哗使整个楼道都为之震颤。公寓面积很大，一个房间连着一个房间，好像没有止境。参加晚会的人大部分我都认识，基本上是在学院就读的留学生。那个叫“大梦幻”的法国小伙子第一次取消了辫子，改成披头散发。他为最近一连数日的缺课向我致歉，同时不断眨巴着一只眼睛，表示在这个问题上已经跟我达成心照不宣的默契。那个叫弗罗伦斯的澳大利亚青年，面色肃然地迎上前来，凑在依莎贝塔耳边说了几句什么，结果竟然逗得依莎贝塔放声大笑。对于刚才一路上一直忍受着她的沉闷不语的我说来，那种笑实在是出人意表。注意，是那种花枝乱颤，面涌潮红，半天也收控不住的笑。而且，依莎贝塔笑的时候，一只手搭上弗罗伦斯的肩头，另一只手则掩住双眼，让脑袋顺势倚贴住对方的胸口。她和这个弗罗伦斯，和这个弗罗伦斯，究竟是什么关系呢？不过是夹在一大群人里，包括我也在内，一起上过两三次饭馆。那时候他极少说话，偶一开口，也只是迸出一些像“是”“哦”“不”之类的单词。依莎贝塔却偏偏据此得出结论，说他是个“很有吸引力”的男人。很有吸引力，这是什么意思？是指他那头鲜明的金发，那双沉郁的蓝眼珠，抑或他那副看什么都像先要退后一步的排斥性的态度？眼下，如果她只想在我面前摆出跟某个男人亲密无间的样子，借以发泄心头的无名怨愤，那弗罗伦斯无疑是再适宜不过的人选。

如果她存心让我不悦，那她的目的也已经达到了。

但这还只是开始。整个晚会，依莎贝塔对我的冷淡一直在延续。她先是钻进厨房，给在那里忙活的艾米打了一会儿下手，帮着拌制蔬菜色拉和烹炸一种英式面点，跟着又倒了杯酒，跑到客厅坐在海伦娜身边，与沙发上的一圈人聊个没完没了。她把我晾在一边，似乎完全忘记了我是因为陪她才来到这里的。作为今晚这一场合下唯一的中国人，又是教师，且同依莎贝塔之间有着人所共知的微妙而隐晦的感情纠结，我觉得自己几乎成了众人眼里的一个笑柄。

我走进从客厅拐角延伸出去的餐厅，那里有三男两女分作两派，正隔着桌子争得面红耳赤。一派的观点是，人不可能同时爱上两个人；另一派则认为，人可以同时爱上两个人，只是不可能同时爱上比两个更多的人。我担心他们想把我也拉进去作个表决，赶紧掉头离开。站在书房门口，我眼睛一时没有适应里面暗淡的光线。定下神来，才看清脚边不远的地毯上，有对白种青年男女正紧紧拥吻在一起，姑娘上衣的下摆被扯开一角，男的一只手从那儿探了进去。我只好再次逃之夭夭。我听见隔壁的卧室传出说笑声，拧开门钮，扑面而来的是股呛鼻的烟味。原来“大梦幻”等一干人围坐床边，正在轮流吸食海吸希[1]。他们将空可口可乐罐稍稍捏扁，在凹陷处凿出一个小洞，搁上半瓣黄豆大的一份海吸希，用打火机的火苗烧着，嘴对准易拉口使劲吸吮。见我进来，“大梦幻”颇为友好地

1 一种由印度大麻的茎和叶制成的麻醉品。

将手里的罐子朝我举举，示意我也来上一口，但被我含笑谢绝。既然没有一个地方待得安稳，我决定上阳台去看看夜色。想不到，就连那儿也已有人捷足先登。循着一声鼻音很重的轻咳，我发现了弗罗伦斯那张清癯的脸。

“这儿不错。”我说。

“是啊。”他说。

我伸出头去望望楼顶。让我忧心忡忡的旋厅不在阳台这边。

我们一同面对着星空、夜的流淌和街市中络绎不绝的车辆。

“喜欢北京的生活？”我又问。

“还行。”他的回答依然那么简略。

“那是什么？”他指给我看远处一个地方。

“哪儿？”

“就那儿。”

像是一团比其他地方更明亮些的灯火。

“我也不清楚。”我说。

这时身后响起一阵鼓噪。分散于各处的人们涌进客厅，把海伦娜围在中间，群情高涨地唱起“祝你生日快乐”。一遍英语，一遍汉语。我虽站在人丛的最外围，还是能够看见受到气氛濡染而满面红光的依莎贝塔。歌声快要停歇的时候，她看上去有点儿分神，就像是回忆起了从前的某个梦，或是某幅影影绰绰的图像。但她的游思并没走出多远，转眼便被众人掌声的湍流冲散。因为海伦娜刚刚吹灭插在生日蛋糕上的蜡烛。

分吃完蛋糕，有人提议跳舞。记得就在上个星期，依莎贝塔还曾问我，愿不愿意陪她一块去城里的迪斯科舞厅。没等我回答，她又说，她最好还是撇下我一个人去。我问为什么，她说，她最好还是不让我看见她跳舞时的样子。“你跳舞时的样子怎么啦？莫非很特别吗？”“可能有那么一点。”她说，“因为我每次去舞厅总是把自己打扮得性感诱人，遇到有不认识的英俊男人我就喜欢上去跟他们对舞，而且每个动作都像在对他们进行性挑逗。多数时候，我并不想认识那些男人，我只是觉得这样做很刺激，也很有趣。可是，要是你也在场，看到我的样子，我想你十有八九会很生气的。你会在心里对自己说，哦，原来我认识的依莎贝塔是这样一个不知羞耻的放荡女人。”到现在不过才过去几天，依莎贝塔却似乎把自己的话抛到了九霄云外。她跟一个从西班牙来的小伙子几乎脸贴脸地跳在一起。依莎贝塔的舞姿没有我想象的那么张狂，但能将力量控制得恰到好处，放之于肢体的各个部位，而收之于爆发前的一瞬。两个人一起一落，一避一趋，相互缠绕回旋，脸与脸的间距却始终保持不变。在场的所有人无不看得耳红眼热，频频喝彩。那喝彩声在我听来却充满奚落和嘲笑。我是否真像依莎贝塔预言的那样生气了，或者说，怎么也难以抚平情绪上的激荡？我只觉得脑袋晕晕乎乎，像灌了过量的酒。

不一会儿，楼下的住户开始敲击暖气管以示抗议，舞会只得草草收场。大家约定集体转移到三里屯酒吧街一带继续活动。下楼来到街边，依莎贝塔仍然没有答理我，而是与海伦娜、艾米和弗罗伦斯上了一辆出租车先行离去。我则跟在“大梦幻”后头上了另一辆出租车，坐我身边的正是刚才在书房地毯上撞见的那一对白种青年男女。他们的举止这会儿倒是含蓄多了，仅仅停留于你捏我一下，我掐你一把，每隔半分钟再啧啧有声地接次吻的小打小闹。

一盏盏路灯的光照穿越车窗，接连不断地从我身上飞掠而过。它们就像是秋天农田中一把把刈割庄稼的镰刀，具有重量和锋芒，带着热力和劲道。它们让我产生一种快被拦腰斩断的痛感。在离学院最近的一个路口，我叫司机刹住了车。我独自从车上下来，颓然地在安全岛上伫立了几分钟，然后拖着沉重的步子走回宿舍。

那时候已过夜里一点，我还没有睡着，电话铃声突然响彻整个楼道。走到门外的小方桌前抓起话筒，先是听到一阵接近于线路出了故障的呲呲喇喇的杂音。它几乎将依莎贝塔的说话声都压了下去。

“你怎么不声不响就走了？”

依莎贝塔嘴里好像含了一口酒水饮料一类的东西。就是说，她语调上尽力显出的低柔并不那么自然，反倒颇有几分滑稽可笑的意味。

“到底是为什么嘛？”见我没有答话，她接着问。

“没什么。只是觉得自己或许本不该去参加晚会。”

我把左手手掌窝成半圆，紧紧笼住嘴边，可我还是担心声音能够传入住在这层楼上的同事们耳里。电话铃肯定已经惊醒了其中的一部分人。

“对不起，”她说，“我让你感到难堪了。”

“没什么，都过去了。”短暂的静默中，我听到依莎贝塔身边隐隐飘荡着音乐的节拍，门合上时的钝响，以及一个分不清性别的人的尖叫，“你现在还在酒吧吗？是不是玩得挺高兴？”

“是在酒吧，可一点儿也不觉得高兴。”

她边说边打了个嗝。这个嗝正好把“高兴”一词给吞吃掉一半。

“你怎么啦？”

“我也不知道。”她断断续续地说，“也许是我多喝了两杯，头有点儿疼。也许是我不喜欢这个地方，放的净是些我不爱听的曲子。”

“哪种曲子？”

“天知道。比方说刚才，一个家伙在曲子里颠来倒去地谈他对于睡眠的看法，什么睡眠是人生最大的享受，入睡的感觉多么美好，多么多么喜欢睡觉，总觉得睡得不够，每天就想多睡一会儿，如果有人来打搅他的睡眠，他会把那个家伙一刀捅死，然后再回床上继续往下睡……没完没了，烦得我就想冲过去砸烂那些音箱。”

“你就别再喝了。”我规劝道。

“可不喝我又觉得浑身发冷。我觉得什么都不对劲，又找不到一个能说说话的人。”

“海伦娜呢，还有艾米？”

“她们也许还在那边跳舞，也许已经走了。这里很大，我说不准。”

“你们到底是在哪个酒吧？”

“怎么，如果我告诉了你地址，你会愿意过来陪我吗？”

她冷不丁地冒出这么一句。我分不清她是在开玩笑，还是这就是她打电话找我的真正意图。

“时间太晚了。”我说，“既然你不喜欢那个地方，为什么不干脆离开它回学院呢？”

“那好，”她顺着我的话说，“我去你的宿舍可以吗？”

“现在？”我差点儿叫了起来，“为什么？”

“我想跟你谈谈，有很多话……”她一时语无伦次，“要是你愿意，不睡觉谈上一整晚都可以……我不知道怎样才能使自己平静……我担心控制不住自己……”

我想，她的疯劲又上来了。“依莎贝塔，依我看，最好的办法还是先回去睡上一觉，有什么话吃午饭时再说。”

“你是这么想的吗？”

能感觉到她失望极了。

“听我的没错。”

“我头疼着呢。”

“那正好需要休息。”

“我……”

“好了……”

我一直尽可能放低调门，减小感情变化造成的起伏。我的这种做法也传染给了另一头的依莎贝塔。就好比两个困倦到极点的人，在入睡前的最后一刻同时喃喃地拜托对方那样——

“喂，明天一早起来别忘了叫醒我。”

“要是你先起来，麻烦你也叫我一下。”

“求你了……”

“千万……”

正是那样。

仿佛要对我的态度作个总结，但又不那么真当回事，依莎贝塔用一种轻飘飘的语气说道：“你不在乎我对吗？”

“怎么能这么说呢？”

霎时间我心里矛盾重重。说实话，我很想立刻见到依莎贝塔。为什么我不能爽快地接受她的请求，让她过我这边来，或者我上她那边去呢？她不正是我所爱慕的、渴盼的、朝思暮想的、愿意为之倾尽所有的姑娘吗？难道因为害怕希望落空，我就要掩饰这一点？难道为了避免渺小而可怜的自尊心再受打击，我就要对她装出矜持和冷漠？

正当我这么犹豫着的时候，电话那头的依莎贝塔说了声“Ciao[1]——。”随之“啪嗒”一响，耳边只剩下线路断开后的嘟嘟声。

早上起来，仍然没有摆脱内疚。好不容易挨到前两节课上完，

---

1 意大利语，意为“再见”或“你好”。

匆匆跑去教学主楼，找到四层依莎贝塔的教室。那时候学生们全聚在楼下售货亭前吃早点，教室里空无一人。进去转悠一圈，挨个儿查检一遍摊在桌上的教材、笔记本、词典，以及挂在椅背上的包和外衣，没有一样东西属于依莎贝塔。她不是说过，今天轮到她上台朗读自己的作文吗？昨天费了老大的劲准备，今天怎么又不来了呢？我守在门外，直到从最先回来的两位女生嘴里进一步证实了依莎贝塔的缺席。我不甘心，下到楼下的大门口继续等了一会儿，其间不断遭遇出出进进的同事们。他们显然都察觉到了我的焦躁不宁和强装镇定，并在内心的一隅窃笑不已。将近第三节课快要开始时，我逆着返归教室的人潮向主干道走去，但终归未能觅见依莎贝塔的踪影。

我提前五分钟下了第四节课，直奔留学生食堂。那里的用餐者中间没见到有依莎贝塔。我在柜台上拨通了她住的楼层的公用电话。应答的是个听上去好像还没睡醒的小伙子。他磨蹭了一阵才去而复返，告诉我 503 房间没人。

我要了一份饭菜，挑了个视线开阔的位子坐下，翘首以对大门和窗口。我不经意间把一勺菜送进嘴里，这才发觉，今天昏聩中居然买了平时最不爱吃的炒肝尖和海米油菜。食堂的大师傅总把肝尖炒得老而又老，而海米一律散发出一股难闻的腥味。我只吃两口就搁下了勺子。想想生活中不如意事那么多，一顿饭又算得了什么。

突然，人群中出现了英国姑娘艾米。我急忙冲过去截住她，一打听才知道，原来昨天下半夜大家去了一家名叫“Poachers' Inn”[1]的酒吧，在那里玩到凌晨三点。艾米记得在他们离开之前，依莎贝塔就已不知去向。当时大家都想，依莎贝塔一定是喝酒过多身体不支，所以提前回了宿舍。

听艾米这么一说，我更加疑窦重重。我又上柜台给依莎贝塔的楼层挂了一个电话，这回算是幸运，找到了她的同屋中村纪子小姐。墙上的挂钟刚刚走到十二点三刻。用餐的高峰期眼看就要过去了。

“你说什么？”她说头一遍的时候我怀疑自己没有听清。

纪子小姐就又说了一遍：“同屋从昨天下午到现在都没回来过。”

因此，若将这一天下午我去过的地方用一条线串接起来的话，那它一定绕着校园内外打了无数个死结：教室、图书馆、万国名碑、小卖部、咖啡厅、因特网服务站、商场、书店、银行，以及我和依莎贝塔曾经光顾过的每一家饭馆……我找遍了能够想到的每一个地方，甚至连气息熏人的集贸市场也没放过，就因为记起昨晚她刚拌过蔬菜沙拉，是用黄瓜、生菜、西红柿加上别的什么……沙拉这种东西的一大特点，就是很容易从外观上模糊一切原料的区别，只有等你吃到嘴里，才分出这是黄瓜，那是生菜，这是西红柿，那

1 英语，意为“偷猎者的客栈”。

又是别的什么……我有一种不祥的预感，担心依莎贝塔出了什么意外。可是，看到眼前的世界一如往昔秩序井然，红绿灯明明灭灭，锅炉房的烟囱往外冒着黑烟，我又对自己的预感没有太大把握。

晚饭后回到宿舍，又给留学生楼拨了几次电话，不巧每次都遇上占线。为了排解心头的郁闷，我从墙角取出了那把几次动念要扔进垃圾箱去的吉他，用毛巾扑打掉上面的灰尘，调弦定音，凭着记忆轻声弹唱起好几年前写的一支歌曲。歌词作得相当浅薄，带有当时那个年龄不可磨灭的印迹，不过，与我眼下的心境倒是颇为契合。

……

山坡上风起把那树叶吹落了一地
在那翻卷的树叶中间就有我和你
虽然有心靠近，但又身不由己
只好这样看着对方离自己远去

乐声中，这些年来交往过的姑娘们又在眼前一一浮现。虽然我对每一位都或长或短，或多或少地动过真心，但冥冥中总有某种力量阻挠，使我们得不到圆满的结局。我已经习惯于以一种不说带有轻蔑，但至少是超然其上的决绝态度去对待自己的感情了。我想可以借用在给研究物理的姑娘塔米娅信里用过的一个词，那就是：实验。我只是在不断地试着将感情倾入不同的介质，从旁冷眼观察它的演化直至最终消弭的全过程。然而现在，正是现在，谁能想到，依莎贝塔重新唤起了我心里对于爱的最本原的冲动和最纯真的憧憬。就像大学时代的夜晚在图书馆前的草坪上等候蒲佳盈时那样，就像四年前的夕阳下搂着夏拉一起穿过后海的胡同时那样，我身上又洋溢着不顾一切要向命运深渊腾空一跃的狂热。唉，灯光下叉开双腿，正拨弄琴弦的这个人，看样子你又犯起老毛病来了。

到了九点钟，电话那头还在占线。我再也按捺不住，索性冲进校园，直奔依莎贝塔的宿舍。服务台前登记完毕，上到顶层，应声开门的是中村纪子小姐。我还没来得及张口，就听她说："同屋刚才回来过，可是马上又走了。"

"是吗？"我心里一惊，舌头打结，"她、她说了什么吗？"

"什么也没说。"

"没说昨晚去了哪里？"

"没有。"

"没说今晚会不会回来？"

"也没有。"

"她看上去怎么样？是不是，呃，我是说，她没事吧？"

"她很好呀。"

纪子小姐似乎在为我注定只能付诸东流的痴情默默叹息。

"那，我给她留张字条好了。"

我走到依莎贝塔桌前。那上面还跟以往一样凌乱。没有什么迹象传达出她生活正在发生改变的讯息。如果非要说有什么不同，那就是鱼缸里的小马达虽然还在咕咕冒泡，却再也找不见一条小鱼。成串的气泡犹如一行行冗长沉闷的悼词一样。我在桌上翻到的一小截纸头上写下一行留言，又用一只闹钟压住了纸头的一角。

依莎贝塔：

一整天都在找你。回来后请尽快跟我联络。

庄祁

下到楼底，在茫茫黑夜中举目四顾。有那么一会儿，我觉得自己通过大地和空气不绝如缕的传导感应到了依莎贝塔的存在，并因这感应的强劲、深重和无可置疑而心生痛楚。我一直徘徊在楼门对面的一株小杉树下，期待着下一分钟沿着小路渐渐走近的某个人影就是依莎贝塔。分不清二层还是三层，从那里的一扇窗户里传出嘈杂的音乐声。因为隔得较远，旋律已经不甚分明，只能听出大致节奏，就如有只脑袋在发疯似的撞墙。一个身形魁伟的家伙坐在门边的台阶上喝着啤酒。几乎所有从他身边经过的人，都会停下步子跟他聊上几句。更多时候，他们间的对话就像鸽子的咕咕声一样含混，但偶尔不知什么缘故，又会变得出奇地清晰，以至于连夹杂其中的每一个语气词都历历在耳。随后，有个戴副眼镜，穿条肥大短裤的姑娘傍着他身边坐了下来。他们分别点上一支香烟，喷出的烟雾在头顶袅袅升腾，显现出灯光与黑暗之间一道斜斜的分割线。聊着聊着，他们一齐把目光转向我这一边。我不禁疑心自己也成了他们议论的对象。好在我所处位置比较隐蔽，使他们不可能看清面孔。要是他们知道，站在树下这个几乎丧心病狂的人，竟是他们白天常在教学楼里遇上的哪位道貌岸然的教师，真不知他们会作何感想。

时间一分一秒地过去。从外面返回宿舍的学生越来越稀少。当我结束向着小路尽头的一阵眺望，再掉过头时，台阶上的那对男女已经消失，只剩一只啤酒罐孤零零地立在原地。没过多久，服务台后面走出一个颤颤巍巍的老头，咣叽一声合上对开的两扇玻璃门，用一把我见识过几次的粗大的链锁锁住了门把手。大厅里的光线渐次暗弱下来。我仰起脖子缓缓吸了口气，那一刻缺了四分之一的月亮正升上穹顶。于是我彻底绝望了。

出了西门，忽然看见林荫道上有两个人迎面走来。我一下就从身材和步姿上辨别出，走在右边的那个正是依莎贝塔。血液的奔涌声在我耳边轰然作响，我感觉自己像是没了心跳。依莎贝塔的样子又一次把我带回到三年前我还不认识她，只能远远朝她注视的那个时候。她依然浑然不觉地走在当年那条雅致和粗野、激情和颓丧的分界线上。依然轻盈、散漫，看上去随时可能跌倒，却又始终一贯地保持着平衡。

在她看见我的同时，我也认出了走在她边上的那个人原来是弗罗伦斯。

“你怎么在这儿？”依莎贝塔的一只眼睛半睁半闭。

“我在等你。”

多么傻的一个回答，多么傻。

“有什么事吗？”她问。

“没有。”我的身体在抑制不住地发抖，“我只是有点儿担心。你回来了就好。”

她勉为其难地一笑。

“宿舍已经关门了。”我又说。

“我知道。”她眼角的余光飞快地朝弗罗伦斯那边瞟瞟。她的声音像安了一个旋钮似的被不断调低下去，“我又不是头一次回来晚了，反正叫醒服务员，让她开门就是……”

千言万语顶上我的喉头，最终却只是凝结为一个单词。

“再见。”仅此而已。

说完，我朝依莎贝塔打了一个生硬的手势，也不等看她作何反应便扭头离去。

翌日上午，我只从八点到十点有课。但备受通宵失眠的后遗症的折磨，这两个钟头还是漫长得难以忍受。我记得依莎贝塔的后两节课是听力，由于设备方面的原因，以前都是转移到我所在的这幢楼的语音室进行。语音室在三层，平常我很少上去。楼梯和走廊的交接处相对开阔，那儿被课间休憩的留学生们围聚得水泄不通。我正要请对面一位满头银发的老妇人为我让路，猛地从人丛的一条狭缝里看见了依莎贝塔。

拐角那里有台人工贩卖机，她正付钱给服务员买一杯饮品。

我挤到她身边，叫了一声她的名字。她回过头来，一个哈欠刚刚收尾，眼角有点儿潮湿和发红。她满脸疲态，头发也一望而知没有经过细致的梳理。面对我，她居然没有任何反应。

“昨天晚上又没回宿舍，是吗？”我单刀直入地问。

“回了。”她说，但显然不很坚决。

“胡说。”我驳斥道，“今天一大早我给你宿舍打过电话，你同屋说你根本就没回来。”

她愣住了，不知道该说什么。“我……”

“你能告诉我，这一连两晚你都去了什么地方？”

“喂，你这是怎么啦？”她用浅笑来掩饰自己的窘困，“你干吗问起这个？”

“你告诉我，”我说，“这两晚你是不是一直跟那个叫弗罗伦斯的家伙待在一起？”

“是，”她犹豫了一下才承认，“我们只是……”

“你们只是上床了对不对？”

依莎贝塔的脸刷的红了。她惊惶不安地望望周围。“别在这里谈这个行吗？”她低声恳求，拉拉我的衣角，率先往楼道的顶头走去，“我会向你解释这是怎么回事的。”

我跟上了她：“就是说这是真的，你们真的上床了？”

“但我们只是朋友。”她说，“并不是一对恋人的关系。”

就是说这是真的——纠缠了我一整夜的揣测终于得到了证实。我顿时怒不可遏，几乎失去理智。我只想找句最刻毒的话来狠狠刺伤她。

“你知道，你现在的样子有多糟糕吗？”

“是吗？”她下意识地用手拂拂鬓角的头发，“我的样子本来就很糟糕。”

“但你心里却很得意，是不是？”我问，“你大概还没有从跟那个家伙睡觉的亢奋里缓过劲来吧？”

“咳！”依莎贝塔脸色一沉，“我跟谁睡觉不跟谁睡觉那是我自己的事，我看不出这里面有什么问题。我想我已经对你讲得再清楚不过了，你和我又不是一对恋人，我不用为自己的性行为向你负责。”

“说的没错。”我痛心地说，“只是你以前完全不必编造那么一大通鬼话来蒙骗我。什么我才是你生活中最爱的人，什么如果我愿意可以跟你结婚，还有什么该死的抑郁症！这是不是你想让一个男人围着你转的惯用的手法？而当你不再需要他了，就一脚把他踢开？”

依莎贝塔收住脚步，背过身子，不让我看见她的表情。“我们没法再谈下去了。”她说，“我还得回去上课。”

“你尽管走吧。”我大声嚷叫，也不顾周围有那么多的人正在注视我们，“今后就当我们两个根本不认识。就算在路上碰见了，也别指望我会跟你打招呼。绝对不会！没那回事！”

二十

回想起来真是后悔。

要是那天深夜接到依莎贝塔的电话，我按她说的去做，也许就不会发生后来她投入另一个男人怀抱的事了。可以想象，当时她正跟弗罗伦斯待在一起，他勾引她，而她本对他抱有的好感使她的心理屏障很快濒临崩溃。她极可能是在心旌摇曳、情难自控之时给我打的那个电话。她寄希望我的出现能阻止事态的发展，而我却一口拒绝了她的请求。

当然，不排除这种想法出于我可笑的自作多情。难道我真的以为，当依莎贝塔跟别的男人打交道时，会那么顾忌我吗？她只会由着自己的性子，爱怎么来就怎么来。她打的那个电话，也许纯粹是因为心里郁闷。在那之前，也许一切都还没有偏离常轨。正是我对她的拒绝，才使她把寻求慰藉的希望转移到了弗罗伦斯身上。由于有两个人彼此间的吸引作为铺垫，所以也谈不上谁勾引谁。但这同样令我追悔莫及。因为，假如我接到电话赶去她的身边，后来的事情就没有发生的可能性了。

话又说回来，就算我接到电话赶去她的身边，和她一起度过余下的夜晚，那又当如何呢？她也许不会那么快就和弗罗伦斯打得火热，可那并不意味着我和她的关系会因此出现任何转机，或者说，那晚跟她上床的人将不是弗罗伦斯而是我。我赶去她的身边，最多也只是陪着她说说话，或者陪着她但什么话也不说，等到大家都认识到彼此需要不过是种错觉，失去了面对面的耐心，便会带着失望离开那里。

再往深想想，那天整桩事情的根源到底是什么呢？是不是我对自己感情经历的坦白，使她认为我为她所做的一切，不过是一个老滑的好色之徒的故伎重演？不过是为了从肉体上俘获她，进一步扩大自己征服对象的版图？从海伦娜生日晚会上表现出的冷淡，到最后跟弗罗伦斯上床，是不是她潜意识中掺杂着些许对我进行报复的欲望？试问，如果像她老是强调的那样，我们并不是真正意义上的恋人，那我的言行又怎么可能在如此大的程度上撼动她的生活呢？她有什么必要在海伦娜生日晚会上对我那样冷淡？又有什么必要在我中途不辞而别之后，主动打电话来要求见面呢？我真是弄不明白。

但要说那天的事与我无关，也并非没有可能。依莎贝塔的话没错，我们不是一对恋人。我根本就没有约制她做什么和不做什么的权利。

但是（又是但是），一想到她实打实地和别的男人发生了关系，我就心如刀绞。如果她需要的只是一个性伙伴，为什么非要舍近求远，放弃我而选择弗罗伦斯呢？难道她不认为和弗罗伦斯同样也有卷入更深感情的危险吗？在某种意义上，这很像是三年前我和依莎贝塔那段故事的翻版。而且，比较一下从认识到上床孰快孰慢，我也没法去妒忌弗罗伦斯。说到这里，我禁不住又怀念起和依莎贝塔发生关系的感觉来了。那是精彩纷呈、富于美感而又令人难忘的。一开始我还适应不了她的猛烈的劲头，但转而便为之痴迷和沉醉。虽然会不时想到她那些床上功夫的出处和磨砺过程，可我并不为此介怀。我愿意承认，依莎贝塔是我在性方面的导师。她教会了我如何将生命从日常的禁忌和东方的道德羞耻感中解放出来。那么，是不是依莎贝塔对我那时的拘谨还留有印象，认为我无法真正满足她的性需求呢？也许和跟她上过床的其他那些男人相比，我实在无足称道？记得我曾经问过她一次，东方男人和西方男人在床上有何差别，而她只作了一个类似外交辞令的回答：“无可奉告。”在过去的一个月里，当她不断以害怕卷入更深的感情为由拒绝我时，我还始终对结果抱有幻想；如今眼睁睁地看着她对别的男人以身相许，我连仅剩的一点儿自尊心也快失去了立足之地。

看不到成功的希望，也不知道坚持下去还有什么意义。唯一可以确定的是，从现在到暑期班结业还剩多少天，依莎贝塔在中国还能再待多久。罢了罢了，我一遍遍劝诫自己，就让事情到此为止吧。可不知怎么，心里又总是恍恍惚惚，总觉得有个结解不开似的。是啊，以前和那些姑娘分手的时候，虽然也很痛苦，可毕竟很快就挨过去了。为什么这一次会这么难呢？

究竟是什么使我对依莎贝塔恋恋不舍？

是渴望重温情欲的满足？

是对她身世的怜悯？

还是说，为了解救我自己心灵的枯涸和贫困？

二十一

周日上午，我被咚咚的几下敲门声吵醒。睁开眼睛，门外却只有一片静默。再看桌上的闹钟，刚过九点。我只当自己耳朵产生了幻觉，翻翻身子，蒙头又睡。

敲门声重新响起，这一回真切无疑。

我把门拉开一条窄缝。来的是位风尘仆仆的姑娘，身穿浅色印花连衣裙，头戴白绢圆檐遮阳帽，左手拎着一只纸袋，右肩挎着一只长条形的棕皮旅行包。一见到我，她立刻发出一声惊叹。

“啊，老师，还认得我吗？”

我盯着她的脸辨认了好一阵，终于想起来了，站在面前的是日本姑娘青木朝香。六年前的夏天，我毕业后分来这所学院，青木朝香是我教的第一个班上的学生。自那以后，她每年都会回北京一次，而每次必去的地方除了长城、天坛、秀水街和红桥市场以外，不知是否出于比纯洁的师生情谊更深的原因，还有一站就是我住的这里。去年她来的那次，因为简正衣不蔽体地躺在我的床上，我甚至没让她进门。等到第二天，我搜遍整个房间也没找到那张留有她电话号码的纸片，更记不起她住的是哪家宾馆。我曾想过写封信到日本去向她作番解释，可又一拖再拖，至今没有动笔。我还厚颜无耻地替自己开脱，没准她以前留的日本的地址早已作废了呢。

"对不起，"我说，"请稍等一会儿。"

她像是早有准备似的回答："要是不方便的话，我就不进去了。"

"不不，"我说，"马上就好。"

我回到床边，穿上衬衫和长裤，紧接着手忙脚乱地收拾起房间：叠好被子，整理桌面，合上盛脏衣服的箧筐，捡起散落一地的报纸，再把一大堆废弃物死死塞进已经没有什么空隙的垃圾桶里，剩下茶几上那碗只吃了一半、散发出异味的方便面，实在无处可扔，只好先藏到床底。纵使这样，几天来心绪不佳和疏懒留下的痕迹还是随处可见。

我拉开门，迎进青木朝香。她犹疑的目光越过我的肩头，先扫视了一圈屋内。没有出现担心的场景，她总算松了口气。"真是不好意思，又来打扰您了。"言罢，她向我深深鞠了一躬。

我也赶忙躬身回礼："快别这么说，我还以为再没机会为去年的事当面向你道歉了。"

"当然是我的不对，"她一脸红晕，"您又何必这样说呢？"

我哑口无语，嘿嘿笑着接过她扛的旅行包，搁到地上。她摘下遮阳帽，露出脑后用紫色发带扎的一束微微翘起的辫子。六年前我刚认识她时，她就留着同样的发式。我还清楚地记得，那时她在课堂上老是弄出一些莫名其妙的小差错。比如说，朗读完课文的一行之后常常会漏掉下一行，跳到第三行上去；或者，做起书上的练习来，不是搞错了题号，就是没理解对题意。每当我向她指出这些地方，她马上会把脑袋重重一点，嘴里发出一阵短促而爽朗的笑声。让我讶然的是，那笑声中并没有包含丝毫对自己的责怨，更谈不上因为觉得丢脸而萌生的羞耻；相反，青木朝香对自己出的这些差错还依依难舍似的，仿佛它们是供她自娱自乐的游戏场地，而我却一次次冲进去粗暴地将她拽出。从那时起我就相信，青木朝香是一个比大多数人心里少了根弦的姑娘，而这恰是她的可爱和吸引人之处。若不是当时我已经有了女友，我想我和青木朝香很可能会多发生点儿什么，不只是一起吃过两顿饭、上过一趟街那么简单。说真的，虽然在异性方面我喜欢追妍逐丽，偏爱钟灵蕴慧的类型，可我骨子里却又顽固地认为，世上只有那种心里缺了根弦，看起来傻乎乎的姑娘才是真正可以信赖的。何况，青木朝香还要长我一岁。

"这是给您的礼物。"落座之后，她捧起纸袋递过来，"请收下吧。"

"你看你，每回来都这样。"

以前分别收到过手帕、T 恤衫、CD 盘、风景明信片、水果糖、盒装点心、布制信袋等等。这回又是什么？

“这是应该的。”她一再欠身说，“我的汉语能进步到今天的程度，都是老师教导的结果。”

“说什么呀。”我张开一只手挡住自己的脸，“我不过才教过你四个星期，而且那时还是个新手，没有半点儿教学经验。恐怕正是因为时间太短，才没让你的学习多走弯路。”

“不是的，”她说，“每当回忆起老师讲课的样子，心里就特别温暖和感动，学习起来也劲头十足。还有，多亏了老师为我挑选的自修教材和磁带。”

她的口气是那样真诚质朴。但忽然之间，她凝视我的眼光中出现了一丝疑惑。

“老师，您是不是病了？”

“没有啊。”

“那，一定是这几天没有休息好？”

“可能是休息得过了头。怎么啦？”

“您脸色看起来很差。真的没事？”

“没事。”我被她问得有点儿慌神，“还是快说说你现在的情况吧。还住在老地方？夜校是不是早念完了？”

“还差半年。”青木朝香马上把脑子里正在转悠的念头抛到一边，顺从地接过我的话题。她告诉我，她在日本的地址一直没变，还是住在名古屋市区一套租来的小公寓里。白天教两个班的聋哑孩子看书识字，下了班再赶到夜校部去上学，经常忙得气都喘不过来。

“等拿到毕业文凭，会不会改换一下工作？”

“这个可是从来都没想过呢。”她哧哧笑起来。

“那当初为什么选择学会计专业？”

“没有明确的目的。”她说，“只是觉得学点什么，总比什么都不学要好。”

我想，这就是青木朝香吧，否则也不会每年都不辞辛劳地来趟北京，站在天坛祈年殿前面一模一样的位置上照张相了。一律背着手，压低下颌，两眼直视镜头，而额角的发梢总是被吹得微微卷起，好像连那儿的风也认识了她似的。

“不过，我的生活很快会有一个大的转变。”她两臂伸得直直的，用掌心顶住连衣裙下的膝盖。她嘴里发出“嗨呀”一声，脑袋向下重重一点，接着说：“从今以后，恐怕不能再像以前一样常常来看望老师了。”

“什么转变？”

“我、我就要嫁人了。”

“那好嘛。”我冲口而出。一年一度的某个时刻，譬如刚才，我打开门，心灵立刻感受到某种无形的压力。不是因为青木朝香的目光热切和欲言又止，而是因为，我又不得不重新面对在过去六年中自己身上快被磨灭殆尽的纯真——类似于少年时代未经雕琢的理想，或者完全无意识中被触发、越是努力追索便越是模糊的回忆。但我马上意识到，青木朝香正在微微诧异地注视着我脸上的反应。

“什么时候决定下来的？”我问。

“一个月以前。”

“想必是个很不错的对象，啊？”

“我们是在一次半程马拉松赛跑中认识的。他不是本地人，而是住在东边一点的静冈。那时他刚刚失去了在一家贸易公司的工作，来名古屋找朋友散心。他先跑到我身边跟我搭话，我们又一起跑到了终点。我们交往了三四次，他就向我求婚了。”

“马拉松选手改跑百米冲刺，”我说，“这种感觉也很不错嘛。”

“老师您呢？”青木朝香忽然问，“您也该快了吧？”

“快什么快？”我说。

“可是去年来的时候，老师不是正在……”

“嗨，”我说，“你就非得逼我再跟你道次歉不成吗？”

她的话提醒了我，再怎么说也得为去年的事做点儿弥补。我就问：“今天你一天是怎么安排的？反正我有空，你想去哪儿我都可以陪着。”

“真的？”她上身一弹离开椅背，“不管我做什么，老师都愿意陪着吗？”

“嗯。”

“那太好了。”她轻轻拊了一下巴掌，“我想上街去卖衣服。”

“卖什么衣服？”我大出所料。

“我自己的衣服。”

“你不是在开玩笑吧？”

“我早就准备好了啊。”她起身迈出几步，半蹲下去，哗的一声拉开旅行包的拉链，果真从里面的塑料袋里取出几件服装来亮给我看：一件米黄色一字领针织毛衣、一件紫色镶镂空花刺绣开衫、一条开边衩玫瑰红紧腿裤，还有一条亚麻半长窄裙。“这些都是从日本带来的。”她说，“有的买来后一次也没穿，有的只穿过一两次。一会儿您帮我定个价，我想拿到这里的街上，试试卖掉它们。”

“可是，”我说，“这些衣服拿到街上去根本卖不了几个钱，跟你在日本买它们的价钱没法相比。”

“我没想过卖它们是为了挣钱，不是的。”她说，“我只是喜欢站在街上卖东西的感觉。在名古屋，有时我会利用星期天，拿点东西到公园门口和小路上去卖，可每次效果都不理想。可能是大家对我拿出来卖的东西不满意吧。我一直有一个心愿，那就是能到中国的街上卖一次东西。我已经在家里练习过好多遍了。在中国北京的大街上，说着汉语卖东西的感觉真是让人向往。其实去年来的时候，包里也带了几件衣服，犹豫了很久，没敢摆出来，最后只好都送给了宾馆的服务员。不过，这一次我是下了决心了。”

“原来是这样啊。”

我算是明白了点什么。

“如果只是上街去卖衣服，老师也愿意陪我吗？”

“那有什么关系。”我说。

“真的，老师，您不会认为我现在做的事有点儿可笑吧？”

走在去校外的路上，青木朝香再次问我。

“这是什么话。”我说。

“可我的父母总是骂我，说我是个胸无大志的人。每次我做了一件事，不管这事多么渺小，多么没有意义，我都会满足得不得了。”

“能这样过日子，让人羡慕还来不及呢。”

“记得小的时候，有一次我从别人那里得到一本天文书，每天晚上我都会跑到自家的楼顶上，打开手电筒，一边看书上的星图，一边认天上的星座。什么大熊座、小熊座、人马座、狮子座，我完全被它们迷住了。可是我那么笨，只要合上书，星星们马上变得乱糟糟的，叫我怎么也认不出那些星座的样子。您不知道我多么苦恼，就跟我的生活也一起乱了套似的。后来有一天，我做了个梦，在梦里我又一次上到楼顶，惊奇地发现，天上同一个星座的星星，都有一条条微微发亮的白线把它们连在一起，就像书上的星图一样，很容易认。而且，那种漂亮是无法用语言说出来的。”

“那一刻一定开心极了？”

“开心极了极了极了。”

“可醒来后呢？”

“醒来后即使知道只是一个梦，可一点儿也没有失落感，还是觉得非常非常幸福，就像经历了别人都没有过的奇遇那样。”

“以前怎么从没听你说过，你还喜欢天文？”

“老师您别笑话。从那次以后，那本天文书就一直插在我书架上，每一次搬家都跟着我，可我再也没有打开过了。”

出学院南门向西，在红绿灯和铁路之间是一片商业区，方圆一公里的范围内麇集着林林总总的店铺，小贩们沿街摆设的摊点使道路变得蜿蜒难行。一只只喇叭狂热地吆喝着顾客。从音箱里放出的流行歌曲震耳欲聋。一家熟肉店边上，一大群人正在围观一场口角。一个黑黢黢的门脸里传出哗哗摇晃铁皮的声音。空气中，煎饼、烤肉串、新鲜瓜果、烂菜叶子和汗水的气味混杂在一起。青木朝香因陋就简，挑了一处靠近一家杂货店店门，行人相对疏散的位置。她在地上铺开一张白塑料布，从包里取出带来的衣服，一件压一件，呈环状摆放齐整。待这一切安排停当，她又在脑袋上扎起一块猩红色的头巾。每一个动作都能看出她的处心积虑，同时让我觉得，她就像一位刚刚出道的魔术师首度登台作正式表演，心情难免有些紧张，手法上时时会出现这样那样的一些破绽。不过，过分的郑重其事，还有卖主本人与货品之间显而易见的密切关联，都令她陡然间具备了一种卓尔不群、引人侧目的奇异风范。

“喂，喂，便宜卖啦，便宜卖啦——”当青木朝香学着街上其他商贩的腔调叫嚷起来时，她那滑稽的样子惹得几天来始终愁眉不展的我在一旁直乐。果然有不少人像看什么稀奇似的围拢过来。听完青木朝香报出的价钱，众人纷纷交换一下疑惑的眼色。一个拎着一只空菜篮的大妈主动充当了提问的代表。

“姑娘，瞅着你不像是中国人吧？”

“我是日本人。”青木朝香恭恭敬敬地回答。

“日本人？日本人咋会这么缺钱花？”

“我不是缺钱花。”

“不缺钱花，那你到底是个啥意思？”

“我只想卖掉这几件衣服。它们都是我从日本带来的。有的买了后只穿过一两次，有的一次也没穿。可是你们请看，它们的质量都是挺不错的。”

“我怎么还是没弄明白啊？”

“还不明白吗？如果想要的话可以更便宜一点儿。”

一位鼻头红红的少妇相中了那件毛衣。从一百块往下还价，最后以五十块成交。另一位头发染成黄色的姑娘想要那条开价六十块的亚麻窄裙，但她表示最多只能出到十块。旁边的众人齐声批评姑娘杀价太狠，青木朝香却笑眯眯地一口应允下来。

“姑娘，你这是做生意吗？”

“可是，这条裙子只有这位姑娘穿了才正好合适，卖给别人恐怕还不行呢。”

“那这条裤子我也出十块，你卖给我成不？”

“这裤子这么瘦，您怎么穿得了？”

“谁说我穿，我买回去给我闺女。”

“是吗？那……”

想给自己留个纪念，青木朝香早已把她的数码相机交给了我。这时围聚者越来越多，我被挤到只能望见人圈上方那块猩红色头巾的一角。我大喝一声，想请众人稍稍让开，哪知他们一看有镜头对着，顿时哗然散去，剩下正把刺绣开衫贴到胸前比画着的青木朝香孤零零地站在那里。

尽管她脸上的憨笑里多了一分迷惘，还是掩不住发自肺腑的淳朴而温厚的快乐。“是大熊座还是小熊座？”在按下快门之前我问，“是白羊座还是猎户座？”

“你说什么啊？”

“我是问，你找到那种感觉了吗——满天星星都被闪亮的白线连在一起？”

二十二

这几年来，我渐渐养成一个习惯。每当开学典礼过后站在礼堂门口，等候教务处为新生分班时，我会利用仅有的一点儿闲隙，粗略巡视一番所有的姑娘，试着从中发掘自己的下一个追逐目标。我就这样注意上了简。单就脸孔来看，她有着百分之百的东亚人血统；但因为发育过于充分而略显粗壮的骨架，透出几分亮泽的古铜色皮肤，一身素装，还有走起路来左右顾盼、目光炯炯、仿佛对一切都深信不疑的样子，又无不显出浓郁的西方韵致。在许多方面，简都偏离了我心目中选择异性对象的标准。尤其是，我以前迷恋过的姑娘们一望而知都有的激烈而孤傲的自省意识，在简脸上却找不到一丝踪迹。我之所以看中她，固然是想让自己对于刚刚离去的澳大利亚姑娘凯茜的无望感情，及时转向他投，但也不排除另外一个原因，即我相信她明净温和的笑容，能为我久染沉疴的心灵带来疗效。因此，趁着教务人员唱名前一阵小小的骚动，我凑近了她的身边。我看到她缓缓移动一只指头，在通告栏长长的分班表上找寻自己的名字，于是开口用英语问她："小姐，你还不知道自己是哪个班的吗？"我从她手里要过入学通知单，一眨眼工夫就在通告栏上找到了她那一行。"珍妮特·萨默维尔[1]，美国人，你要去的是进修系B2班。你应该站到最左边的入口，等有哪位老师叫到B2班，跟着去教室就行了。"简粲然一笑说："谢谢你！"

两天后的课间，我看见她正往售货亭的方向走去，连忙抄近道赶到前头，装做碰巧和她迎面相遇。我冲她打招呼，还叫出了她的名字，哪知她只是惊异地望着我，竟然想不起我是谁。我只好提醒她开学那天发生的事，夸大其词的语气听上去像在胁迫她接受这样一种观点：当时若不是我慷慨伸出援手拉她一把，那她的人生说不定早已坠入多灾多难的险境。

"原来是你……"她总算泛起了一点模糊的记忆。

"不就是我吗？"我松了口气。

"你是哪国人？"

"中国人。"

"是中国人为什么还来学汉语？"

---

1 简是珍妮特的昵称。

“谁说我学汉语？我是这里的老师。”

“老师？”

“不错。”

“你开玩笑？”

“要我出示证件吗？”

“哦，对不起，我太无礼了。”

“别这么说。我还正想请求你的帮助呢。”

“什么帮助？”

“我正要找一个留学生做语伴。不知你愿不愿意……”

“那好啊。我正愁我的汉语怎样才能快点提高。可就是……”

“就是什么？”

“你的英语已经说得这么好，远远高出我说汉语的水平。我担心我给不了你太大的帮助。”

“你是说你不愿意……”

“不，如果你觉得合适，那当然没问题。”

“那好，我们可以这个周末就开始。对了，我怎么跟你联系？”

“让我来写给你我的住址和电话号码吧。”

后来的一天，就是青木朝香来看我时被挡在门外那次之前不久，简在我房间里朗读刚学的一篇课文。她把一册大十六开的教科书平摊在膝上，每当读到卡壳处，她的脑袋就会向着书本凑拢过去。而我坐在一边，不时轻声作出一点提醒。秋日的阳光照得周身和暖，窗外的树杈间鸟雀啁啾，录放机里正在飘出翠西·查普曼[1]的低吟浅唱……我看到一绺头发自简的额角垂下，禁不住伸出指头，把它撩到简的耳后。简身子微微一耸，并没有任何忸怩，声音虽然打了个滑，却依然踟蹰在字里行间。我的手趁势搭上她的后背。此时，朗读仍在继续，简的视线甚至都未离开书本。于是，我的指头又转移到她的后颈，轻轻抚摩起她饱满而滑润的肌肤，在脊骨的突节之间来回绕圈和嬉戏。简终于再也念不下去了，转头恍然问我：

“嗨，你不是真的需要一个语伴才找我的吧？”

“如果我真的需要一个语伴，”我说，“我何不直接在自己班里的学生中找？你知道，又不是没有美国人和英国人。”

直到这时她才明白，当初我和她看似偶然的相识，其实也是出于我的蓄谋。

那以后，整个做爱的过程，简的思虑似乎一直没有跟上我动作的节奏，似乎还陷在我的恣意妄为给她造成的剧烈震荡里。有那么一瞬，我隐约从她眼波中窥见了她内心的疑忌：面前的这个男人是谁？而自己究竟身在何处？但这些疑忌没有被阴影遮覆，相反却显得分外清澈和透明，环绕着淡淡光圈，那样一种让人又心悸又迷醉的感觉。她那健康的大块头被调动起来的时候，一点儿也不显得笨

1　翠西·查普曼（1964—　）：美国黑人女歌手。

重，汗液蒸腾，凝聚着牛油、夹心面包、果味汽水和辣沙司[1]共同转化的热能和活力。

“这种方法，你肯定不是第一次得手了吧？”

问话时，她颊上的红斑正在渐渐褪去。

“什么方法？”

“假装找语伴，为的却是跟人上床？”

“别说得这么难听行不行啊？”

“反正我一到中国就净遇上一些骗子。”她说，“我刚出机场，就有两个热情的中国男人抢着问我要去哪里。我上了其中一个的车，我不知道那是黑车。你知道他把我从机场载到学校要了多少钱吗？一百美元，差不多是正常价格的十倍。开学的第一天，又有一个中国男人挤到我身边，热情地给我帮助，谁知道他心里打的也是另外的鬼主意呢？”

“这两件事怎么好相提并论？”

“我看不出有多少区别。”

“那你说说看，遇到一眼就喜欢上的姑娘，可她又不在自己教的班里，还有什么更好的办法跟她接近？”

“听听，你这哪像一个老师在讲话？”

“可喜欢就是喜欢，想接近就是想接近，跟是不是老师有什么关系？”

---

1 墨西哥烹饪中的一种调味食品，一般用西红柿、青椒、洋葱、香菜等和柠檬汁拌制，用土豆片蘸吃，在美国相当流行。

“那我问你，假如我正好就在你教的班里，你还会一样喜欢我吗？”

“当然。”

“还会一样接近我？”

“这，我可不敢保证。”

“为什么？”

“你想，要是被你拒绝，那每天上课见面会多尴尬。”

“可我觉得，你这人从来就没有尴尬的时候。”

“我就那么老脸皮厚？不至于吧。”

“可是，你为什么偏偏会喜欢上我呢？我的模样，不是和普普通通的中国姑娘一样吗？”

“恰恰相反，你跟我见过的所有中国姑娘都截然不同。”

在我看来，即便把简和一般的海外华人姑娘画上等号，也是一种粗率、偏颇、不负责任的做法。两岁那年，刚从台湾移民到美国的父母双双死于一起空难，简被住在新奥尔良的一对富有的白人夫妇收养。上有两个白人哥哥，下有一个黑人妹妹，他们和她一样，同为这对夫妇收养的孤儿。仅仅是透过简偶尔说到这个世间罕有的六口之家时的语气和神态，我就能感同身受地体会到她日常生活中无处不在的慈爱和温情。故而，在这一特殊背景下成长起来的简，对于作为她血脉根源的中国如此疏离也就不足为怪了。

我们曾经利用国庆节的几天长假去过一次山西大同、太原、平遥等地。途中，我们入住一家位于一条小河边的旅馆。一天早上起来，打开窗户，正好看到对岸一幢房子失火，可在消防车赶来之前，许多人都聚在路边袖手旁观，谁也没有想到要为阻止火势做点儿什么。这时简生气了，而且，她的火气有一部分似乎是冲我来的：“为什么中国人都这么冷漠？”坐车路过一个村子，看见一帮人正笑嘻嘻地按住一头猪当街屠宰，嘶鸣惨烈，污血横流。简又一次对我大声质问：“为什么中国人这么残忍？”在一家小饭馆，邻桌一个小老板模样的青年人对着小姐破口大骂。简用一只拳头轻轻捶打桌沿：“他为什么这么做？就因为他有钱吗？为什么我在中国见到的有钱人都是那么恶心？就因为他们有钱，他们就可以把别的人当做奴隶那样使唤吗？”有时，她干脆把攻击的矛头直接对准我：“为什么碰到那些事情的时候，你老是那样冷静，一点儿反应都没有？为什么你从不表明你的立场？为什么要从你脸上看出你心里怎么想的，比猜谜还难？你是对那些可恶的事情已经习以为常了呢，还是说你本来就跟那些可恶的中国人毫无区别？”结果，一趟旅行下来，她的收获似乎与沿途的自然景点无关，而全集中在种种令她疑惑、苦恼、痛心和激愤的见闻之上。

还有一次，她通宵不眠地读完了一本记述“文革”中一段家庭悲剧的英文传记。第二天，她红肿着两眼跑来找我。

“书里写的故事都是真的吗？”

“这只是那个年代发生的一个极其普通的故事。”

“极其普通？你居然说极其普通？可是昨天晚上我都看得流下眼泪了！”

“这只是那个年代发生的无数个极其普通的故事里的一个。”

“可是你知道我看得有多难受？我甚至想，要是我早点看到这本书，我说什么也不会来中国学习汉语了！我说什么也不要学习有过这种噩梦般历史的国家的语言！”

简从不认为她骨子里跟中国有任何关系。这正是我觉得她身上最有趣的地方。她几乎把这一条上升到了原则的高度，直到离开中国那天仍然如此。

现在回想起来，那段日子我和简虽然相处融洽，但我心底里从没看好过我们关系的前景。我喜欢简，但又觉得不该让她太久地留在我的身边。我想方设法使她跟我待在一起的时候过得快乐，但偶尔的刺伤也在所难免。

“很多同学看见我经常跟你在一起，都问我们是什么关系。我该怎么对他们说呢？”

“对他们怎么说都行，就是别说实话。”

“如果真要说实话，那我也只能说，连我也不清楚我们是什么关系。”

“别担心，到你离开中国那天，自然而然就会清楚的。”

临别前的那天晚上，我们一起去外边吃饭。席间，我还像平常一样开些没正经的玩笑，但简始终笑不起来。回到校园，简对我说：“你跟我一起上楼一趟吧，有几本书可以留给你。”

“你的同屋走了吗？”

“没有。”

“那你不去我房间吗？”

“不去了。”

“怎么？”

“我不想跟你做爱。”

“这是你在中国的最后一夜了。”

“所以要收拾行李。”

“就这样简单地分别了吗？”

“简单一点儿有什么不好？”

“今后我们也许很难再见面了。”

“你并不为此难过。”

“看你这话说的。”

“你就希望这样的结局，你早计划好了这样的结局，不是吗？你也没有说过一句话挽留我。算了，我干吗要对你抱希望呢？我知道，你从来就没有爱过我。”

“明天几点出发？我送你去机场。”

“不必。我约好和另外两个朋友一起走。”

“简。”

“啊？”

“我会想你的。”

“免了吧。等下学期一开学，你就又可以去另寻新欢了。”

简的脸上没有气恼，只有无奈。我本以为，她已经学会了不去计较我的颓放。我本以为，我不会再为自己疏于责任而于心不安。看来我在一错再错之后又一次地错了。可错了又怎么样？反正一切都已无可挽回了。

简走以后，不知过去多少天，我才渐渐从对她有过的那种时而热情似火，时而又冷若冰霜的矛盾态度里悟出一点儿什么。是啊，从蒲佳盈到简，我跋山涉水的感情历程正好走完了一个轮回。事实上，跟简还在一起的时候我就已经意识到，每当我想拿简和以前交往过的女友进行一番对比，第一个浮现脑海的形象常常不是任何一个来自外邦的姑娘，而恰恰是蒲佳盈。虽然两者在大多数方面都鲜有相近之处，但仅仅是人种学意义上的共同点，似乎就足以为我带来某种不无阴险和恶意的快感了。为什么我会无视简的纯真，一次次让她对我的期待落空，最终黯然离去，原因大约就在这里。正是由于简那张东方人的面孔，黑色头发和黄色肌肤，我才更有理由把她引为一个象征。我一心想向自己证明，我已经彻底告别当年和蒲佳盈相恋时患得患失、亦步亦趋的蒙昧和稚嫩，而终于达到情感上收放自如、不受羁缚的理智和成熟。

二十三

暑期班临近结尾，留学生们个个人心浮动。一部分人在作回国的准备，一部分人计划去中国内地、香港和东南亚一带旅行。唯独澳大利亚老头善积德将继续留在北京，等候妻子的移民签证。最后几节课，我以复习为名，看似东拉西扯、杂乱无章，实际上却把试卷上稍具难度的题目当众公布了一遍。可惜学生们没有领会到我的苦心，全在下面交头接耳，打打闹闹，哈欠连天，观赏窗外风景，互留地址姓名，商议旅行路线。

第一天进行的是听力考试。这本不是我任教的课程，但教务处临时抓差，让我顶替一位因病告假的老师监考。我早早赶到作为几个班合用考场的阶梯教室，与另一位监考老师一起点算试卷，检查磁带，调试耳机，作着考前的各项准备。学生们摩肩接踵而来，转眼间便占满了偌大的阶梯教室。一俟铃声停歇，正要分发试卷，我抬起头来，两眼忽然如罹电击：坐在倒数第二排末端的不正是依莎贝塔？

目光交接中，想必依莎贝塔也有一种被捉弄的感觉。为了相互疏远和隔绝，两个人无论付出多大的努力，命运只需施展一点儿小小的法术，就能使任何收效一瞬间化做泡影。

往后的一个半小时，对我来说同样成了一场测试。与在座的学生们不同的是，我需要交付考验的是我的忍耐和忧伤。为了不给学生造成影响，我不敢在教室里来回巡走，只能枯木似的坐在讲台中间一张硬邦邦的折叠椅上，不停地看表，只觉时间分分秒秒都是在自己骨骼的罅缝间穿过。终于熬到考试结束，我从前向后收卷，一步一个台阶地来到依莎贝塔跟前。我注意到她的嘴角微微翕动了一下，却什么也没说出。

另一位老师去语音室归还磁带，我则负责将试卷汇总上交。走出阶梯教室，我看到依莎贝塔一个人还滞留在楼道拐角，磨磨蹭蹭地端起从人工贩卖机上买的一杯饮料。她一定指望我下楼的时候会主动打声招呼吧。但我故意对她的存在视而不见，径自一阵风般地擦过她的身边。

想想几天前在气头上对她说过的最后那句话，是不是太较真了？

来到教务处，处理完与考试相关的一些善后事宜，大约一刻钟过去。我步出门厅，惊讶地发现依莎贝塔还捧着杯子，坐在大理石雕塑旁的长椅上等我。她当即起身迎了过来。

“你真的再也不愿跟我说话了吗？”

她显得那样难为情，似乎要做的是用手里那杯喝得快见底的咖啡跟我交换一点儿什么。

“你我之间还有什么好说的？”

“至少可以像老师对学生通常的那样，问问我考得怎么样吧？”

我们从弃用已久的喷水池边经过。公用电话架前面站着一个趿拖鞋的韩国青年，背对拨号盘哇里哇啦地喊话，橙红色的防护罩看上去就像他头上戴的一顶大得出格、滑稽可笑的帽子。

她这么跟着，我只好妥协 :“准备哪天回国？”

“你是不是巴不得我马上消失？”问完才答，“还没决定。”两句话的语气存在着截然的反差，正好达到相互抵消之后什么意味都不会留下的程度。

售货亭的铝合金门窗被阳光映得晃眼。我这才想起，一大早起来到现在还什么都没吃。在饥饿方面我几乎快要丧失正常的知觉了。我走过去买了两只煎饺和一份酸奶。售货亭前的一套水泥桌椅正好可以落脚。水泥桌上有一对用过的塑料杯和几圈不明来历的污渍。

煎饺吃到嘴里，一点儿热气都没有，和凉飕飕的酸奶搭配起来实属一大失策。

依莎贝塔又说开了 :“我来的时候买的是往返机票，回国前必须确定航班。前天路过航空售票处，我进去问了问，服务员小姐告诉我，这周五的中午就有一班转道瑞士巴塞尔到罗马的飞机。我当时一下又犹豫了。”

“为什么？”

“嗯，就因为还没决定要不要去旅行。”

她等着，想看我有没有领悟她试图传递的弦外之音。但我宁可沉默，一心先把作为早餐太晚，作为午餐又太随便和太不像样的一点东西吃完。

依莎贝塔只好没话找话地问：“煎饺里是什么馅？”

“肉、姜丝和……”

我想说大白菜，但是一时分心，拼错一个英文字母，结果把“大白菜”（Chinese cabbage）说成了“中国垃圾”（Chinese garbage）。

“什么？”依莎贝塔看我不像开玩笑的样子，“那你还吃得下去？”

我马上省悟过来，作了更正。依莎贝塔胳膊肘抵在水泥桌上，双手掩面，大笑不止。我也跟着笑了。也许，按照依莎贝塔的说法，我朝着战胜自己虚弱的感情迈出了摇摇晃晃的一步。

借着笑声留下的一点儿余温，两个人依稀追溯起从前相处和睦时的状态。那就像在一间断电的黑屋子里擦亮了一根火柴。

“想过旅行的地点吗？”

“这不正等着你的推荐吗？”

“你不是想过去上海？现在不会再有人拦着你啦。”

“又拿我开心是不？喂，我问你四川怎么样？”

“四川当然不错。不过，怎么偏偏想起它来？”

“我想从四川去西藏，回过头来，也想趁着三峡还在的时候，游一游长江。说来你也许不会相信，虽然意大利三面临海，可我长到这么大，还从没真正坐船长途旅行过呢。总是汽车、火车、飞机什么的。”

“那是该坐一回船。”

“可我担心自己会晕船。”

“不会的。你晕车吗？”

“不晕车。”

“那你就不会晕船。”

“真的？凡是不晕车的人都不晕船吗？”

“是这么个道理。你晕机吗？”

“倒是有点儿晕机。”

“那你就不会晕船。”

“好嘛，”依莎贝塔白我一眼，“要是我说，平时我什么都不坐的时候也会有点儿晕呢？”

“答案还是一个：那你就不会晕船。”

“得了吧。”依莎贝塔叫着发出抗议。声音在空气中荡起一条条的波纹，强化了我们共同的幻觉。

“你呢？”她收住笑，“想过要去哪儿走走吗？”

“可能哪儿也不去。”

“我还以为你是个喜欢旅行的人。”

“以前确实如此。可当老师的这几年，常带学生去外地，反倒快把旅行的兴趣给折腾没了。”

“怎么会这样的呢？”

“你想想看，手里总是攥着一张早已订好的时间表，几点起床、几点出发、几点赶到某处，在某处的时间不得超过多久。这哪是什么旅行，只能叫做赶路。”

“你是说，你讨厌事先把一切都安排得严密周详、滴水不漏？”依莎贝塔说，“在这点上我和你是完全一致的。”

火柴的光焰至此消失了，但在燃烧过的部分还留下一小截红芯。

我想多说点儿什么，可能的话甚至不间断地说下去，只要满足得了两个条件，一是依莎贝塔在听，二是说的内容跟她没有丝毫关系：“记得考大学那年填报志愿，一心只想离家越远越好，为的就是能让自己过足旅行的瘾。到了北京，腻味学校里教的东西太闷，于是想尽各种办法逃课，有时兴致来了，索性一个人跑去什么地方玩上几天。那时家里给的钱不是刚够伙食，根本没富余干别的吗？我每回只好兜个大圈子，顺着铁轨溜进车站，再混上南来北往的火车。”

“车上不查票吗？”

“一路上就为这个提心吊胆。可真要给列车员查出来了，那也只有自认倒霉，掏出外衣口袋备好的几块钱，谎称自己全部家当都在这里。然后，在哪里被驱逐下去，就在哪里再混辆车，继续向目的地前进。”

“挺有意思。”她说，“去过的地方多吗？”

“反正不少就是。对了，记得有那么一年，大概期中考试刚完，我去了趟呼和浩特，就是内蒙古自治区的首府。去和回都没打票，一直顺顺当当的。可是返回北京，临到出站，却遇到了意想不到的麻烦。”

“是吗？”

“一般来说，在铁道的延伸线上总能找到进站和出站的口子，只不过有时候近点，有时候远点，有时候实在不行，翻越一道铁门啊围墙的才能解决问题。可那一回真是邪了，每条站台的两头，都有戴红袖筒的人把守。我在站台上转悠了多半个钟头，眼看就要彻底绝望了，多亏这时候灵机一动，总算想出一个突破封锁线的法子来。”

“成功了吗？”

“当时也是冒险一试，并没绝对成功的把握；等到成功以后，嘿嘿，才觉得这法子妙不可言。”

“哦？”

依莎贝塔一对瞳人定定地凝视着我。我有种感觉：令她兴趣盎然的并不是我讲的故事本身。

“是这样，当时正好有一班从北京到上海的特快准备发车，这是那种全程对号入座，没有票绝对不能上的车。我来到车门前面，对女列车员说我想先上车再补票。这当然不被允许，也没有通融的余地，于是我故意跟女列车员吵了起来。”

“这么一来……”

“列车员赶紧招来站台上的巡警把我带到一边。巡警查看了我的学生证，知道我是本市的大学生，急着赶去上海会朋友，趁保安人员不备溜进了车站。他狠狠将我训斥了一顿，然后——结果如何，我不说你也猜到了吧？”

依莎贝塔露齿而笑：“是不是把你赶出了车站？”

“说赶还不确切，应该说领或者送。要知道，我走的可是车站工作人员专用的小门。”

“哦、哦、哦！”依莎贝塔翻翻白眼，嘴唇窝成一个小小的圆形，那意思是：总算明白你是个什么样的家伙了。

“听你这么一说，”她总结道，“你毕竟还是喜欢旅行的嘛。”

“要说喜欢，”我说，“也更多是针对旅行中那种不知道下一分钟会发生什么的感觉。你去最便宜的旅馆投宿，要了一个黑咕隆咚的地下室的床位，但你不知道跟你同屋的会是些什么人。你坐轮渡到了河的对岸，但最后一班车已经开走，你只好独自打发接下来的整个夜晚。你本来要去的是另一个地方，但你突然心血来潮地决定中途下车。并不是说，这样就能保证你遇上什么有意思的事情，得到多少新鲜的观感，极有可能到头来还是失望。可是，如果一方是错漏百出的旅行带来的失望，一方是按部就班的旅行带来的满足，我仍然愿意选择前者。”

从一块岩石跃上另一块岩石，怀着忐忑进入遮天蔽日的森林，卷起裤脚下到冰冷刺骨的高原河水，仿效当地青年摸鱼，逆风的缆车，吊脚楼，青石铺成的小径……我以为自己又回到了往事中。

“我想，总能遇上一点儿不寻常的事。”依莎贝塔喝光了最后一口咖啡。她没有立即咽下它，而是让它停留在口腔中，似乎在等它缓缓渗下喉咙去。

我点点头 :“记得有一次搭长途汽车去一个地方，走到半路，上来一个老头，准确年龄无法判断，只能估计在六十到七十之间，正好挨着我坐下。老头长得干干瘦瘦，穿的衣服虽旧，但还算整洁。再看他两手空空，什么行李也没带，我就想他必定是去邻近的小镇走亲串友。一路上，这老头无声无息。有时我忍不住侧过脸去看他一眼，他会很安详地朝我笑笑。但是，你能感觉到他的笑并不是为了让别人接近他，而只是表示他希望不被打扰。过了大约半个小时，老头突然身子一歪，脑袋向前垂落。我以为他在打瞌睡，伸手过去扶他，却发现不起作用。这时，旁边的一位中年乘客探探老头的鼻息，才确定他已经……”

“死了？”

“没错。”

“那当时怎么办？”

“司机把车开到一处派出所门口，让我们把老头抬下车去。一位民警翻遍了老头身上的所有口袋，只找到几块零钱和一张车票的票根。”

“除此以外再没别的？”

“嗯。没有找到任何东西能够证明他的真实身份。民警只好叫我写了一份简单的文字材料，简述我如何目击老头的自然死亡过程。回到车上，我心里久久不能平静。虽说与老头素不相识，但因为机缘巧合，在他生命的最后一刻恰恰坐在他身边，那种感觉怎么说也有点儿怪异。”

“什么感觉？”

“我也说不大清。也许是忽然认识到，发生在旅途上的死亡更接近死亡的本质吧。”

我有点儿讶异，不知道自己怎么会变得如此喋喋不休。我的胸怀还没有宽广到已经原谅了依莎贝塔几天前的做法。她当然不会认为那是一种情侣间的背叛，不会为之内疚或是羞耻；正是这一原因，才加剧了我心里受到的伤害。我对她充满着失望、厌倦、气恼乃至于愤恨，但这种种情绪又都被爱，我敢肯定地说，一种更强烈、更敏感、更难以抵拒的爱糅合在一起。假如我想向她展现其中的一面，那势必也会连带着将另一面展现出来。因此，我才只好选择站在一片貌似中立的地带上。回忆的内容与依莎贝塔是毫不相干的，但深究起来，它与现在的我又有什么真正的相干呢？毋宁说，在对往事的缅怀中所获得的时间的纵深感，有助于模糊和淡化一度波澜汹涌、蔚为壮观地淹没我心头的创痛。

此刻，我又记起了美国女人卡罗琳对我说过的一席话。那是夏拉刚刚在信里提出与我分手的时候，卡罗琳这样安慰我：“想想十年前吧，那时你是不是也碰到过什么让你烦恼或是痛苦得彻夜不眠的事，但现在你却对它记忆模糊，认为它在你的生活中已经无足轻重？如果真是那样，那你也完全可以设想一下，自己正站在十年后的某一时刻回忆现在，你也一定可以对自己说，现在的遭遇对你来说根本算不了什么。”我理解卡罗琳的好心，但也知道她开的只是一剂迷药。是啊，除非与死亡并驾齐驱，否则人又如何可能真正摆脱对于时间的依附？那样的话，在这个世界上也许不再存在任何愁苦，可任何欢愉同样也会失掉意义。我什么时候才能做到用这样一副口气说话：依莎贝塔吗？我是曾经认识过这么一位姑娘……

我们又一次沉默下来。但只能说是为沉默而沉默。

一只深褐色的蚂蚁晃着圆鼓鼓的肚子，大摇大摆在我们的注视下爬过桌面。它爬到一圈干涸发黑的污渍的外沿，突然停住，好像被一道沟涧挡住了去路。它的身躯久久地纹丝不动，只有头前的触角在紧张地相互触碰着。想来是污渍中所含的吉凶未卜的化学成分令它大为伤神吧。

“如果决定下来，打算什么时候动身？”

依莎贝塔仍然盯着那只蚂蚁：“还只是个想法而已。”

我忍了半天，才问：“是还没跟他商量好？”

“跟谁？”但显然她心里清楚得很。

“弗罗伦斯。”

“谁说我要跟弗罗伦斯一起旅行？他后天一考完就回国了。”

她大惊小怪地嚷道。她一定是早就准备好这么做了。我看见那只蚂蚁吓得一个哆嗦，绕开污渍匆匆逃窜。

“那你跟他……”

“我跟他什么？我不是说过，我们只是普通朋友吗？”

蚂蚁从另一头翻下桌面，再也看不见了。

当天午后，我来到八楼楼底，坐在门厅一角的会客沙发上等着依莎贝塔。我们说好一起去校园里走走，由我为她解答复习中遇到的一些疑难。上午，当她提出这一要求时，我本想婉言推脱。可突然间，出于失意人心碎之余常用来作为矫饰的豁达和宽宏，我又改变了主意。如果爱真像依莎贝塔说的是种疾病，那克服它的最有效办法就不该是逃避。为什么不能在爱者与被爱者之间，尝试建立一种类似于患者和大夫之间的关系呢？一个重病卧床的患者，总是相信自己的命运掌握在大夫手上；可一旦病痛祛除，解绷拆线，他岂不还是会离开大夫，重新开始自己的生活？说实话，我就是揣着这样一套混乱的逻辑打发等待的时间，翻阅从身旁报架上取下的几份英文报纸，透过落地玻璃窗看草地上两位日本男生练习棒球掷接技术。他们始终保持着大约二十米的距离，表情严峻，一声不吭，只有当一人右手掷出的球画出一道弯曲度微乎其微的弧线落入另一人左手戴的蹼形手套中时，才能听见一声闷响。不知怎么的，那种闷响像是能够适度地勾起人们对自己盲目而孤独的生活的怜恤。门厅中央的服务台上，仍是我从前见过的一老一少两位女服务员当班。

她们要么是忘记了我的存在，要么是把我当做了留学生的一员，反正毫不忌讳她们的对话会被我听见。

下巴尖尖的姑娘一直在拿话逗弄烫一头卷发的中年妇女，但我断定不了后者究竟是已经丧偶还是终身未嫁。

“连秋香也说，哪个姑娘不想郎。”

“那都是戏，戏都是假的。”

“假戏真做呗，”姑娘哼唱起来，“郎啊咱们俩是一条心……”

“和谁一条心？”

“和谁？和郎啊！难道还和你一条心？你挣钱不给我花，我挣钱不给你花。”

“看你这样子，一定被老公惯得不行吧？”

“谁像你啊？自由民。我还得处处受管制。”

“我？连个收尸的都没有。”

“那就找个收尸的呗！”

“找谁啊？”

“找个郎啊！”

“别胡话了！”

依莎贝塔腋下夹着课本出现的时候，比我们的约定晚了整整一刻钟。她向我道歉说，她刚才在接妈妈打来的电话。她看上去有点儿倦怠，右眼眼角下方的一小块面积充血发红，也不知是不是给什么东西磕过一下。我起身跟在她后面走出玻璃门。但她在台阶上停住了。她两只手都插在蓝灰色西式短裤的口袋里，一耸肩膀，就像是有条绳索把她的胳膊和躯干缚在一起，无法挣脱一样。

她惆怅地说 ："妈妈刚在电话里发了一通火。"

"怎么啦？"

"她责怪我一个多星期都没跟她联系。她给我拨过好几次电话，可总也找不到我。她说，她以为我已经死在了中国。"

"你只管告诉她，你都这么大的人了，能够自己照顾好自己。"

"可妈妈知道，我就是照顾不好自己。"她大声反驳我。那我还有什么好说的？

缚住她的那条绳索断了，她从口袋里抽出一只手，放到眼皮上象征性地擦拭着，同时做出一副呜呜哭泣的样子 ："我不是一个好女儿。妈妈从来就不认为我是她的好女儿。当我回到罗马的时候，她一定不会开车来机场接我。当我一个人回到家，她也不会准备好一桌饭菜等着我。我从小最爱吃的宽面条加牛肝菌，柿子椒炒菊笋，还有蛋奶糊和巧克力烘饼，我都再也别想吃到了。妈妈再也不会要我这个女儿了。"

要在几天以前，我完全可以用种亲昵的方式来表达对她感情流露的关注，但现在我却有点儿发懵。她越是有意模糊嬉闹和烦恼之间的界线，我就越是无所适从。虽然我一再对自己说，她还是我认识的那个依莎贝塔，胸前点缀的还是那两颗黑痣，卷发还像刚来中国的那天一样亮泽而柔软。可我同时又痛苦地体会到看她的眼光已经悄然有了改变。

我说 ："只要你不丢下你妈妈，你妈妈是不会丢下你的。"

她稍稍转过脸来，依然用哭泣的腔调问 :“你肯定？”

好像我对她们的母子关系有着决定权似的。

“我肯定。”

大半个下午，我们席地坐在教学主楼大厅外面高高的台阶上。我们完全是在没有什么明确意识的情况下找到这个地方的。我们仅仅是经过这里，它的背阴、风凉和视线开阔，使我们很自然地作出了决定。一开始我没在意，只顾帮着依莎贝塔温习可能补语和让步性转折连词的用法，同时试图彻底扑灭心里对于依莎贝塔残留的欲念。但是，过了一会儿，当我抬起头来扫视眼前景致的时候，我才蓦然醒觉，我们待的这个地方对我来说，其实有着特殊的纪念意义。作为整个学院里年头最久的一幢建筑物，教学主楼所体现的苏式风格已经相当落伍。四根外观笨拙的廊柱一路向上，高到与二楼楼顶齐平，廊柱之间连接着用磨石水泥板铺就的栏架。大门两侧各有两组对称排列的壁灯，每组壁灯又各有三盏灯头，中间的一盏稍大，两头的两盏略小。靠里边两组的灯罩是火炬形的，靠外边两组的灯罩是苞米形的。当然，设计者用在这上面的匠心，只有到了夜间昏黄的灯火亮起时才看得更加清楚。由台阶下去，是一片小小的广场。若非现在正好赶上夏天，长期班留学生和中国学生都已放假，广场周边一定早被成排的小汽车和自行车占满。那时候才能真正显出它的寒碜。广场中央原本矗立着一尊建于“文革”时期的伟人塑像，但在我刚来的那年被拆毁了，代之而起的是一个正方形的平台。平台四角植上了四棵葱郁的松树，拱卫着中间一根长长的旗杆。眼下，旗杆上光秃秃的什么也没悬挂。环绕广场、两排一人多高的树篱，至平台正前方突然收窄，形成一条直达学院东门的甬道。越过如同一具多肢节爬行动物的银灰色金属移动门，可以远远看到大街上车来人往的熙攘景象。

实际上，在过去的几年里，我们待的这个地方我已经来过不知多少次。我就是在这里体验了和塔米娅的初吻，黑暗中她的肩胛贴住了左起第三根廊柱。我也是在这里第一次拦截刚刚下课的马丽容，厚着脸皮问她要电话号码。还有一些时候，我也曾坐在这里的栏架上等待已经转到长期班就读的卡罗琳，那是当我愁绪满怀，除她以外找不到别人倾诉时。在广场上停的所有小车中，她那辆墨绿色的“切诺基”总是格外惹眼。另外，就在一个来月以前，也是在同样的地方，我躲在廊柱后面，目送依莎贝塔走上横穿绿化带的碎石小径。那一幕犹如发生在昨天。广场两肋的树篱后面分别立着两排射灯，用以在节庆时的夜间照亮主楼的楼身和写着校训的牌匾。我看不见那块牌匾，只知道校训一共有八个字，可就是想不起是哪八个字来着。

且慢，这个地方注定还要在我记忆里添上更沉重的一笔。依莎贝塔两眼突然离开课本，像被磁石吸住似的，紧紧盯着远处不放。循她视线，我看到就在一个来月前的那个黄昏依莎贝塔走过的同一条甬道上，出现了弗罗伦斯纤瘦的身影。他身穿一件黑色T恤衫和一条浅灰色长裤，手里拎了大大小小好几只塑料袋，显然是刚从校外购物归来。乍一瞅见我们，他的脚底似乎受到了一点儿无形的干扰。但他很快克服内心的矛盾和摇摆，掉转方向，朝我们这边一步步走近。

他跨上两级台阶，刚好可以平视坐着的依莎贝塔。他的金发分成一小撮一小撮地向上翘起，就像是满头大汗在挥发到空气中去之前，需要傍着它们临时歇一歇脚。

“嗨。”他目不转睛地望着依莎贝塔，微笑中传达出只有两个彼此真正理解的人之间才会有的那种深意。

“嗨。”较之于复习中回答我的提问，依莎贝塔的音色也陡然明亮了几分。

我感到我的在场简直成了他们自由交流的妨碍。或许这一刻，我才真该隐身到廊柱后边。

“决定了吗，是回国还是去旅行？”

“还得再看一看。”

弗罗伦斯停了一下，才说：“我是后天中午的飞机。”

依莎贝塔轻轻一笑：“你早就告诉我了。”

“我很抱歉。”

“何必这么说？”

“要不是……”弗罗伦斯在心里进行了一番激烈的假设，但似乎是因为不堪重负而放弃了。

“好吧，祝你一路顺风。”

“谢谢。”

弗罗伦斯折身欲走，忽又想起什么。他把塑料袋一并交到一只手上，腾出另一只手，伸进某个袋口窸窸窣窣一阵摸索，结果掏出一个绿色中印有浅白色花纹，大约五六公分见方的小锦盒。

“这个送给你。”

“这是什么？”

“算不得什么好礼物，只不过……”

依莎贝塔接过锦盒，捧在手心打开。原来在一层水色缎面遮覆的凹槽里，摆着一只小巧的玉制鼻烟壶。她用两只指头夹住壶口，让它忽上忽下地在眼前打了几转。

“啊，太漂亮了。”她发出的惊叹在我听来很是刺耳，“上面还写着些汉字呢？是什么意思？”

弗罗伦斯耸耸肩膀作为回答。

依莎贝塔马上把鼻烟壶伸到我眼皮底下。“也是，这么小的汉字只有你们中国人才认得出。快帮我看看。”

鼻烟壶扁扁的瓶肚上镌刻有一幅青绿山水，用笔极为粗略。最上方确有一行题款，但我辨认不清。我想那一定是作者在随意凿出的一些坑点里敷上墨粉，表示有那么个意思而已。

这一不伦不类的做法几乎惹恼了我。但事实上，我更为自己在他们两人面前扮演的可笑角色感到耻辱。他们一齐向我投来期待的目光，像是要通过我对鼻烟壶上字迹的解说，来共同回味一番他们两情缱绻的那些时日。我胸口剧烈地胀痛，却又没有勇气让怒火喷涌而出。

我盯着字迹看了半天，然后一笑摇摇脑袋。真没想到，我在面对自己撕心裂肺的失败时竟能表现得这样富有涵养。

“Finito[1]。”

望着弗罗伦斯沿碎石小路远去的背影，依莎贝塔呆呆地叨念。

“什么意思？”

“我们的关系完了，彻底地。”

“为什么？”

“因为他不想再见到我。”

“我没听他这么说。”

“但意思很明显。”

她合上手里锦盒的销扣，神情黯淡无比。

天知道，我居然会用一种超然局外的口吻对她说：“怎么我倒觉得，你们两个……情意绵绵的。”

“可是从现在起，”她说，“我们永远不会再见面，永远不会再打电话，永远不会再写信，就跟我们之间发生过的一切根本不存在似的。”

“怎么可能呢？”我说。

---

1 意大利语，意为“完了”。

"我想他一定是误解了我，以为我从一开始就不信任他。"她重重嘘了口气，转而又自我安慰起来，"也没什么，反正都已经过去了。不管怎么说，我们在一起的那几天过得挺快乐，这才是最重要的。"

她说到最后一句时，脸上浮现的怅惘叫我很是失落。

我们一齐默默往东门外的大街望去。就这样足足过了好几分钟。

"我的态度伤了你吗？"她重新开口，"如果没有，我可不可以继续跟你谈谈他？"

"当然可以。"我做出很大度的样子。

"我承认我以前多多少少有点儿喜欢他，我指的是我们一大伙人一起去外面吃饭那几次。我感觉得到他也喜欢我，但直到那次海伦娜的生日晚会之前，我都不认为我们两个真会扯上什么瓜葛。"一旦依莎贝塔开始回忆，嗓子就会渐渐变得沙哑，鼻音也随之加重，"你该还记得海伦娜生日晚会那天，差不多半夜的时候，我从酒吧给你打过一个电话对吧？你知道吗，那时候我的感觉刚好糟糕透了。我觉得身边所有人都是那样陌生和不可理解。我从一个家伙手里买了一片他所说的迷幻药，但吃下之后不但没有舒缓情绪，反而浑身哆嗦，恶心得想吐，甚至又一次冒出了自杀的念头。我在想，要是我死了在这个世界上谁会最难过。第一个是我妈妈，第二个或许就是你。给你的电话，就是在那样一个时刻打的。我想只有你能救我的命。那时候差不多过夜里一点了吧？看起来你对我火气还没消，你没明白我打电话的意思，当然这也不能怪你。放下电话，我独自走出酒吧，弗罗伦斯却在后头跟了过来。他说，要是我就这么一走了之，那对他来说是极不公平的，因为他参加今天的晚会完全是因为想跟我待在一起。他的话让我心里感到了安慰，这就是为什么我会和他发生后来的那些事情。一方面，那些事情发生得有点儿别扭；另一方面，它们又很顺乎自然。因为我毕竟是喜欢他的，而且在和他真正接触之后，又比以前喜欢的程度更深一点地喜欢上了他。”

我眯起一只眼，怎么看怎么觉得那根孤零零的旗杆越往上去越有点儿弯曲。

“他也确实很喜欢我，”她继续说，“包括对我的性方式也是如此。他说，虽然他过去交的女友不少，但我在床上的表现还是叫他吃了一惊。他在墨尔本大学学习经济，同时在一家报社当兼职记者。他是一个非常聪明、非常敏感的人，也很有吸引力。要知道，一直以来我就很喜欢金发男子，就像他这样。”

对此我实在无话可说。什么一直以来，什么金发男子，还有什么该死的性方式。

“你呢？”依莎贝塔意犹未尽地问我，“你觉得他怎么样？”她显得那样充满信心，好像我笃定会用溢美之词去附和她的结论。

这可太要命了。“我对他谈不上有什么了解。”我阴沉着脸，“只能说他看上去很平常。”

“你说的是模样。”她顽强地辩驳，“我从不在意男人的模样。”

“既然这样，”我说，“那你们怎么这么快就闹掰了呢？”

“不是闹掰，而是关系完了。”她说，“我们谈到过将来。我们的看法一致。我们都认为最重要的是各自的自由。我们不希望在一起花太长的时间。我们害怕卷进更深的感情里去。我记得我对你表达过同样的观点。那就是：在生活中任何一个人都只能和另一个人，不管他们一开始多么相爱，一起走上一段时间，可能长一点，可能短一点，但终将有个尽头。我不希望跟一个男人相爱，因为当爱完结的时候必定会带来伤害和痛苦。”

“要是我也能跟你一样，”我暗含讥讽地说，“能以如此轻松的态度去对待感情，对待两性关系就好了。”

“不，不，不。”她激动地叫道，“不是更轻松，而是更沉重。这么做不但不容易，反而更难。因为你必须强迫自己违背本心地作出决定。你到现在也没明白我的意思。我不是说，你可以随便找个没有意思的人上床。我从不跟一个没有意思的男人上床。而是你们必须彼此喜欢，真的真的非常喜欢，同时又努力去说服自己，你们不能长久地待在一起，无论如何就是不能。这才是我讲的更难的原因。”

“如果分手是你们共同作出的决定，那又何必伤心。难道这不正是你所希望的结局吗？”

“可我希望，在这个结局里我跟他还是朋友，就像现在的你跟我一样。”

“你说什么？”

我顿时气血上涌。

“我说的不对吗？”

“别把我扯进去行不行？”

“难道你不认为我们是朋友？”

“跟那不同。”

“跟朋友不同？”

“不同于简单意义上的朋友。”

“那是什么？”

“是……”

“你说啊！”

“我，我也说不清楚。”

“这有什么说不清楚的？你非说个清楚不可！我们两个不是朋友是什么？”

我被她逼得走投无路：“这么说吧，我现在跟你待在一起，不是因为想跟你做一般朋友，而是因为……”

“因为什么？”

“因为……”

“哎呀，你快点儿说行不行？”

“是因为我对你还没完全死心……”

话一出口，我立刻又有些后悔。

依莎贝塔两手向后撑到地上。她仰头看我的样子，就好像我并不存在，而是在取代我的位置上出现了一小片幻影。

“怎么，直到现在，你还没有打消那样的念头？”

“那不是一个念头。”我只能这样回答。

她做了个无奈的表情，仍然针对着那片幻影。

“你知道这说明了什么？”由于点破了自己的隐衷，我的心境反而变得澄明起来，“只能说明，你那套做法根本就行不通。你同男人交往，总是一上来就跟他们发生性关系。可奇怪的是，对你来说，性关系的指向不是爱，而居然是所谓的友情。如果你确实相信友情要比爱更持久、更牢靠、更值得珍惜，那为什么偏偏要通过跟男人的性关系来建立它呢？性虽然没被当做核心，但至少是你和男人最初交往中一个不可缺少的环节。弗罗伦斯也好，我也好，也许还包括在你和乔瓦尼分手后认识的每个男人，情形都是如此。每段性关系只能维持短短的几天，可你却希望它对于友情所起的作用能够延续一辈子那么长久。难道你不认为你这套人生哲学有点儿强人所难吗？”

没想到，依莎贝塔听得哈哈大笑。

“你笑什么？”

她只顾笑个不停。

“喂，问你呢！”

“因为，因为你叫我想起了妈妈对我说过的话。有一天她在水槽边洗盘子的时候，突然回头冲我说了一句：依莎贝塔，我明白了，原来对你来说，活着的意义不过是为了变着法子折磨自己。”

“这跟我说的有什么关系？”

“你们都像是在罗马给我看病的那位心理医生，都想找出我的病根，然后琢磨如何对症下药，还会煞有介事地提出些辅助性的建议，比如买几条小鱼来养在家里，心情愁闷时就盯着鱼傻看什么的。就算你们诊断的都对，你们以为就能改变我的状况吗？抗抑郁药我每天都在吃，像药理说明书上写的，那也许真能提高脑循环中神经递质的含量，将抑郁暂时压制住，但是请问，它能同时改变引发我抑郁症的那些经历和遭遇吗？如果做不到这一步，那再怎么样对我都是没有用的。”

她这么说的时候，脸上的笑一直没见收敛。这又一次向我证明，她已经习惯于放纵自己的沉沦，甚至颇有点儿以此为乐的味道了。

直到后来，依莎贝塔突然问起我想不想跟她一块去旅行，脸上仍是笑眯眯的。

“你是说我们两个人？就我和你？”

“对。”

“去哪儿？”

“地点由你来定。”

“这是什么意思？”

“什么是什么意思？”

“两个人一块去旅行是什么意思？”

“就是两个人结伴旅行的意思啊。”

“我还是不大明白。那我们是什么关系？”

“旅伴的关系啊。”

“那我们怎么住？也结伴吗？”

“自然是两个人分开来住的。”

“怎么想起要拉上我？”

“我觉得两个人一块走可能会多点儿乐子。”

“是吗？恐怕你原计划是跟弗罗伦斯一块走的吧？”

“原先确实那么想过，可我不是告诉你我们不成了吗？”

“明白了，所以这才回过头找我。”

话说到这个分儿上，面对的又是依莎贝塔，要在以前我肯定早已恼羞成怒。然而此刻，也许是因为看到颓靡而怪诞的微笑围聚在依莎贝塔嘴角，我内心的愤怒一下失去了凝聚力，成了一杆没有扳机的枪，或者一只卸去弹头的子弹壳。愤怒是毋庸置疑的，我能像感受脉搏跳动那样感受到它的存在。它在我体内某个深处左冲右突，试着寻觅出路。这团怒火，被它周遭一层薄薄的，但又无法穿透的真空严严实实地包裹，而在真空之外则是绵绵无尽的冷漠。它不会再烧太久了，尽管是在这样一个我一生中感觉最漫长的下午。

“这有什么嘛！”她不以为然地说，“我只是需要一个旅伴。你要是不愿意，我再找别人就是了。实在不行，一个人上路也没什么关系。但我还是希望最好能有个把旅伴，这样至少遇到什么意外的时候，有个人在身边照应，免得像你那个故事里的老头一样死得不明不白。我也不同意你所说的，什么发生在旅途中的死亡更接近死亡的本质。我可不想死在旅途中，要死，我更乐意死在自己家里的床上。”

“别提这个行不行？”

“我只是借着你的话发挥一下。不过，不管我死在哪里，我都希望你能出席我的葬礼。仪式不要很大，也不要很隆重，但总得有家人和几个最亲密的朋友参加，把些花瓣撕碎了撒在我灵柩上。”

“你到底有完没完啊？”

“想起来了，到现在你连本护照都没有，又怎么能去意大利呢？”她装模作样地用一根食指在太阳穴上敲打了两下，置我的反对于不顾，继续浮想联翩，“这岂不是说，到时我还得赶在临死前给你发封邀请信，在信上写明邀请你参加我的葬礼？”她忽闪着两眼，整个心思都被动员到满足某种刻毒的向往上来，“这样，你才能拿着我的邀请信去办护照和签证，不是吗？在大使馆，签证官会问你为什么要去意大利，你回答说，因为要去参加一个朋友的葬礼。签证官又问，是谁邀请你的呢，你回答说，正是死者本人。入境之前，海关官员也会问你同样的问题，而你还得作出同样的回答。你说说看，他们会不会认为这很离奇可笑？可最后他们又找不出任何理由卡你，只能给你放行。”

“这个玩笑实在无聊透顶。”我说。

“你觉得无聊？”她忽地收起笑容，乜视我一眼。我看到她鼻翼的一侧轻轻抽搐着，“可我的生活似乎只适合产生这样的玩笑，也只能产生这样的玩笑，不管你嫌它们有多无聊。我跟你说过吗？大概是一年前的一天，我，乔瓦尼，他的同性恋伙伴鲁切罗，也是我的同屋和朋友，还有一个我头一天刚刚认识、一起睡过一晚的家伙，我们四个人坐在公寓客厅的餐桌上一起吃晚饭。我们一边吃，一边还拼命地拿我们四个人之间的关系开着玩笑呢。我问你，你能想象那是些什么样的玩笑吗？要是你在边上听到，会不会也用你认为是无聊的标准去评判它们呢？”

“新学期开学前我哪儿也不去。”我说，“就待在北京。”

我掉转头，刚好透过身后空无一人的大厅里楼梯间顶端的窗棂，望见西方的天宇正在隐去夕阳的最后一缕残照。

二十四

第二天进行的是读写考试。由于是自己任教的课程，我担负的工作除监考之外还多出一项阅卷。等到把填好的成绩单送交教务处，我心里那根绷了六个星期的弦总算松弛下来。离开校园回到宿舍，刚进楼门，就听见二层上的电话丁零零直响。我顿时有种奇怪的预感：这个电话是打给我的。我匆匆跨步上楼，从路边摊买来的盒饭拎在手里一阵晃荡，以致溢出的菜汁粘满了塑料袋的内壁。

果不其然，电话那头是美国女人卡罗琳。她告诉我，她已经订好下周回国的机票。这固然是个令人感伤的消息，但我更为卡罗琳宣布它时语气的安详而震惊。她跟着又说，今天下午她要上中关村电子街买点东西，想顺路来我住处跟我道别。“算是见最后一面吧。”说到这里，她甚至淡淡一笑。在过去的一个月里，这还是我头一回在电话里听见她的笑声，虽然不甚响亮，却再也难以把它和一个三十六岁，甫经变故，面对前路茫茫焦灼无措的女人联系起来。

下午三点刚过，我站在窗边，看见卡罗琳的墨绿色“切诺基”绕过一个弯道，徐徐驶入楼前两棵并列的槐树投下的阴影里。掣刹熄火，车门开启，一只穿着黑色平跟船鞋的脚先伸了出来。接着，似乎是借助它踏上地面产生的反弹力量，车门上方绽现出卡罗琳的脑袋和肩膀。她姿势优雅地转身，同时由车里抽出另一只脚。从车门合上时砰的一响听去，她使的劲不大不小，刚好控制在车子的机械性能所要求的最佳分寸上。一件白色的褶领无袖衬衫，一条露出下半截小腿和整个脚踝部分的浅棕色长裤，她的装束体现出一种经过精心考究而达到的随意和简朴。她伫立片刻，从墨镜后面扫视一圈周围。楼门前的小道旁停满了自行车，虽然大体上排成两行直线，却一点儿也不规整，其中小半排还一辆压一辆地倒伏在地。几根铁丝和临时拉起的绳子上晾着被褥和衣服。环绕她的车子，是垃圾箱、煤堆、凹坑和井盖。更远一点儿，几个半拉大的孩子正在嬉闹和追逐。总的说来，从我的位置俯瞰下去，卡罗琳的出现给人一种与环境格格不入的孤兀之感。

一分钟后，卡罗琳站在了我房间的中央。她把墨镜擎在手里，用一条镜腿的末端轻轻蹭着脸颊。

“不知下一次见面要等什么时候了。”她怅然若失地望着我。

“是啊。”我说。

“我们认识几年了？”

“三年了吧，”我在心里合计了一下，“差不多三年半。”

我又想起了最早认识卡罗琳的那个时候。第一道上课铃拉响之前，常常只有她一个人坐在空荡荡的教室里，就在前排右起第三张座位。我们总是一边闲聊，一边等候其他学生陆续到来。没过多久，那种拘泥于师生礼数的谈话风格就被卡罗琳彻底打破了。记得有一天她翻开课本，为练习中的某个语法点向我请教，说着说着，却反过来变成她在帮着纠正我的南方口音了，因为我老把舌尖音“n”错发成跟“l”一样。“好吧，跟我念。”她说，“再来一遍，很好。”也许正是从那个时候开始，我们两人的角色就发生了颇为滑稽的颠倒错位，并且直到今天还延续着相同的格局。

“我想这几年下来，你一定对我有些厌烦了。”她嘴角挂着一丝揶揄的笑，“你一定在心里对自己说，能够摆脱这个絮絮叨叨的女人真是件不错的事情。”

“这么说实在冤枉了我。”

“不过你尽可放心，过了今天，我就是再想给你添麻烦也没有机会了。”

“我还不是一样？再有认识的女孩，我也不可能带给你看，让你打分了？”

在某种意义上，过去三年来，卡罗琳就像一把刻度有点儿模糊的尺子那样丈量着我迈出的每一步。或者说，如果我可以把自己比做一个旷野中的跋涉者，那卡罗琳就相当于供我确定大致方位的天际的地平线。这样一个女人，她的离去对我将意味着什么呢？我暗自思忖着。

“我还忘了问，”卡罗琳说，“上回你说的那个意大利女孩，你们的故事后来是怎样发展的？”

我的声音一下失掉了热情：“那篇故事已经到了尾声。”

“给我说说。”

“一言难尽。”

“怎么，看到我要走了，就再也懒得把实情告诉我了吗？”

“不，只是我心里不大好受。”我低声说，“我跟她注定没有结果。”

“可以前那些女孩，你跟哪个又有什么结果啦？”

“这回跟以前不一样。”

“不是说三年前你们就认识了吗？”

“那时跟现在也不一样。”

“不一样在哪儿？”

她还像从前在课堂上碰到什么疑难那样，非要问个水落石出。

“我想，”我费力地说，“我想我是陷进去了，等意识到这点，想抽身出来，却又为时已晚。”

“怎么？她回绝了你？”

我点点头。

“她是怎么说的？”

我就把这些日子前前后后发生的事约略述说了一遍。

“是不是看到她跟别的男人相好，挫伤了你的自尊心？”为了使这话听起来不那么尖酸，她赶紧又添上一句，“就跟我刚刚知道阿尔弗雷德有了外遇时的反应一样？”

“比那更复杂。”我说，“以前不是没有遇到过类似的情形，不管是被喜欢的姑娘拒绝也好，还是喜欢的姑娘同时也在跟别的男人交往也好，气一横也就挺过去了。可这一次，我却怎么也控制不了自己。”

“这大概就是你所说的：陷进去了。它是不是来得非常突然？”

“是的。突然得，突然得就像遇上一起车祸。”

“车祸？”卡罗琳扑哧一笑，露出两个浅浅的酒窝。我都快要忘记她笑起来是这副模样了。“你可真会打比方啊。”她说。

“对一个两个月前刚在真实的车祸中受过伤的人说来，”我说，“这个比方应该是非常贴切的。”

“是路面打滑，刹车失灵，还是……”

“反正只听嘭的一声……”

“人就失去了知觉……”

“血流满面……”

“保险杠也脱落了，玻璃也碎了，前盖也翻起来了……”

“正是这样。”

“可怜的家伙。”卡罗琳打趣地说，“真是天有不测风云，世事难料啊。”

不过过了一阵，卡罗琳突然又一脸严肃。

“你可得答应我，不管今后我们各人生活中发生什么，也会一直保持联系。”

“会的。”

“我是说，即使今后我们再也不能见面，也会一直保持联系。”

“会的。”

我一直不认为会出现那种局面。我想，在说完各自的临别赠言之后，我就该送她下楼。于是，她回到车里，隔着玻璃窗最后一次向我挥手致意，然后拨挡，旋转方向盘，驱动车子消失在来时走过的同一条弯道上。于是，从此我们天涯异处，只是偶尔会在某些意兴阑珊的时刻，譬如说某个天光渐暗的黄昏，或是某个曲终人散的午夜，心光内敛，眼前忽又浮现出对方的面庞。那一刻涌起的飞鸿飘絮般的感情，我们能否称之为思念？那一刻当我们发现多年不通声息，早已疏淡了今天所作的承诺，我们是否会略感寒心？我们是否会扪心自问，曾经倾注在对方身上的热诚，何以随年湮日渺而终归冷寂？恐怕正是出于对遗忘的恐惧，我和卡罗琳才紧紧拥抱在一起。我吻她，而她不安地抖着头发，仰起瘦骨嶙峋的下颌。她薄而干爽的嘴唇不时发出短促的咝咝声，整个胸腔似乎被一记看不见的浪头向上徐徐托举。她的颈脖那里已经有了两道松弛的褶线，即使我闭上眼睛，仅凭嘴唇也能感知到它们的存在。一时间，我觉得自己正站在时光隧道幽暗而神秘的入口，惊奇地向里张望着。我仿佛又一次看见两年多前的那天，也是在这同一个房间里，我是如何缓慢地挣脱开卡罗琳的怀抱的。我还记得当时自己对她说过的那番话，说什么跟一个像她那样的有夫之妇私通是一桩为我道德观无法容忍的罪行。我还记得在那以后，我一直把两人关系的清白看得比什么都重，总想向她表明，我们的交往借着理智之光的指引，已经建立起某种恒久不易的模式。那么，此刻我的所作所为到底又说明什么？我是否变了个人，已经把自己一度服膺，并且深以为荣的戒条完全唾弃？我这样做的原因，究竟是长久以来对卡罗琳女性魅力欲抑不能的倾慕，还是意在以间接的方式补偿得不到依莎贝塔的痛苦？我像一个犯人坐在法庭的候审席上，却迟迟听不到宣判结果。我两手压住卡罗琳的肩膀，让她躺上那张窄窄的单人床，开始以柔慢的动作为她宽衣解扣——整个过程的确是柔慢至极，就像我随时准备好受到打断，在其中的任何一个环节上停顿下来。只是，那并没有发生就是了。卡罗琳不时会稍稍抬起或转动一下身子的某个部位，以协助我的动作能更顺畅地完成。不一会儿，我就将她剥得一丝不挂。我两手的食指从她乳头画到肋尖，再经由腰际画到臀部。

她的确不再年轻了，却有着像是通过跟时间的秘密交易而换取的别具一格的风韵。

“你在干吗？”她用一只指头顶顶我的胸口，“看得人心里直发慌。”

“发慌什么？”

“你一定在拿我跟以前你那些女友作着比较吧？”

“可你的美不输给她们中任何一个人。”我说，“你应该为自己感到骄傲。”

“其实，我倒希望跟你做这事是在晚上。”她说，“那样的话，我就不用担心身体会暴露出太多的破绽了。”

“那就拖到晚上再做也不迟。”

本来是随口开的一句玩笑，不想竟像成了具有魔力的咒语。或许是因为心里的惶惑作祟，加之这天下午，走道里一直以恼人的频率响起脚步、电话铃以及通话者们神经兮兮的嗓音，总之，我无法使自己具有足够的力度进入卡罗琳的身体。反反复复试过好几次，结果就是不成。

“这种情况，以前好像还没遇上过呢。”

我倒在她身体的一侧，说得连自己都笑了。

“还是嫌我太老吧？”她笑问。

“不，”我说，“是对已婚女人有心理障碍。”

“可你知道，我和阿尔弗雷德的婚姻已经死了。”

“毕竟名义上还是夫妻。”

她翻了个身，和我脸对脸：“说老实话，你以前想没想过跟我做这事？我是问，心底里动没动过这样的念头？”

“这当然是免不了的。”我说，“只是一动这样的念头我就会赶紧刹车，不让自己再想下去。”

“我可是想过很多次。”她的手背轻轻掠过我鼻梁骨，“而且在想象中，我们还做得特别好。”

“给你这样一说，我更加起不来了。”

卡罗琳跟着一笑，眼角堆出细密的皱纹。我忽然想，要是能把它们拓印下来，加以放大挂上墙头的话，也许会被人当成一幅标示着诸如山峦、河流跟道路的地图。我被这个想法弄得有点儿心不在焉，几乎忘了自己正面临一个多么尴尬的处境。

卡罗琳却在安慰我：“我想，是我们选择的时机不对。”

我说：“这都要怪我。”

“算了，别提这个了。”她贴近来吻了一下我的额头。“说点儿别的。”

“说什么？”

“说说你最想对我说的话啊。”她说，“我就要离开中国了。”

“最想对你说的话？”我闭上眼，“那是什么？”

“问你自己啊。”

我很用心地思索了一会儿：“那，我就只能对你说说我的困惑了。”

“困惑？哪方面的？”

卡罗琳用一只手撑起脑袋，做出准备认真谛听的样子。一绺头发由中指和无名指之间穿出，弯成一道弧线搭落到枕巾上。

“关于人和人之间的感情。”我说，“关于男人和女人之间的感情。”

“你的意思是……”

"爱。爱情。"我说，"你相信人世间存在真正的爱情吗——对不起，我不希望你认为这个问题问得太愚蠢；或者，即使你认为这是个愚蠢的问题，也请你从自身的认识给一个回答。"

"这要看你如何去给爱情下一个定义。"卡罗琳回答之从容，显得她对这个问题早已深思熟虑，"我相信爱情是存在着的，但绝不是人们信奉的那种神话式的爱情。爱情既非至高无上，也非纯洁无瑕，它充其量只是一种文化氛围下的性吸引罢了。"

"文化氛围下的性吸引。"我重复了一遍，"能说得再详细些吗？"

"就是说，爱情的本质归根结底是种性吸引，是人性的某种本原冲动，但这种本原冲动已经经过人类文明的修饰，披上了看似圣洁和高贵的外衣。一旦男人和女人彼此间感受到性吸引，他们就会努力调动各种外在因素，去为实现这种性吸引营造和铺排一种精神上的氛围。如此而已。"

"举个例子看看。"我犹不满足。

"那好。"她的手换了个撑头的姿势，"拿我自己来说吧，我随阿尔弗雷德住在法国的时候，曾经背着他和巴黎一所大学的一位教授有过短暂的恋情。我记得跟你提过这事，对吧？"

"有那么一点儿印象。"

"我们是在一次前卫艺术展的开幕式上认识的，因为教授在大学里开的课程是艺术史。这是个年近四十，文质彬彬的中年人，刚刚和他的阿尔及利亚裔妻子离婚。他很善于言辞，就算是一段平淡无奇的话从他嘴里说出来，也能让人觉得别有深意。开幕式的酒会上，教授很好地控制了自己的仪态，既能让我觉察出他对我怀有的特殊性质的好感，又丝毫不引起我身边阿尔弗雷德和其他朋友的注意。过了几天，他邀请我去他家，说是有一本他新出的书要送给我。我们坐在客厅的沙发上聊天，话题全是有关文化啊艺术之类。我忘了过程是怎么样的了，反正说到一个地方，他突然冒出一句：‘女人算什么？我每晚睡觉时怀里抱的是福柯[1]的书。’就是他这句话——”

“怎么样？”

“——一下打动了我，导致我接下去很自然地跟他做出了那种事情。”

“难道他这句话有什么神奇之处吗？”

“像我刚刚说的，这正是一个在文化氛围中展开性吸引的典型。”

“有点儿意思，”我说，“但还是不大明白。”

“要我帮你分析吗？前一句话：‘女人算什么？’你知道，男人对事业追求的热狂，同时置性和女色于不顾的那种劲头，对女人，至少对我是很有吸引力的。后一句话：‘我每晚睡觉时怀里抱的是福柯的书。’这又等于是发出了充满性意味的邀请，暗示了被取代的可能性。你想，睡觉时抱的是书，而且还是大名鼎鼎的福柯的书，这其中象征的正是知识、权力和女人、性之间的相互置换关系。”

“精辟。”我赞叹道，“只是男女之间要都像你们这种方式去吸

1　福柯（1926—1984）：法国哲学家，为后结构主义思潮的代表人物之一，其作品对20世纪70年代以来的欧美思想界影响深远。

引对方，那未免也太累人了。”

“我想说明的是，”她补充道，“所谓爱情，不过是将世俗的性吸引加以神圣化，将即兴的性吸引加以仪式化而已。”

“那关于友情呢？”我说，“关于友情你有什么高见？你认为男女之间真能超越性而建立纯粹的友情吗？”

卡罗琳故意皱着鼻头，抿嘴笑笑。“男女之间什么都能做到，”她用另一只手拂开遮住眼睛的头发，“就是不能两个人脱得光光的躺在一起，却不干别的，专门讨论些抽象的哲学问题。”

“你就说说看嘛。”我恳切地说。

“你一定是被那个意大利女孩的话搞蒙头了吧？”她说，“你一定在心里犯起迷糊来，不停地问自己，她究竟是在说出真实的信念，还是光为拒绝你而编造一个借口呢。”卡罗琳作为女人的洞察力是颇为惊人的，这一点并非我今天才得出的结论。何况，她跟我都属于这么一类人，琢磨别人的心思时总是才华横溢，却怎么也看不透自己。“不过，”她又说，“我倒不认为她那套说法本身有什么错。起码，我就能列举出跟她观念十分接近的另一个人。”

“谁啊？”

“就你自己。”

“不会吧？”我叫起来，“你说这话有什么根据？”

“难道不是吗？”她反问道，“从我认识你以来，你就在马不停蹄地跟不同国家的女孩交往，可没有一次——天知道呢，也许这次是个例外——没有一次你真的陷得不能自拔。你总是跟她们保持一段时间的恋情，等到她们离开中国时再友好地分手。即使她们中有人提出要把恋情延续下去，你也会拐弯抹角地加以回绝。从这里看得出来，你，还有那个意大利女孩，你们两个的行为方式其实是一样的。大概是你们从前都受到过这方面的打击，因而对异性产生出强烈的不信任感，对长久地维持男女之爱失掉了信心。我说的应该没错吧？”

我没有做声。

“依我看，这回出现这样的结果，你可以伤心，却没有任何理由抱怨。从某种意义上讲，这正是生活对你施加的报复，一种你应受的惩罚。”

我勉强一笑。

“真是奇怪哩。”她说，“你是个中国人，又住在中国，却偏偏只跟外国女孩来往。”

“在我看来，这也没有什么可奇怪的。”我说，“你知道，我每天都得给留学生上课，而生活范围几乎从不超出校园。”

“可这并不是说，你就只能跟外国女孩来往呀！你也完全可以找中国女孩，而且那样的话感情会更加稳定。”

“你刚才说我对异性有强烈的不信任感，其实不如说我是对稳定的感情有强烈的不信任感。”我缓缓地整理着自己的思绪，“我和依莎贝塔的行为方式也许是相似的，我们都害怕和异性发展出稳定的感情。只不过我的害怕没她那么严重和极端，而且偶尔还会走回头路，回到那种认为‘稳定的感情也不错嘛，也不是不可以接受’

之类的想法里，就像这次一样。但总的来说，我已经跟中毒似的，迷恋上了那种感情漂泊无依的感觉，甚至认为，那才是感情的最真实和自然的状态。而那种感觉，似乎又只有从那些来来去去行踪不定的外国女孩身上才更容易寻找。因为从本质上讲，她们和我始终属于两个截然不同的，无法相互融合的世界。”

“可我还得要问，为什么你会迷恋那种感情上漂泊无依的感觉呢？”

“这个嘛，”我说，“就等于是问为什么有人会迷恋旅行一样。为什么有人会迷恋旅行呢？我想不外乎是因为他们觉得自己的日常生活过于平庸乏味，眼界过于狭小，希望暂时从中摆脱出来。他们希望能够看到奇异的风光，体验到新鲜的乐趣，这会使他们觉得自己的生活有了某种程度的转变。我也喜欢旅行，但和其他人有所不同的是，我发现和人的相遇也能让我感到处于一场旅行当中。可能是和朋友相对而坐一起聊天，也可能是与人在床上一起缠绵。男人和女人的相遇尤其像是一场旅行，而如果他们从相遇的开始就注定会要分手那就更像一场旅行了。因为当你发现一处奇异的风光时，不管你如何由衷赞叹，你也不会对自己说：好吧，我不回去了，从此就在这里待下来。就是这样，你不属于那片风光，那片风光也不属于你。身为中国人，和那些外国女孩交往的情形正是这样。我们都是来到对方身体上和精神上的旅行者。”

“从她们身上你发现了什么呢？”她问。

“从我身上你发现了什么呢？”我问，“要我说，所谓的异国情调只是在一开始相互吸引时起点儿作用。但接触时间一长就能知道，不管你来自世界上的哪个角落，你与别人的感情总是相通的：痛苦、悲哀、欢乐……左右着别人的东西同样也在左右着你。”

“我很好奇，假使当初你没有来这所学院当老师，没有以这种特殊方式跟外国女孩接触的机会，你的生活会是个什么样子呢？”

“我想总会有所不同吧。要知道，只是一些非常偶然的因素，才使我的生活变成了今天的这个样子……”

我又开始吻起卡罗琳来。我的双手绕过她的腋下，搂住她的肩胛。而她的双手搭上我的后背，似乎在沿我的脊柱不断向上攀爬。

吻着吻着，我说：“行了。”

“什么？”卡罗琳从迷蒙中睁开淡褐色的双眼。

我说：“我感觉这会儿行了。”

“来吧。”她说。

“不会又闪到你的腰吧？”

“亏你还记得。”

我进入到卡罗琳灼热的身体的核心当中。这绚烂、奇妙、令人心碎的最后的告别式啊！

“是不是没有你想象中那么好？”

“它就是想象的一部分。它就是想象本身。”

徐徐降临的暮色中，我问卡罗琳：“按照你的说法，爱情是文化的产物，是人类在文化中对自身进行压迫的结果。对吗？”

“可以这么说。爱情表面上花团锦簇，其实却是集人类各种阴暗心理之大成的渊薮：妒忌、猜疑、自私、诱惑、欺诈、贪婪、虚荣心、占有欲乃至仇恨。想想看吧，古往今来，多少人间悲剧因爱情而起。”

“可你还是很看重爱情，不是吗？”

她略一迟疑，点点头：“是这样。”

“这又是因为什么呢？”

“我想还是懦弱吧。”卡罗琳说，“在这一点上，我好像没法让自己坚强起来。毕竟年轻时曾对爱情深信不疑，所以现在每当看到年轻人为了能和喜欢的人待在一起，那种痴迷发狂、不顾一切的劲头，虽然心里明白是种幼稚的表现，却又忍不住会去暗暗羡慕，甚至妒忌他们。”她屏住呼吸，继而长长地吐了口气，“要知道，人总需要一点幻想来麻醉自己。否则，活着岂不太悲惨了？”

二十五

有时，她们会分别出现在我的梦中。或多或少，围绕着她们总有一些变化，倘若在梦中没能唤起我足够的惊奇，那醒来后定然令我错愕良久。我和夏拉来到过一个巨大的地下建筑物的内部。开阔的厅堂里没有一根支柱，四面都是没有抹过灰泥、裸露、暗红色的砖墙，沿着幅度很宽的台阶或上或下，始终找不着出口，也见不到任何陌生人的踪影。夏拉不是走在我的前头，就是落在我的后面，两个人相距总有十来米远，怎么也不能并肩而行。夏拉一直在冲我说着什么，可我听见的只是寂寥的空间里响起一长串闷声闷气，像水面涡流那般的回声。还有一次，我看着梅尔格伦在后海的湖面上滑冰。梅尔格伦穿着一件苹果绿的高领针织羊毛套衫，一条咖啡色的弹力长裤，戴着一顶毛皮帽子。四周稀稀落落有一些人，湖面上到处是冰刀划过留下的辙印。我没有跟着滑，而是拘谨地站在湖心，当梅尔格伦沿着岸边转圈，滑到离我最近端的时候，我能看见从她嘴里喷出的团团雾气。梦醒后我很纳罕：我和梅尔格伦的交往从阳春三月开始，那时节，北京所有湖面上的冰层早已融化，夏天刚至她又离开了我，我们怎可能有机缘一起共度寒风料峭的冬季？送走身患绝症的塔米娅后，有一天我梦见她在路上迎面向我走来。她像是要赶去一个什么地方，样子非常急切。我说我也没事，正好可以陪她。我一边走，一边想着要问问她病情的最新发展，但一掉头，却注意到她的头发已经变得跟从前完全不一样了，记忆中硬朗、黝黑的短发，已经为一头飘柔、黄澄澄的长发所取代了。这一改变形成的反差，一时冲淡了我对她病情的关注。我问：你还是从前的那个塔米娅吗？她反而奇怪起来，说：怎么不是？于是我心里嘀咕：那么说是我记错了？当年那个背对着我立在窗台边，往手心里倒药片的是另一个姑娘？我跟在塔米娅后面，转弯，进门，上楼，停在我自己的房间门口。这时我俩似乎同时明白过来，其实，她要找的人就是我。早上起来，想起这个梦很是惭愧，因为那当中对她的病情，我连一个字也没提起。为了稍许驱散心里的惆怅，我反复分析过这个梦，试图挖掘它的寓意跟渊源。我记得，塔米娅曾经说起她在德国，数次蒙受过一些种族主义者的侮辱，就因为她肤色太深，也没有一头日耳曼人那样的金发。但是，我绝不承认这个梦象征着对种族歧见的屈躬妥协。我也不愿简单地诠释成我嫌塔米娅个性过于刚强，要为她添上更多一点的女人味儿。我更趋于从这样一个角度去理解：如果说作为塔米娅个人标志的黑色短发可以发生颠覆性的更改，那是否意味着我希望她病入膏肓的躯体也能逢凶化吉、不治而愈呢?

当然，梦中出现的也不全然是具体确凿的某个人。有时我只能肯定跟她有过恋情，但却叫不出名字。有时名字一直挂在嘴边，因为缺了把它叫出声来这样一个环节，醒来后也就忘了对方的模样，越是用心追想，越是一片空白。而偏偏在这一片空白之上，她的柔声软语，倩影娇姿，却又层层堆涌，近在咫尺，简直探手可掬。我仍能感到她的余温，嗅到她的气味，挣不脱她身体的挤压，被她的凝视包围，及至她唇角细小的沟回，乳尖凸起的晕点，胯间密集的一丛，在脑际也都清晰到毫末毕现。但她是谁?究竟是谁?一旦成谜，就再也无法破解。

而所有的梦境中，有种冰凉彻骨的意识始终伴随着我。我分明知道那冲动只在一时；我分明知道那执著必成虚妄；我分明知道不管贴得离她们多近，她们还是会从我生活中消失；我无法将她们截留下来，因为她们本不属于我。过后醒来，孤零零的酸楚感更是有增无减。

在历经一次次的跌踬之后，我终于悟解出这样一个道理：当许多事情发生在你眼皮底下的时候，你未必能当即把握住它们的意义，唯有时间的流逝会将它们的真面目擦拭清晰。然而等到那个时候，一切已经再无可能加以补救。既然视域有限，顾及不到将来，那唯一的办法就是牢牢攫紧现在。你只有珍惜与你喜爱的女人们相处的分分秒秒，把你看到、听到、体验到、感知到的一切都深深印入脑海，打上封条。也许来日你还可能重新开启它们，也许它们从此便在黑暗中自行消陨，但没关系，只管交由命运去决定。你只需像一块被投进水里的干海绵那样，拼命地吸取就行。那时候你不要去想还有什么将来，也不要去奢望什么结果，一切但求尽心尽意。不吝啬付出，不稀罕保留，有多少本钱统统押上，能挥霍的全部挥霍。还要对自己说：这就是生命的本质。这样你才知道，你是在实实在在地活着。

遗憾的是，这道理虽然简单，却并不那么牢靠。一方面，人总是不去在乎轻易就能得到的东西，总以为事物的珍贵与得到它的艰难成正比；另一方面，面对打击人又极为脆弱，总是竭尽全力使自己免于承担痛苦。

到了归终，感情的迷障还是无法冲破。

二十六

结业晚会上我一直没有见到依莎贝塔。目光徒劳地在留学生食堂一张张餐桌上来回搜寻，我心里升起一股不断加重的寒意。班里的学生们频频向我举杯敬酒，我只得强充笑脸一一回应。食堂的正中央辟出一小块空地作为舞台，留学生们轮番上前表演预先准备好的节目。以卡拉 OK 为主，另有一段泰国民间舞蹈、一套日本剑术、一套跆拳道对练和一位俄罗斯小伙子玩的魔术（把令人大伤脑筋的汉语课本变成一沓白纸）穿插其间。我的耳膜像是筑起了一道堤坝，潮水般的欢声笑语打在上面，转眼间便会变成一堆碎沫四溅消散。

回想起来，不论是春秋两季的长班，还是暑期的短班，每一次结业晚会对我来说都有着特殊的意义。因为，它总是适时地宣告着我与某位姑娘恋情的终结。对我和那些姑娘而言，它总是意味着最后一次机会，让我们能再体味一番彼此关系中那不可告人的奇异和玄虚。她们也许是我班上的学生，也许不是；也许和我同坐一桌，也许离得较远。但不管怎样，我们都得最后一次佯装，在我们之间依然存在着把我们作为教师和学生分隔开来的那道壁垒。我们常常会像其他人一样礼貌性地碰杯、握手，在同一页留言簿上签名，在同一支队列中合影留念，谁又知道当我们目光偶一交会，那里面包含着多少甜蜜和酸楚呢？但是，这样一个循环往复的惯例似乎唯独漏掉了依莎贝塔：三年前的这个时候，我们还没有认识（准确地说，是离认识还差几个小时）；而三年后的这个时候，我们的关系仍然晦暗不明（依莎贝塔甚至隐遁了踪影）。

一只手掌在我面前轻轻摇晃。我回过神来，看清是印尼姑娘黄娟美。

“老师，跟我干了这杯酒吧。”

“真的不能再喝了。”

“有什么关系，明天又不用上课。”

班里的学生们都在一边鼓噪。我只好接下黄娟美递过来的啤酒，一饮而尽。

“老师，”黄娟美笑着说，“等四年后从悉尼的大学毕业，我会再回中国来，老师你可得好好等着我哟！”

但我再也提不起平常那样跟学生们开玩笑的兴致。等到院长宣布晚会结束，我赶紧离开食堂，冲上依莎贝塔的宿舍。一如我最担心的情形，等待我的正是紧闭的房门和门上漆黑的窗口。我喘息片刻，从隔壁房门挂着的信袋中抽出纸笔，想给依莎贝塔写份留言。

先写的是：

依莎贝塔：

你去了哪里？回来后请给我来个电话。

接着换了张纸重写：

依莎贝塔：

有事想跟你谈。回来后能否跟我联系？

仍然不能满意，最后一次是这样写的：

依莎贝塔：

回来后能否跟我联系？我想跟你谈谈结伴去旅行的事情。中国之内，不超过半个月的时间，无论你想去什么地方，我都愿意陪你。

我落上自己的名字，把纸条插进把手上方的门缝里。

走出西门，在路边给家里挂了一个电话。我告诉接听的父亲，开学前的这段短假我不能回去看他和母亲了。父亲在电话那头只是鼻息粗重地“嗯”了一声，显然对此并不感到意外。工作以后的几年来，我只有一个夏天回过家，而那还是在我旅行途中仅仅三两天的逗留而已。不过，与以往一样，父亲言语中毫不掩饰对我漫无目标的人生所怀有的无限忧虑。

在父母的头脑中，我未来的日常生活理当是这样一幅画面：每天夜里我伏案工作，而我的另一半坐在从我肩头漫出的台灯灯光里，每隔十来分钟就打住一会儿手上的针线活，深情脉脉地看我背影一眼。倘若他们知道我把大好时光都耗费在跟异国女郎厮混上面，而且不以为耻地亵渎着他们认为是亘古永恒的男女交往的准则，他们不气得吐血才怪呢。

回房后心情甚是烦闷，过了十点，换上运动鞋来到大操场，恢复了中断半个多月的夜间慢跑。

肌肉和关节尚未活动开以前，跑起来难免倍感吃力；可随着距离的拉长，便渐渐找到了呼吸、迈步和摆臂之间相互协调的节奏。

操场上锻炼的人不少。不时能听见呼哧呼哧，或者嘿唷嘿唷的声音。不时有人从旁超过我，或者被我从旁超过。

我绕着操场一口气跑了二十圈。对付自己低落的情绪，这真是一个屡试不爽的招法。

翌日一大早，我来到海淀路上的火车售票处，买下两张明晚去往成都的卧铺车票。查看墙上的时刻表，即使是特快，夜里十一点半出发，也得到第三天清晨的六点五十二分才能抵达。作为营业铃响后第一个进门的顾客，我在双榆树一家商场买齐了旅行所需的各种物品：背包、墨镜、毛巾、手电筒、工具刀、记事簿、带指南针的手表、电子驱蚊器、防晒油、常用药品等等。其实这些东西，大部分都能在自己房间的抽屉和皮箱里找到，我宁愿花冤枉钱的原因，是想让这趟漫长的行程尽可能多地充满一些鼓舞人心的新鲜气息。

回到学院，开始帮着老瞿收拾房间，主要是把书籍装进纸箱，捆扎待运。这期间每当电话铃响，就快步跑出去接，但没有一个是打给我的。到了十一点前后，约好的搬家公司来了。几个瘦条精干的小伙子一阵吆喝，风卷流云般将老瞿房里的家具什物搬了个干干净净。站在楼门口，目送搬家公司的货车消失在通往老瞿新家的路上，我不禁又对过去一段日子老瞿一次次带给我的那些既可气又可笑的烦恼心生怀念。毕竟老瞿一走，在这幢楼里我连一个朋友也没有了。

大半个下午过去，仍然没有得到依莎贝塔的回音。踌躇再三，我又一次来到她的宿舍。开门的是中村纪子小姐。

“依莎贝塔在吗？”

不等纪子小姐出声，她的表情已经给出了答案。

“已经走了。”

“走了？去哪儿？”

“回意大利。”

“回意大利？”嗓眼的气流突然受阻，发出一种戛然而止的怪声，“什么时候？”

“今天一大早。”

我心神错乱地走进房间。果然，属于依莎贝塔的那一半空间就像刚刚经过一番掳掠一样：枕头的胆芯从枕罩里露出一截，床单一角垂落到地板，桌子移离了原位，靠里的一边与墙面错开一个锐角，两只腾空的抽屉也没完全合上。尽管如此，目睹四处遗落的一些零零碎碎的杂物，像是杂志、饼干、糖纸、烟盒、一次性卫生筷、装沐浴液的瓶子等等，我又心有不甘地对依莎贝塔离去的真实性和彻底性产生了一丝怀疑。

纪子小姐指给我看桌面上摆着的一只信封。

“那是她留给你的。”

她又指指书架上那只已经排干了水的玻璃鱼缸。

“她还说，如果你愿意，可以把那个也拿走。”

依然是循环往复的惯例：不论哪位姑娘离去，我都会从她那里继承一点儿什么。

我捧着玻璃鱼缸下楼，沿途的留学生们纷纷向我投以好奇的目光。和鱼缸的分量相比，那种要在我房间里不同时期的旧物中为它找个安放之地，使它恢复本来用途，重新注满生气的想法似乎更为沉重。在校园里走了一段，我的两臂渐感酸麻。经过篮球场边一张长椅时，我停了下来，把鱼缸搁在长椅的一头，自己坐到另一头上。

和每天中的这个时候一样，篮球场上脚步杂沓，人声喧哗。一只球滚了过来，我把它踢回给一个黑人小伙子。我看着他如何以敏捷的姿势从地上抄起球，拍打几下，然后踮起脚跟纵身起跳，将球远远地掷向篮筐。

身边的杂音和自己的心事融合在一起，形成一种混沌状态。不知过了多久，我才从口袋里掏出那只信封，展开里面一沓写满英文的信纸，细细读了起来。

二十七

以下就是信的全文。

亲爱的庄祁：

现在是凌晨两点，我在还要睡最后一晚的床上给你写这封信。我已经决定走了。中午我去了航空售票处，那趟飞机，转道瑞士巴塞尔到罗马的，正好还有空座。

刚来中国的时候心里很痛苦，离开中国的时候痛苦也丝毫没有减轻。看来，人不管置身何处，面对的困境都是一样的。

真的，就算是在中国的这一个多月的时间，就算我名义上是学习汉语的学生，其实不如说是以一个旅游观光者的身份来到这里更准确，就算我遇见了许多友善、有意思、容易相处的人，我还是不止一次地想到了死。

好几个夜晚冲动袭来，我差点儿就把还剩大半瓶的抗抑郁药全都倒进自己嘴里。我在意大利的一位高年级女同学就这样做过。结果，她如愿以偿地摆脱了像折磨我一样一直折磨着她的痛苦。

但是，每当我想这样做，总有一个声音跳出来阻止我：死在中国？这里毕竟不是你自己的国家，要死也得熬到回意大利……我不愿意死在一个离开妈妈那么远的地方。看不到女儿死的样子，要比看到会令她更加难过。

就在下午确定机票之后，我去了秀水街和前门。我想最后一次在北京城里转转。你知道，当我心情糟糕时总是无法让自己静下来。

跟你说说我买了些什么吧。一只绣花荷包、一块蜡染布、一面丝绸头巾、一些香火和茶叶，为的是能把中国的一部分，很小的一部分，随我带回去。

我原以为，我对中国的爱已经被耗尽了。但是下午当我走在街头，我感到那种爱又一点点地回到了我身上，甚至让我觉得，我并不是非走不可，完全可以在这里永远待下去。

我的中国，我的“中央王国”。北京，我的城市，在很多方面它都像我——未完成的、无秩序的、乱哄哄的，不论外观和历史，充满文化意味。

它就像我——我在惊恐不安中等待着我的下一次“文化大革命”。

时而，我又想起了乔瓦尼，想起了弗罗伦斯，而且像是出于某种不完全的责任感，我又想起了我曾经认识过的一系列的“弗罗伦斯”们。

我也想到了你。也许你说得对，我们是同一类人。但另一点也是确凿无疑的，我们来自两个完全不同，常常又是相互为敌的世界，我们的生活方式更是那样悬殊。

可不管怎样，单独地想起你们每个人，或是集体地想起你们所有人时，心里还是有种奇异的感觉。

这是那样一种感觉：温柔突然征服了你，你在你喜欢过的人那里找到了一份宁静。

你发现自己来到了一个干净的、灯火通明的地方，就像是在海明威写的某个故事里。那一刻对你来说，生活似乎自行加速运转起来，而时间也不再产生那么多的意义，尤其是那些希望附属在记忆中保存下来的事实。

因为一切都消失得那样快。因为一切转瞬之间已经永远完结。

为什么我还是不能免除自己的痛苦？为什么我还是不能说服自己，当你期待生活时，生活也给了你许多的快乐，一种广大无边、不受支配的快乐呢？

我整个人已经疲乏至极。

这个时刻，我真的不想再回意大利，而想去个别的地方。一想到又得说意大利语我就感到恶心，就像含了一口血在嘴里。

我已经习惯这么长时间不用说意大利语了，虽然我的汉语还没有提高到可以用来写这封信的程度。我觉得自己不再像个意大利人。我已经有了一个不确定的外表，带着某些属于北方的特征，带着某些属于中国人的痕迹。

我敢肯定回意大利后我会很快再次离开，只是还没想好要以何种方式……

让我对你最后说声再见吧。

吻。

依莎贝塔

二十八

我的眼眶湿润了，眼前的景象模糊起来。我仍然捧着那封信，仍然在逐字逐句地读，就好像它里面的意思永远也挖掘不尽似的。我知道，由于依莎贝塔一走，这个马上就要过完的夏天已经成了一段再也无法证实的迷梦。她以这种方式的离去，对我来说几乎是摧毁性的。想想那一连多日的夜不成眠，想想那无法驱散的痛苦思念，那祈祷、那悔恨、那窗影下反反复复的徘徊、那校园里魂不守舍的游荡……为什么她宁肯花大半个夜晚写这封信，却不愿跑来当面跟我道别？在一次次相互伤害、和解、失望之后，我们之间还余下什么呢？莫非就像卡罗琳刚刚说过的那样，这真是生活向我施加的“报复”，一种我应受的“惩罚”吗？

我又想起了依莎贝塔在谈到弗罗伦斯时讲过的一句话："不管怎么说，我们在一起的那几天过得挺快乐，这才是最重要的。"那么，依莎贝塔和我在一起的时候快乐过吗？三年前的月夜，当我领着她登上蓟门桥的古城墙时，也许她是快乐的；当我跟她开那个关于身体上的国境线的玩笑时，也许她是快乐的；当我们分头从颐和园的山顶跑下，看看谁更先一步到达山脚时，也许她是快乐的。但是三年后呢？在过去的一个多月里，我不敢肯定是否给予过她真正的快乐，确信无疑的倒是，她是带着不快乐从我身边离开的。不独依莎贝塔，我认识的所有姑娘恐怕都是这样。无论她们和我在一起是否快乐过，她们最终都是带着不快乐从我身边离开的。而一想到自己难辞其咎地成了她们所有不快乐的源头，我就心痛欲裂。每个人离开时都曾有过跟依莎贝塔同样的感受，不敢相信自己真的就要离开。她们有的哭了，有的信誓旦旦表示还会回来。有的后来真的回来了，只是那时早已物换时移。

斜刺里我又看见了那个疯女人，依然穿着那件脏兮兮的红上衣和那条已经褪色的黑裙子，一瘸一拐地走到最近的篮球架下，拾起人们扔下的矿泉水瓶，塞进蛇皮袋里。经过我面前时，她的注意力落在长椅上那只玻璃鱼缸上。她似乎在紧张地判断着我和鱼缸之间的关系，以此来决定是否能把后者当做一般的废弃物那样收归己有。显而易见，她被我泪眼迷蒙的样子震慑住了，最终还是转身蹒跚而去。

这时候我想，就像这疯女人日复一日地在校园里来回逡巡、拾捡破烂一样，我也将日复一日地守护着自己残缺的记忆。我所认识的那些姑娘，此时此刻，她们散布于世界各地。时差的关系，加上作息规律甚或人生际遇的不同，她们正在干着不同的事情。有的刚刚睡醒，有的正在入眠，有的在阅览室查看书目索引，有的在餐馆或连锁店里打工，有的在烘制晚会上的甜点，有的在对镜施粉准备赴约，有的在教堂参加某项宗教仪式，有的在床上与新交的男友翻云覆雨。她们之中谁能体会到我此刻的心境？如果我失声痛哭，倾洒的眼泪会很快注满那只鱼缸，而死去的小银鱼们也会一条接一条地在里面复活。世界如此辽阔，人们在经历短暂的徘徊之后，已经渐渐习惯于偏居一隅。即使是依莎贝塔，此刻也正像受伤的鸟儿一样急于赶回自己的巢穴里。当来自北方的一股不稳定的气流，使她乘坐的飞机的机翼稍稍倾侧，她是否会透过舷窗，最后回望一眼这个古老的东方国度？

云端之上的她是否会明白，从今以后我将不再困惑于爱的本质，而只会困惑于怎样才能像爱她那样，去爱上任何一个别的姑娘呢？

图书在版编目（CIP）数据

身体上的国境线 / 贺奕著. —重庆：重庆大学出版社，2011.10

ISBN 978-7-5624-6364-1

Ⅰ. ①身… Ⅱ. ①贺… Ⅲ. ①长篇小说–中国–当代
Ⅳ. ①I247.5

中国版本图书馆CIP数据核字（2011）第195185号

身体上的国境线 shenti shang de guojingxian

贺奕 著

责任编辑 高雅洁
装帧设计 陆智昌

重庆大学出版社出版发行
出版人 邓晓益
社址 （400030）重庆市沙坪坝正街174号重庆大学（A区）内
网址 http://www.cqup.com.cn
印刷 北京鹏润伟业印刷有限公司

开本：880×1240 1/32 印张：11.25 字数：232千
2011年11月第1版 2011年11月第1次印刷
ISBN 978-7-5624-6364-1 定价：35.00元

本书如有印刷、装订等质量问题，本社负责调换
版权所有，请勿擅自翻印和用本书制作各类出版物及配套用书，违者必究